AF178187

Kontaktadresse nach EU-Produktsicherheitsverordnung:
produktsicherheit@fischerverlage.de

Heiligabend 1944. Auf Amrum herrscht eisiger Winter. Über die Insel fliegen die Jagdbomber hinweg. In Birkes Haus sitzen alle um einen behelfsmäßigen Weihnachtsbaum. Mit Brennstoff muss gespart werden, das Essen ist ein wenig karg. Jeder fragt sich, wie die Zukunft aussieht. Keiner wagt auszusprechen, worauf sie alle am meisten hoffen: dass es bald Frieden wird und dass Falk, Benedikts Vater, doch noch zurückkommt aus dem Krieg. Es ist, als ob alle Hoffnung davon abhängt. Was soll ohne ihn aus Benedikt werden? Um die Kinder und alle anderen aufzuheitern, schlägt Birke vor, dass sich jeder insgeheim etwas wünschen darf, wenn die letzte Kerze abgebrannt ist. Das ginge dann in Erfüllung. Und danach werde sie allen eine Geschichte erzählen. Während sie auf die Kerzen blicken, erinnert sich Birke zurück, wie im Herbst alles anfing. Als sie in den Dünen zwei Fremde traf – Flüchtlinge, die von ihr jedoch keine Hilfe annehmen wollten. Eine Begegnung, die ihr Leben veränderte …

Patricia Koelle ist eine Berliner Autorin mit Leidenschaft fürs Meer – und fürs Schreiben, in dem sie ihr immerwährendes Staunen über das Leben, die Menschen und unseren sagenhaften, unwahrscheinlichen Planeten zum Ausdruck bringt. Bei FISCHER Taschenbuch lieferbar ist die Ostsee-Trilogie mit den Bänden ›Das Meer in deinem Namen‹, ›Das Licht in deiner Stimme‹ und ›Der Horizont in deinen Augen‹, außerdem der allein stehende Roman ›Die eine, große Geschichte‹. ›Wenn die Wellen leuchten‹ ist der erste Band ihrer Nordsee-Trilogie, die auf Amrum spielt, ›Wo die Dünen schimmern‹ der zweite. ›Ein Engel vor dem Fenster‹ ist eine Sammlung von Wintergeschichten.

Weitere Informationen finden Sie auf www.fischerverlage.de

Patricia Koelle

Der Himmel zu unseren Füßen

Weihnachtsroman

FISCHER Taschenbuch

3. Auflage

© 2023 S. Fischer Verlag GmbH,
Hedderichstr. 114, 60596 Frankfurt am Main

Printed in Germany
ISBN 978-3-596-70220-6

Für meinen Mann
Peter

und für alle, die in unseren Herzen
und unserer Erinnerung
lebendig bleiben

Amrum

Dezember 1944

1

Birkes Baum

»Birke, der Leuchtturm sieht aus wie eine riesige Weihnachts-kerze. Bloß die Farbe stimmt nicht. Er ist zu dunkel«, sagte Leni. »Das ist nicht fröhlich genug.«

Birke Rossmonith blickte hinunter in das Kindergesicht, das ebenso ernst war wie der Anstrich des Leuchtturms.

Dann sah sie über die Dünen hin zu ihrem alten Freund, dem Turm. Ja, sein finsteres Dunkelrot wirkte sehr streng vor dem Winterhimmel, aufrecht wie ein mahnend erhobener Zeigefinger. Doch das passte. Er hatte Grund genug zu mah-nen. Sollten aber die Zeiten jemals besser werden, wäre es schön, wenn man ihn neu streichen würde, fand Birke. In einem warmen, hellen Rot wie Weihnachtskerzen. Heiter, wie Leni es sich wünschte, vielleicht mit weißen Ringen.

Dies war Lenis erstes Weihnachten auf Amrum. Ihr zuliebe würde Birke den Leuchtturm sogar eigenhändig streichen, wenn es nur möglich wäre, denn die neunjährige Leni hatte im Frühjahr ihre gesamte Familie verloren. Zum Glück war sie auf der Insel bei Birkes Tante untergekommen, die auch Lenis Patentante war.

Birke nahm Lenis kleine kalte Hand fest in ihre. »Dafür werden wir übermorgen fröhliche rote Kerzen auf unserem ganz besonderen Weihnachtsbaum haben«, sagte sie.

Denn auch in diesem Jahr würde es wider Erwarten einen Weihnachtsbaum bei Tante Ida geben. Birke konnte die Welt nicht ändern, aber der Welt einen Weihnachtsbaum abtrotzen, das musste möglich sein.

Sie hatte es jemandem fest versprochen.

Heute früh hatte Tante Ida beim Abwasch kopfschüttelnd einen Abschnitt aus der Zeitung vorgelesen:

Es war in diesem Jahre bekanntlich nicht möglich, die Bevölkerung unserer Insel ausreichend mit Weihnachtsbäumen zu versorgen. So bedauerlich es ist, dass dieses Symbol der deutschen Weihnacht in manchen Familien fehlt, so wenig kann es gebilligt werden, dass manche Volksgenossen zur Selbsthilfe schritten, auf gut Deutsch: einen Baum stahlen. Man kann den Heiligen Abend nicht unter einem gestohlenen Tannenbaum feiern! Das hätten die Leute, die aus dem Wald und anderswo sich Weihnachtsbäume besorgten, bedenken sollen. Unsere Vorväter hatten niemals richtige Tannenbäume und feierten dennoch Weihnachten, also sollten auch wir einmal darauf verzichten können, wenn es notwendig ist.

Föhrer Zeitung 1944, Amrumer Lokalblatt

Für Birke aber kam nicht in Frage, Weihnachten ohne einen Weihnachtsbaum zu feiern, ganz gleich, was ihre Vorväter gemacht hatten. Nicht, wenn hier so viele Menschen Trost und Hoffnung benötigten. Und außerdem war da das Versprechen, das sie gegeben hatte! Sie stellte die letzte Tasse in den Schrank und warf das Geschirrtuch hin. Dies war endlich etwas, das sie gegen ihr wachsendes Gefühl von Hilflosigkeit tun konnte.

»Hilfst du mir, Leni?«, fragte sie.

Zusammen liefen sie den halben Tag kreuz und quer durch den Wald und am Strand entlang. Sie suchten an Ästen zusammen, was sie finden konnten. Das war schwierig, weil es allen auf der Insel an Feuerholz mangelte. Birke jedoch dachte nicht daran, aufzugeben, und holte sich weitere Unterstützung. Wozu hatte sie eine Nichte und einen Neffen, die Zwillinge Pinswin und Filine? Sie waren genauso alt wie Leni, aber anders als Leni waren sie hier aufgewachsen und kannten alle Ecken.

Birke und Leni klingelten also bei Birkes Halbschwester Beeke Jessen, die ihnen die lebhaften Zwillinge nur allzu gern mit auf den Ausflug gab. Beide waren sofort mit Begeisterung dabei. Pinswin kletterte auf die Bäume und brach tote Zweige heraus. Außerdem kannten Filine und er sich im Watt aus wie niemand sonst und wussten, wo Treibholz angeschwemmt wurde.

So konnte Birke ihre Idee mit Hilfe der Kinder schließlich doch umsetzen.

»Wir machen es so ähnlich wie einen Kenkenbuum, nur viel größer natürlich«, hatte sie erklärt.

Bei dem üblichen *Kenkenbuum*, der woanders Friesenbaum genannt wurde, handelte es sich um ein kleines, baumähnliches Holzgestell, das, mit traditionellem Salzgebäck und einem Bogen aus Efeu oder anderem Grünzeug geschmückt, meist ins Fenster gestellt wurde. Wie ein Adventskranz trug er häufig auch Kerzen, die an den Adventssonntagen angezündet wurden. In diesem Jahr hatten sie die kostbaren Kerzen jedoch gespart. »Die heben wir für Weihnachten auf«, sagte Tante Ida.

Birke bohrte, hämmerte und flocht nun, bis sie am Ende des Tages aus dem gesammelten Holz ein Gestell geschaffen hatte, das einem Tannenbaum nicht nur ähnlich sah, sondern auch größer war als sie selbst. Dazu gehörte nicht viel. Doch das Werk überragte sogar Tante Ida.

Jetzt musste der kahle Baum nur noch grün werden.

Zu diesem Zweck nahm Birke Leni am nächsten Morgen mit zum Friedhof der Namenlosen. Auf den Gräbern der unbekannten Toten, die über die Jahre angeschwemmt und hier bestattet worden waren, standen die Holzkreuze ganz von Efeu überwachsen. Birke schnitt sie behutsam frei, so dass man die Daten darauf wieder lesen konnte. Die grünen Ranken nahm sie mit und ließ dafür eine der kostbaren Kerzen dort, die sie in einem Glas für die verlorenen Seelen anzündete.

In diesem Augenblick fing im Kirchturm von St. Clemens die Glocke an zu läuten. Birke lauschte beglückt, und auch Leni legte andächtig den Kopf schief.

Die Glocke hatte Birke in dieser verrückten, verzweifelten, hoffnungsvollen und merkwürdigen Zeit immer und immer wieder Trost und Kraft gegeben.

Schon früher, als Birke klein war, hatte sie die Glocke geliebt. Damals hatte sie diese »Inna« getauft. So hörte sich der Nachklang an, wenn die allerletzten Töne noch in der Luft lagen. Was eine Stimme hat, braucht einen Namen, fand Birke. Inna wurde ihr eine Freundin.

Dass Inna auch jetzt noch läuten konnte, da Birke ihren tröstlichen Klang so sehr brauchte wie nie zuvor, war ein Glücksfall. Denn Inna war jünger als das Jahrhundert, und die meisten dieser jungen Glocken waren zu Rüstungszwecken eingeschmolzen worden. Die Glocke von St. Clemens draußen auf der kleinen Insel in der Nordsee aber hatte man wohl vergessen.

Ein Graupelschauer hatte in der Nacht weiße Spuren auf den Dünen hinterlassen, in die der Wind Muster malte. Auf dem Sand sah das aus wie Marmorkuchen.

»Da ist Pinswin!«, sagte Leni und zeigte auf den Strand, wo drei ferne Figuren am Flutsaum spielten.

Pinswin hatte sie schon entdeckt und rannte zu ihnen hoch, gefolgt von Filine. Beeke ging ihnen gemächlich hinterher.

»Hallo, Birke! Was hast du im Rucksack?« Pinswin zeigte neugierig auf den ausgebeulten Sack.

»Du siehst damit aus wie der Weihnachtsmann«, fand Filine und spähte hinein.

»Das ist das Grün für unseren Baum«, erklärte Leni.

»Aber nur Efeu! Das ist doch langweilig. Ich weiß, wo Moos ist«, sagte Filine. »Und Heidekraut!«

»Und ich, wo ich Misteln vom Baum holen kann.« Auch Pinswin wollte etwas beisteuern.

»Hagebutten wären schön. Hallo, Birke.« Beeke umarmte ihre Schwester.

»Wunderbar. Immer her damit.« Birke freute sich. Die Kinder stoben eifrig in verschiedene Richtungen davon.

»Ihr feiert doch morgen Abend mit uns?«, fragte Birke. »Das ist jetzt unser aller Baum, da müsst ihr dabei sein.«

Beeke sah erleichtert aus. »Bist du sicher, dass Ida nichts dagegen hat?«

»Ida? Du kennst sie doch. Nichts würde sie mehr freuen.«

Und du freust dich auch, dachte Birke, als sie in Beekes müdes Gesicht sah. Beekes Mann war mit einem Holzbein aus dem Krieg gekommen, und nun war er wieder einberufen worden, im Lazarett mitzuhelfen. In der alten Pension, die Beeke führte, gab es in diesen Kriegszeiten keine Feriengäste mehr. Das zugige Haus war leer und kalt. Wie sollte da Weihnachtsstimmung aufkommen?

»Dann kommen wir sehr gerne«, sagte Beeke.

Gemeinsam banden sie die Efeuranken um die nackten Hölzer, zusammen mit all dem anderen Grün.

»Der ist viel schöner als ein ganz normaler Tannenbaum«, fand Filine. »So einen hat niemand außer uns.«

Tatsächlich sah der Baum durch den Wechsel von Efeu, Heide, Misteln, Hagebutten, Moos und Sanddorn sehr festlich und beinahe unverschämt fröhlich aus. Genau richtig, dachte Birke und stieg in den Keller, um die Kiste mit dem alten Weihnachtsschmuck heraufzuholen. Als die silbernen Pferdchen, die goldenen Kugeln und die Sterne aus Stroh an den ungewöhnlichen Zweigen hingen, war an diesem Notweihnachtsbaum wahrhaftig nichts mehr auszusetzen.

»Das werden doch noch richtige Weihnachten«, stellte Pinswin zufrieden fest.

Ida und Birke wechselten einen Blick.

Bis auf diejenigen, die nicht unter dem Baum sitzen werden, sagte dieser stumme Austausch.

Am vierundzwanzigsten Dezember wurde es kälter. Jedenfalls kam es Birke so vor. Am späten Nachmittag suchte sich der Wind einen Weg durch die alte Eichentür, in deren Holz die letzten hundert Jahre zahlreiche Sorgenfalten gerissen hatten. Auf dem Weg in die Stube nahm er den Frost mit, der die Straße mit Glätte überzogen hatte.

Birke zog die Schulterblätter hoch. Wo blieben die anderen nur? Vielleicht kam die Kälte daher, dass der Platz neben ihr so leer war.

Ein Wunder brauchen wir, dachte sie. Warum nicht jetzt, wie damals vor fast zweitausend Jahren?

2

Skeewacht Hüs

Der Wind hatte sich sicherlich schon in vielen Weihnachts-
nächten den Weg in das alte Haus im Kimangwai gebahnt.
Doch Birke fragte sich, ob er dort schon jemals so viele Menschen vorgefunden hatte, die unter diesem Dach Zuflucht gesucht hatten.

Da Idas Mann, der Bauer Siegfried Prenderney, in den
Krieg gemusst hatte, war Birke hier eingezogen, um Tante Ida
zu unterstützen. Diese musste sich nun nicht nur allein um
ihren Sohn Tede, den Hof und das Vieh kümmern, sondern
dazu noch um Leni. Und der alte Opa Prenderney musste
auch gepflegt werden.

Tede heckte selbst in diesen angstvollen Zeiten ständig Unsinn aus. Opa Prenderney nannte ihn einen *Snootbalig*, was
so viel wie Rotzlöffel bedeutete. Aber Birke war dankbar,
dass Tede das Lachen lebendig hielt, koste es, was es wolle,
selbst dann, wenn alle anderen kaum noch wussten, wofür sie
morgens aufstehen sollten. Tede war mit seinen fünfzehn nur
sieben Jahre jünger als sie selbst, aber Birke fühlte sich neben
ihm manchmal uralt. Das lag nicht nur daran, dass ihr rechtes
Knie bei diesem Wetter noch immer bei jeder Bewegung
schmerzte und sie an den vergangenen Sommer erinnerte,
den sie zu gern aus ihrer Erinnerung gelöscht hätte.

Dann war da noch Emil. Emil war fast so alt wie Opa Prenderney. Jedenfalls nahm man das an. Woher Emil gekommen war, wusste niemand. Er war bei Ebbe von der Nachbarinsel Föhr herübergelaufen, aber keiner hatte ihn dort vermisst. Er konnte sich selbst nicht erinnern, woher er kam. Wer auch immer ihm die schlecht verheilte Wunde an seiner Stirn zugefügt hatte, mochte die Ursache dafür sein. Die Narbe sah aus wie ein Fragezeichen.

Der Krieg hatte ihn hier angespült wie so manches Treibgut, und weil man nicht wusste, wohin mit ihm, schlug Ida vor, dass er eine gute Gesellschaft für Opa Prenderney sein könnte. Der alte Hof hatte so viele Stuben, dass für den Emil auch noch eine übrig war. Je mehr Menschen auf dem Hof, desto besser, fand Ida. Zum einen fiel Leni dann weniger auf. Sie war jüdisch, und keiner durfte es wissen. Zum anderen half es gegen die schmerzliche Stille, die das Fehlen von Idas Siegfried hinterlassen hatte.

»Warum soll das Skeewacht Hüs nicht eine Art Arche Noah für uns alle sein?«, fragte Tante Ida, und nicht einmal Opa widersprach.

Das *Skeewacht Hüs* hieß so, weil über dem Tor eine Waage mit zwei herunterhängenden Schalen eingemeißelt war. Die Schalen hingen auf gleicher Höhe. In Öömrang, dem friesischen Dialekt der Insel, war *Skeewacht* das Wort für eine solche Waage. Für Tante Ida bedeutete das die Aufgabe, in das Leben aller Anwesenden trotz des Krieges so etwas wie ein Gleichgewicht zu bringen. Wenn nicht hier, auf dem sturmerprobten Hof auf einer Insel im Wattenmeer, wo dann?

Ida fand, die vielen Menschen und Stimmen wirkten auch gegen die Angst und die Ungewissheit, die sich in diesem Jahr ausbreiteten wie Nebel im November.

Tante Ida hat recht, dachte Birke, es hilft. Sie lauschte auf die Kinderstimmen in der Küche.

»Filine, wenn du so viel Plätzchen isst, sind keine mehr für den bunten Teller übrig!«, hörte Birke Pinswins Stimme.

»Aber sie schmecken so gut, und ich habe Hunger«, verteidigte sich Filine.

»Leni möchte aber auch mal probieren«, widersprach Pinswin.

»Es sind genug Plätzchen für alle da. Ausnahmsweise. Deswegen haben wir sie ja für heute aufgehoben«, schritt Beeke ein.

Birke lächelte. Ihre ältere Halbschwester verlor nie die Ruhe. Sie selbst wurde immer ungeduldiger. Dabei ging es ihnen hier noch besser als den meisten Menschen. Sie hatten den Hof und dadurch wenigstens gerade genug zu essen für alle.

Der Wind schien genauso unruhig zu sein wie sie, denn er rüttelte nun am Fenster, das laut klapperte. Unwirsch riss Birke ein Stück aus der herumliegenden Zeitung, um es hinter den losen Fensterladen zu klemmen.

Nun, da für einen Augenblick Stille in der Stube lag, bevor sich bald alle um den Baum versammeln würden, stand Birke andächtig davor. Gleich würden die anderen hereinkommen, und dann war es Zeit, die kostbaren Kerzen anzuzünden.

Die Pendeluhr, die so alt war wie der Hof, tickte seelenruhig vor sich hin. Weder hatte der Erste Weltkrieg sie erschüttert noch der Zweite – bisher jedenfalls. Sie war der Herzschlag dieses Hauses und tat Birke wohl. Das Ticken bedeutete, dass etwas vorwärtsging, egal, was geschah. Die Uhr bewältigte die Augenblicke einen nach dem anderen, und Birke fand den Gedanken beruhigend, dass dieses Jahr nicht mehr viele Tage hatte.

Von nebenan drang das Radio aus Opa Prenderneys Zimmer, wo er mit Emil saß.

Diese sechste Kriegsweihnacht steht mehr als alle vorhergehenden unter dem Ernst des kriegerischen Geschehens, schnarrte die blecherne Stimme. *Im Vordergrund aller Gedanken stehen die Ereignisse an den Fronten. In der Ruhe der Feiertage geht ein Strom von Segenswünschen zu unseren tapferen Soldaten, die in stürmischem Vorwärtsdringen oder in zäher Verteidigung ihre Aufgabe, die Heimat zu schützen, mit letzter Hingabe erfüllen. Am Heiligen Abend ist die Mehrzahl aller Volksgenossen um die Lautsprecher versammelt, um die von hohem Ernst erfüllten Worte zu hören, die Dr. Goebbels an die Nation richtet. In den Weihnachtstagen werden in vielen Familien Soldaten zu Gast sein. In den Werkstuben der Frauenschaft sind für die Kinder gefallener Kameraden Spielzeuge gefertigt worden, und manche anderen Beweise der Fürsorge, der Hilfsbereitschaft und der*

Kameradschaft zeugen davon, dass wir in dem Schicksalskampf, den wir austragen müssen, immer näher aneinanderrücken und immer mehr zu einer großen Familie werden. Auch die Alten wurden in diesem Jahr nicht vergessen. An fast hundert betagte Männer und Frauen, an Alleinstehende und durch den feindlichen Luftterror aus ihrer Heimat vertriebene Volksgenossen sind Einladungen ergangen. Im Festraum des Parteihauses finden sie sich unter dem Tannenbaum zusammen, wo es nicht an Kuchen und einer guten Zigarre fehlt. Musikalische und deklaratorische Darbietungen sorgen für die Unterhaltung. Der Ortsbeauftragte des Kriegs-Winterhilfswerkes begrüßte die Erschienenen in längerer Rede …

»Eine Zigarre von Goebbels. So weit kommt's noch!« Opa Prenderney schnaubte verächtlich.

»Der Krieg ist bald zu Ende«, sagte Emil.

Er stellte seine Worte so fest in den Raum, als gäbe es keinerlei Zweifel daran.

»Woher willst du das wissen?«

Birke fror wieder. Opa Prenderneys Stimme hatte selten so hoffnungslos geklungen.

»Ich weiß es einfach.«

»Du weißt doch sonst nichts mehr.«

Emil war unerschütterlich. »Eben. Darum habe ich in meinem Kopf viel Platz für die Dinge, die ich eben doch weiß.«

»Das wäre schön«, sagte Opa Prenderney. »Ich möchte nicht, dass Tede auch noch eingezogen wird.«

»Tede wird leben!«, sagte Emil.

Das Ausrufezeichen hinter dieser Aussage stand so fest und aufrecht wie der Leuchtturm draußen in den Dünen.

Wenn das für Tede gilt, dann erst recht für Pinswin und die anderen, dachte Birke. Sie wollte Emil nur zu gerne glauben. Opa Prenderney aber würde nicht auf eine Zigarre verzichten müssen. Sie lag mit den anderen Geschenken unter dem Baum. Während eines Besuchs bei ihrer Mutter in Bremen hatte Birke schon vor längerer Zeit gründlich auf dem Schwarzmarkt eingekauft. Vor einigen Jahren war auf Amrum eine Kiste mit Rasierklingen angespült worden. Da die meisten Männer im Krieg waren oder Bart trugen, hatte man auf der Insel nicht allzu viel Verwendung dafür. Auf dem Schwarzmarkt hingegen erwiesen sie sich als erstaunlich einträglich.

Manche der Amrumer Männer allerdings gingen dazu über, sich ordentlich zu rasieren, da die Klingen nun einmal da waren und nichts gekostet hatten. Sie waren ein Hauch von Luxus in diesen Tagen. Außerdem, sagte Opa Prenderney, konnte es nicht schaden, wenn man dem Schicksal wenigstens frisch rasiert gegenübertrat.

Die Männer hatten es gut, dachte Birke. Sie wusste sich selbst keinen so einfachen Rat, wie sie sich gegen das Schicksal wappnen sollte.

Auf dem Schwarzmarkt war es Birke auch gelungen, zwei Kinderbücher zu ergattern, die nun in buntbemaltem Zeitungspapier verpackt mit den anderen Geschenken unter dem Baum warteten.

Kinder, denen man nicht nur die Eltern, sondern auch die Heimat genommen hatte, sollten wenigstens für kurze Zeit alles vergessen können, während sie ein Abenteuerbuch lasen.

Leni würde bei Ida immer ein Zuhause haben. Aber als Birke das zweite Buch einwickelte, hätte sie am liebsten eine ganze Zukunft mit eingepackt.

Schließlich hing von dieser Zukunft auch ihre eigene ab. Denn das, was Birke selbst sich so brennend wünschte, das konnte ihr niemand unter den Baum legen.

Behutsam rückte sie die Päckchen noch einmal zurecht, als die angelehnte Tür zum Flur aufflog. Mit der Ruhe war es jetzt vorbei. Stolz trug Filine mit beiden Händen den bunten Teller in die Stube.

»Lass ihn bloß nicht fallen!«, mahnte Pinswin. Erst als Filine den Teller sorgfältig auf dem Tisch abgestellt hatte, ließ er sie aus den Augen. »Leni, wo bleibst du denn?« Er sah sich um. Leni war auf dem Flur stehen geblieben und sah mit großen Augen in die Stube. Der hohe, ungewöhnliche Weihnachtsbaum mit den Päckchen darunter in der dunklen Bauernstube schien ihr Respekt einzuflößen. Pinswin nahm sie bei der Hand und zog sie sanft herein.

Vielleicht war es auch die Kälte, die Leni zögern ließ, und das lag nicht nur am Wind. Zwar brannte heute im Ofen ein ordentliches Feuer, das die Schatten tanzen ließ und die Seele wärmte, doch in letzter Zeit musste man damit sehr sparsam umgehen. In den alten Wänden hatte sich der Winter gründlich eingenistet.

Gleich würden die anderen mit neuem Feuerholz zurück sein, und dann konnte der Weihnachtsabend endlich beginnen. Birke sah zur Tür. War davor nicht ein Poltern zu hören? Ihr Blick fiel auf schlammige Fußabdrücke. Dabei hatte sie den Boden heute Morgen erst zur Feier des Tages blankgewischt.

»Wer von euch hat wieder nicht seine Schuhe saubergemacht?«, fragte sie mit gespielter Strenge. Eigentlich war sie in diesen Tagen froh über jedes Zeichen normalen Lebens, aber das mussten die Kleinen nicht wissen. Das Einzige, was man ihnen im Augenblick wirklich schenken konnte, war Erziehung.

Leni schüttelte stumm den Kopf.

»Ich war's nicht«, sagte Pinswin. »Meine Füße sind schon viel größer.«

»Meine auch«, erklärte Filine. »Sogar noch größer.«

Natürlich. Birke starrte auf den kleinen Abdruck einer schmutzigen Sohle.

Bene.

Benedikt, das Kind, das sie vor einigen Wochen noch nicht einmal gekannt hatte. Und nun hing ihr eigenes Glück davon ab, wie Benes Leben weitergehen würde.

»Ist jetzt Bescherung, Birke?«, fragte Pinswin.

»Und können wir die Kerzen anzünden?«, wollte Filine wissen.

Beeke kam nun auch aus der Küche herein. »Gleich, Kinder. Ich hole noch den Opa und Emil. Wo bleiben die anderen, Birke?«

»Ich sehe mal nach.« Birke öffnete die Haustür einen Spalt

und schlüpfte rasch hinaus, damit nicht noch mehr Kälte eindrang.

Draußen blinzelten Sterne zwischen mondsilbernen Wolken. Alle sieben Sekunden huschte der Lichtstrahl des Leuchtturms über die Insel und nahm der Dunkelheit das Gewicht.

Hinter dem Haus hörte sie Schritte in gefrorenen Pfützen knirschen und dann die helle Stimme Benes, der etwas rief. Sie dachte daran zurück, wie sie diese Stimme das erste Mal gehört hatte und was alles daraus folgte.

Während sie da unter dem Mond stand, begann die Kirchenglocke zu läuten. Der Wind trug den Klang heran wie Wellen. Mal schien er ganz nahe, dann wieder sanft wie aus weiter Ferne.

In dieser Weihnachtsnacht hörte sich Inna, wie sie die Glocke noch immer nannte, besonders schön an. Birke atmete tief ein, verlor sich in den Tönen und vergaß die Zeit. Sie vergaß sogar, dass sie auf die anderen wartete und die Kinder drinnen auf die karge Bescherung. Die schmerzliche Anspannung in ihr ließ nach.

Der klare Geruch nach Frost versetzte sie zurück in den letzten Winter, als Birke dachte, dass sie noch lange für Frau Dr. Kilian arbeiten würde, geborgen in deren chaotischem Dachzimmer und den Träumen, die Birke für sie festhielt.

Föhr

Mai 1943

3

Ein nasses Bewerbungsgespräch

Die Arbeit bei Frau Dr. Kilian war eine der wenigen guten Ideen von Birkes Mutter gewesen.

Dabei hatte Birke nur widerwillig nachgegeben, als diese damals am Telefon weinerlich gebeten hatte, Birke solle wieder zu ihr nach Bremen kommen und bei ihr wohnen. Es war das Letzte, worauf Birke Lust hatte. Nur weil sich die meisten Männer an der Front befanden und ihre Mutter sich daher ausnahmsweise einsam fühlte, war das noch lange kein Grund, bei ihr einzuziehen!

Nach ihrem Notabitur war Birke zu ihrem Pflichtjahr beim Reichsarbeitsdienst einberufen worden. Das Jahr auf dem Bauernhof in Bayern lag nun hinter ihr. Es war schwere Arbeit gewesen, aber eine Arbeit, die sie mochte. Auch die Kameradschaft mit den anderen Mädchen und das abendliche Singen am Lagerfeuer hatten ihr gefallen. Doch jetzt wusste sie nicht, wohin mit sich. Sie hatte kein Geld für eine eigene Wohnung, wenn sie überhaupt eine gefunden hätte. Also beschloss sie, der Bitte ihrer Mutter doch erst einmal zu folgen. Sie würde Weihnachten mit ihr verbringen und dann herausfinden, wie es weitergehen sollte.

Zu ihrer Überraschung hatte ihre Mutter, die sich sonst um Birkes Leben wenig kümmerte, einen Vorschlag.

»Die Tochter von Leutnant Greski, ein ganz reizender Mensch übrigens, also die Gertrud, die lernt ab Januar Stenographie und Schreibmaschine. Da gibt es so eine Ausbildung. Da sind noch Plätze frei. Das wäre doch etwas für dich, etwas Vernünftiges.« Birke war verblüfft. Vernunft und Gisa Rossmonith passten erfahrungsgemäß nicht zusammen. »Wieso glaubst du das?«

»Na ja.« Ihre Mutter wich ihrem Blick aus. »Es könnte ja sein, dass wir diesen Krieg nicht gewinnen. Dann wäre es danach sicher gut für dich, wenn du so was kannst. In Englisch bist du ja auch so schlau. Vielleicht kannst du irgendwann dolmetschen oder dich sonst wie nützlich machen.« Ihr Tonfall war ungewohnt nüchtern. Birke wunderte sich. Als sie Gisa vor einem Jahr das letzte Mal gesehen hatte, war ihre Mutter noch voller Begeisterung für die Sache des Führers gewesen.

Nachdem sie länger darüber nachgedacht hatte, fand sie diesen Vorschlag tatsächlich vernünftig. Je eher sie Geld verdiente und aus dieser Wohnung herauskam, desto besser. Irgendwann würde Gisa wieder einen Mann kennenlernen. Und noch bevor das geschah, würden Birke und Gisa sich unweigerlich streiten.

Also meldete sie sich an.

Mit Gertrud Greski wurde sie nie richtig warm, aber immerhin halfen sie sich gegenseitig mit den Aufgaben und hielten sich bei der Stange, wenn ihnen der Kasernenton der Ausbilderin zu viel wurde. So gelang es beiden, die Lehre erfolgreich zu beenden.

Als Birke mit der Urkunde nach Hause kam, warf Gisa einen Blick darauf, nickte flüchtig und stellte Birke einen Mann in Uniform vor, der sich höflich vom Sofa erhob. »Das ist Rittmeister Winkelmann«, sagte Gisa stolz. »Er hat mich zum Tanz in den Mai eingeladen, stell dir vor.«

Erstaunlicherweise erwies sich der Rittmeister als nützlich, denn als Gisa am nächsten Vormittag nach der Tanzveranstaltung verschlafen auftauchte, reichte sie Birke eine Karte. »Ich habe Otto erzählt, was du alles kannst und dass du eine Verdienstmöglichkeit suchst. Er kennt eine Frau Dr. Kilian, die eine englischsprachige Sekretärin sucht. Sie wohnt allerdings auf Föhr. Ich habe ihm versprochen, dass du dich bei ihr melden wirst.«

Gisa wollte die Wohnung also wieder für sich allein haben. Sie war nun nicht mehr einsam. Doch Birke war der Vorschlag so willkommen, dass sie sich ausnahmsweise nicht darüber ärgerte, dass ihre Mutter in ihrem Namen irgendwelche Versprechen abgegeben hatte. Föhr! Etwas Besseres konnte ihr gar nicht passieren. Die Insel Föhr war nahe bei Amrum, wo ihre geliebte Tante Ida wohnte. Bei Tante Ida hatte sich Birke immer zu Hause gefühlt. Wenn sie diese Stelle nun bloß auch bekam!

Frau Dr. Kilian war eine imposante Erscheinung. Etwa sechzig, hochgewachsen und elegant, mit silbernen Haaren und warmen braunen Augen.

»Guten Tag, ich bin Birke Rossmonith. Ich sollte mich hier vorstellen.«

»Ich habe Sie erwartet. Es freut mich, dass Sie so pünktlich sind. Haben Sie einen Badeanzug da drin?« Frau Dr. Kilian wies auf Birkes Reisetasche.

»Äh – ja, schon.« Dies gehörte nicht zu den Fragen, auf die Birke sich vorbereitet hatte.

»Gut. Kommen Sie herein, Sie können sich dort umziehen. Wir gehen an den Strand.« Frau Dr. Kilian ließ sie in den engen Flur der Dachwohnung und wies auf eine kleine Tür, die wohl in das Badezimmer führte. »Oder ist Ihnen das Wasser noch zu kalt zum Schwimmen?«

»Das weiß ich nicht«, sagte Birke wahrheitsgemäß. Früher, ja, als sie zehn oder zwölf war und mit den anderen bei Tante Ida auf Amrum herumgetobt war, mit Gunne und Enno und Nadja und Line, da hatten sie sich auch manchmal im Mai schon in die kalten Wellen geworfen. Aber das war sehr lange her.

Frau Dr. Kilian lachte. Es war ein Lachen, bei dem Birke an Sommerwärme über reifen Kornfeldern denken musste. »Diese Antwort gefällt mir. Kommen Sie, lassen Sie es uns herausfinden.«

Der Strand war nicht weit. Es war ein ruhiger Tag mit einem launigen Frühlingswind, der die Wellen abwechselnd weckte und wieder einschlafen ließ. Die Flut war noch nicht auf dem Höhepunkt. Sie mussten ein ganzes Stück hineinwaten, bis das Wasser tief genug zum Schwimmen war. Birke hielt sich tapfer, bis die Kälte ihren Bauchnabel traf, dann entfuhr ihr ein kindliches Quietschen. Unentschlossen blieb sie stehen. Frau Dr. Kilian lächelte ihr zu und ließ sich ohne Zögern ins Wasser fallen.

»Zwölf Grad sind eine Herausforderung. Aber wenn Sie es nicht ausprobieren, werden Sie es nie wissen«, sagte sie.

Es gab kein Zurück. Birke schloss die Augen und warf sich in die Wellen, die um sie herum aufschäumten, als wollten sie sie auslachen. Erst blieb ihr die Luft weg. Das Wasser war so kalt, dass es auf ihrer Haut wie Feuer brannte. Dann prickelte ihr ganzer Körper. Birke stellte fest, dass sie wieder atmen konnte. Tatsächlich hatte sie nicht gewusst, dass so viel von der klaren, salzigen Luft in ihre Lungen passte. Auf einmal war ihr Atem weit wie der Himmel. Sie fühlte sich leicht. Die Nordsee schmeckte vertraut und geheimnisvoll zugleich auf ihrer Zunge, nach Kindheit, Tang, Sommer und Sorglosigkeit.

Birke schwamm auf den Horizont zu, mit glücklich ausholenden Bewegungen.

»Sehen Sie?«, sagte Frau Dr. Kilian neben ihr, die mühelos mithielt. »Die Kälte brennt alles Dunkle aus Ihnen heraus und macht Sie frei. Es ist, wie neu geboren zu werden, jedes Mal wieder. Jetzt müssten Sie Ihr Gesicht sehen können, es ist völlig anders als vorhin. Das wollte ich sehen. Und genauso müssen Sie es mit Ihrem Geist machen und Ihrer Phantasie. Geben Sie ihnen den Raum, den das Meer dafür bereithält. Und die Frische und die Bewegung.«

Über diese Worte würde Birke später nachdenken. Jetzt wollte sie nur immer weiterschwimmen. Lange hatte sie sich nicht mehr so gut gefühlt. Sie drehte sich auf den Rücken. Oben zogen weiche Federwolken über den Himmel, und darunter flog eine verspätete Formation von Wildgänsen nach

Norden. Sie waren so exakt ausgerichtet, dass sie wie ein rätselhafter Buchstabe wirkten.

»Die Vögel setzen Zeichen«, sagte Frau Dr. Kilian, die nicht nur Birkes Blick gefolgt war, sondern merkwürdigerweise anscheinend auch ihren Gedanken. »Sie sagen, dass Ihnen etwas Gutes widerfahren wird, das Ihr ganzes Leben ändern kann. Und zwar dann, wenn die Vögel wieder zurückkehren.«

Birke war verwirrt. »Im Herbst?«

»Sicher nicht in diesem. Vielleicht im nächsten.«

Diese Frau Doktor war offensichtlich wunderlicher, als sie aussah. Anscheinend hielt sie sich für eine Hellseherin. Doch Birke wusste genau, dass sie unbedingt für diese Frau arbeiten wollte.

»Jetzt aber rasch zurück und raus aus dem Wasser, sonst wird es gefährlich«, mahnte Frau Dr. Kilian. »*Can you tell me something about your life and why you speak English so well?*«, fragte sie dann unvermittelt.

Als Birke sich dieses Bewerbungsgespräch vorgestellt hatte, hatte sie nicht damit gerechnet, dass sie es bis zum Hals im Wasser führen würde. Und nun sollte sie auch noch auf Englisch über ihr Leben erzählen und warum sie Englisch beherrschte! Nun gut. Sie wollte diese Stelle, also würde sie sich anstrengen.

Zu ihrer Überraschung stellte sie fest, dass es ihr unter diesen Umständen leichter fiel, als es auf einem unbequemen Stuhl in einem engen Raum gewesen wäre. Während das scharfe Prickeln langsam nachließ und sich in Wärme verwandelte, das Wasser sie zurück zum Strand trug und die

Gischt weiße Muster auf die Oberfläche malte, kamen ihr immer mehr englische Worte wieder in den Sinn. Sie erzählte von ihrer Kindheit auf Amrum, die jäh zu Ende war, als ihr Vater Alrik Rossmonith starb. Birke war damals zehn Jahre alt gewesen.

Tante Ida hatte ihr einmal erzählt, wie Birkes Eltern sich kennengelernt hatten. Es war auf Idas Hochzeit mit Siegfried Prenderney gewesen. Natürlich hatte Ida ihre Schwester Gisa eingeladen. Aber sie hatte nicht damit gerechnet, dass Gisa sich ausgerechnet in den als schwierig bekannten Witwer Alrik verlieben würde, der auch noch viel älter war als sie.

Doch Gisa ließ nicht locker. Und nicht nur Ida war später überzeugt, dass Alrik Rossmonith der einzige Mann war, den Gisa jemals wirklich liebte. Zu jedermanns Überraschung funktionierte diese merkwürdige Ehe hervorragend, bis Alrik an einem Herzinfarkt starb.

Birke hatte keine sehr innige Beziehung zu ihrem Vater, der nicht viel mit Kindern anzufangen wusste. Und auch Gisa war nicht wirklich zur Mutter geboren. Doch es gab ja Tante Ida, auf deren Hof sich Birke am liebsten aufhielt und wo sie jederzeit willkommen war. Außerdem tobte sie ohnehin die meiste Zeit mit ihren Freunden durch die Wälder und die Heide, in den Dünen, am Strand und im Meer.

Gisa aber war ein Stadtmensch, und nach Alriks Beerdigung zog sie mit Birke nach Bremen. Alrik hatte gut vorgesorgt, so dass sie ein anständiges Auskommen hatten. Gisa verarbeitete ihre Trauer, indem sie fast jeden Abend tanzen ging. Birke blieb allein in der Wohnung und fürchtete sich. Bis sie den Mann aus der Nachbarwohnung kennenlernte: Alan Joyner.

Alan war ein Engländer, der schon länger in Bremen in einem Handelskontor arbeitete. Er war Mitte fünfzig und strahlte genau das Väterliche aus, das Birke nie kennengelernt hatte. Birke hatte gegen ihre Angst die Wohnungstür geöffnet und stand ratlos und unglücklich im Treppenhaus, als er ihr das erste Mal begegnete. »Du siehst so traurig aus, liebes Kind, verrätst du mir warum?«

»Ich bin so alleine.«

»Weißt du was? Ich auch. Wir könnten etwas zusammen spielen oder lesen, aber das geht natürlich nicht, weil du mich ja nicht kennst, nicht wahr?«

Birke nickte stumm. Das war eine der wenigen Regeln, die ihre Mutter ihr eingeschärft hatte: nicht mit Fremden zu reden oder gar mit ihnen in die Wohnung zu gehen.

»Aber das können wir ändern«, sagte der Fremde. »Wenn deine Mutter wieder da ist, werde ich mit ihr sprechen. Möchtest du das?«

Er hielt Wort, stellte sich bei Gisa vor und bot ihr an, abends manchmal auf Birke aufzupassen und ihr bei den Hausaufgaben zu helfen. Gisa war überaus dankbar für dieses Angebot und bedankte sich mit einem strahlenden Lächeln und ihrem gewohnheitsmäßigen Augenaufschlag, der Alan wenig zu interessieren schien.

Von da an gab es wieder Geborgenheit in Birkes Leben. Unter der gemütlichen Lampe an Alans wackeligem Wohnzimmertisch aß sie angebrannte Kartoffelpuffer mit Apfelmus, übte, Aufsätze zu schreiben, verlor die Angst vor Mathematikaufgaben, und – das Wichtigste – sie lernte Englisch. Denn Alan las ihr spannende Geschichten auf Englisch vor, Märchen, Sagen und Abenteuer, und oft auch wissenschaftliche Artikel aus einem reichbebilderten Magazin. Und er bestand darauf, dass sie sich in Englisch darüber unterhielten. So lernte Birke nicht nur Vokabeln, ohne es zu bemerken, sie lernte auch die Musik dieser Sprache zu lieben. Englisch wurde für sie die Sprache einer anderen aufregenden Welt, einer sagenhaften Welt, die es tatsächlich gab, die irgendwo da draußen Wirklichkeit war. Auf Englisch sprach sie schließlich mit Alan über ihre kleinen und großen Sorgen und über ihre Träume.

Zeitlebens würde ein Geruch nach Pfeifentabak, alten Büchern oder einem regenfeuchten Tweedjackett ihr Alan Joyners Gegenwart so deutlich heraufbeschwören, als säße er neben ihr und berühre gerade tröstend ihre Schulter.

Kurz vor ihrem Abitur bat Alan sie herein, und sie sah sofort in seinem Gesicht, dass jetzt etwas Trauriges kommen würde.

»Ich muss gehen, liebe Birke«, sagte er. »In diesem Land kann ich nicht mehr bleiben. Ich muss zurück in meines. Die Zeiten haben sich geändert. Doch du wirst etwas Gutes aus deinem Leben machen. Ich weiß es, und ich bin sehr stolz auf dich.«

»Wirst du wiederkommen?« Eigentlich war Birke viel zu alt, um zu weinen, aber vor Alan schämte sie sich nicht.

»Ich weiß es nicht, kleine Birke«, sagte er. »Die Zeit, die uns trennt, wird auch zeigen, ob sie uns wieder zusammenführt. Aber ich bin überzeugt, dass du Richtung Himmel wachsen und deine Wurzeln eines Tages am richtigen Ort fest in der Erde ankern wirst wie der schöne, helle Baum, dessen Namen du trägst.«

»Aha! Das erklärt es«, sagte Frau Dr. Kilian.

»Was erklärt was?« Birke hatte Frau Dr. Kilians Anwesenheit fast vergessen, so sehr brachte ihr der Gebrauch der englischen Sprache ihren alten Freund wieder nahe.

»Warum Sie Englisch mit so viel Gefühl sprechen. Sie haben es auf lebendige Weise gelernt. Das ist gut.« Frau Dr. Kilian watete aus dem Wasser. Selbst dabei wirkte sie elegant. Sie strich sich mit den Händen die Tropfen aus den silbernen Haaren und wandte sich zu Birke um. »Sie haben die Stelle. Ich freue mich!«

Birke hätte am liebsten einen Hüpfer gemacht. »Wirklich? Und was werden meine Aufgaben sein?« Ihre Beine waren steif und gefühllos von der Kälte, aber die Maisonne brannte warm auf ihren Schultern.

Frau Dr. Kilian reichte ihr ein Handtuch. »Das erkläre ich Ihnen bei einem heißen Tee. Ich werde Ihnen meine Schatzkisten zeigen.«

Birke musste überrascht ausgesehen haben, denn Frau Dr. Kilian lächelte belustigt. »Nicht erschrecken. Keine Piratenbeute. Keine Juwelen. Es geht um etwas viel Wertvolleres.«

4

Dr. Kilians Auftrag

»Darf ich vorstellen?« Frau Dr. Kilian wies auf einen Tisch am Giebelfenster. Draußen sah man oben auf den Dünen den Wind im Strandhafer spielen. Die Halme zeichneten Kreise auf den Sand.

In der Fensterscheibe spiegelte sich eine alte schwarze Schreibmaschine, die auf dem Tisch hockte wie ein Wesen aus einer anderen Zeit. Der schwarze Lack war hier und da abgeschabt. Man sah ihr an, dass sie schon viel erlebt hatte. »Das ist Nirina«, sagte Frau Dr. Kilian. »Ich hoffe, dass Sie mit ihr umgehen können. Nirina ist ein wenig speziell. Nehmen Sie doch Platz.«

Birke ließ sich vorsichtig auf einem der wackeligen Stühle nieder.

»Ich habe die Wohnung möbliert gemietet«, sagte Frau Dr. Kilian entschuldigend. »Noch ist nichts zusammengebrochen. Da habe ich schon ganz andere Möbel erlebt.«

Birke betrachtete die Schreibmaschine zweifelnd. Die, auf der sie das Tippen gelernt hatte, war deutlich moderner gewesen.

»Nirina?«

»Das ist ein madagassischer Vorname«, erklärte Frau Dr. Kilian. »Er bedeutet *Wunsch*. Ich habe diese Maschine vor langer Zeit auf Madagaskar von einem alten Botaniker bekommen, weil ich seinen Ausschlag geheilt habe. Ich habe sie so genannt, weil ich mir wünschte, dass sie funktioniert. Ja, und weil ich ihr über die Jahre den einen oder anderen Wunsch anvertraut habe. Finden Sie es seltsam, dass ich einer Schreibmaschine einen Namen gegeben habe? Sie war oft so etwas wie eine Gefährtin und stumme Gesprächspartnerin für mich, wissen Sie?«

Auf einmal verlor Birke die Scheu vor Frau Dr. Kilian. »Ich finde es nicht seltsam. Ich habe eine Kirchenglocke Inna getauft.«

Frau Dr. Kilian lachte auf. »Wunderbar. Ich wusste, dass Sie die Richtige sind. Probieren Sie mal, ob Sie sich mit Nirina anfreunden können. Mit dem kleinen o müssen sie vorsichtig sein. Es stanzt Löcher in das Papier, wenn man es zu doll anschlägt.«

Vorsichtig schlug Birke einige Tasten an. *Hallo*, schrieb sie. Das Schreibmaschineschreiben hatte ihr in der Ausbildung mehr Spaß gemacht als die Stenographie. Sie liebte es zuzusehen, wie die Hebel nach vorne sausten. Wie lauter kleine Arme waren sie, für jeden Buchstaben einer, die zusammen in einem stillen Tanz arbeiteten, um die Worte auf dem Papier zu formen. *Hallo Nirina, ich glaube, es wird klappen mit uns beiden. Ich mag die Geräusche, die du machst, und das Gesicht, mit dem du mich ansiehst. Man merkt, dass du schon viel erlebt hast.*

»Oh«, sagte Birke erschrocken, »nun habe ich das Papier verschwendet.«

»Unsinn.« Frau Dr. Kilian zog das Blatt heraus und legte ein neues ein. »Ich habe doch gesagt, Sie sollen sich mit Nirina anfreunden. Das geht nicht ohne Worte. Sie sind flink. Das wird funktionieren. Nun werde ich Ihnen zeigen, was ich vorhabe.« Sie ging ins Nebenzimmer und kam mit einem Stapel Pappkartons wieder.

»Ihre Schatzkisten?«

»Richtig.«

Die Kartons hatten merkwürdige Aufschriften. Birke erkannte spanische, arabische und chinesische Schriftzeichen. Alan hatte ihr einmal gezeigt, was für verschiedene Schriften es auf der Welt gab. Es hatte sie damals sehr beeindruckt, auf wie viele verschiedene Arten Menschen ihre Gefühle und Informationen in Formen bringen konnten, die sich winzig und ordentlich auf Papier bannen ließen.

Frau Dr. Kilian öffnete eine der Schachteln und stellte sie auf den Tisch. Birke sah einen Stapel Schwarzweißfotografien in verschiedenen Formaten.

»Sehen Sie sich ruhig welche davon an«, ermutigte Frau Dr. Kilian sie. »Ziehen Sie eine heraus wie aus einem Kartenspiel.«

Birke zog aufs Geratewohl an einer Ecke. Etwas Rundes kullerte aus der Schachtel, als sie das Bild herausnahm. Es sah aus wie eine große hölzerne Perle mit einer sonnenförmigen Einlage aus Perlmutt, das in allen Regenbogenfarben schimmerte. Ganz rund war sie nicht, sie hatte eher die angedeutete Form eines Vogels. Das Holz zeigte eine aparte, federähnliche Maserung.

»Polynesien«, sagte Frau Dr. Kilian. »Die Perle ist aus

Polynesien. Ich weiß gar nicht, wie sie in die Schachtel kommt.«

»Wie schön«, sagte Birke und berührte die Perle bewundernd mit einem Finger. Sie warf kleine bunte Lichtflecken auf die Tischplatte.

»Ich schenke sie Ihnen«, sagte Frau Dr. Kilian. »Nun sagen Sie mir, was Sie auf dem Bild sehen.«

Birke behielt die Perle verblüfft und ehrfürchtig in der Hand und betrachtete die leicht abgeschabte Schwarzweißfotografie. »Ein flaches Haus mit vielen Fenstern. Eine Terrasse drumherum und dann Sand. Ich glaube, es steht an einem Strand. Und dann ist da eine ungewöhnliche Palme, sie ist schief und hat einen Schnörkel im Stamm, und jemand hat einen Stuhl darauf gebunden oder genagelt. Wo steht dieses Haus?«

»In Tuvalu. Auf der Insel Nukufetau. Tuvalu liegt im Pazifischen Ozean, nördlich von Neuseeland. Was glauben Sie, wie dieses Haus gestrichen ist?«

Diese Frage war nicht leicht zu beantworten. »Gelb vielleicht. Oder türkis? Und das Dach ist grün. Glaube ich. Stimmt das?«

Frau Dr. Kilian lächelte. »Beinahe. Aber darum geht es nicht. Wie würden Sie es streichen, wenn Sie darin wohnen würden?«

»Ich weiß nicht. Vielleicht hellblau. Und die Fensterrahmen weiß und die Tür gelb. Ich würde Kissen auf den Stuhl legen, der auf dem Palmenstamm befestigt ist, und es wäre mein Lieblingsplatz.«

»Es war wunderbar, darauf zu sitzen«, sagte Frau Dr. Kilian. »Der Stuhl war ungefähr auf Schulterhöhe meines Mannes. Man konnte den schrägen Stamm der Palme mühelos hinaufklettern, und wenn man auf dem Stuhl saß, hörte man die Blätter über einem rascheln. Der Stamm federte ganz leicht. Gelegentlich flatterte ein Schmetterling vorbei, und unten begegneten sich Strand und Meer. Man konnte kleine Fische in Schwärmen vorbeihuschen sehen, die im Sonnenlicht silbern aufblinkten.«

»Sie haben dort gelebt?« Birke versuchte, sich das vorzustellen. »Wann war das?«

»Nicht gelebt, nur eine Woche gewohnt. Mein Mann hat dort eine Fotoreportage gemacht. Er hat für das *National Geographic Magazine* geschrieben, ich weiß nicht, ob Sie es kennen. Das Motto der Zeitschrift, die seit 1888 erscheint, ist es, die Leser für die Menschen, Tiere und Gegenden auf diesem Planeten zu begeistern.«

»O ja!« Birke setzte sich kerzengerade. »Die Zeitschrift kenne ich. Alan Joyner hatte sie abonniert. Er hat mir oft daraus vorgelesen und mit mir darin geblättert. Ich habe viel dabei gelernt. Die Artikel waren so lebendig und die Fotos so beeindruckend.« Die Hefte hatten einen ganz bestimmten Geruch gehabt, nach Druckerschwärze und Papier und irgendeiner Chemikalie, nach Vergangenheit und Geheimnissen. Als Kind war genau dieser Geruch für Birke der Inbegriff von dem Duft der großen, weiten Welt geworden. »Viel besser als Lehrbücher«, hatte Alan gesagt.

»Wie schön. Vielleicht haben Sie auch einmal einen Artikel

meines Mannes gelesen. Er hieß Marten. Marten Kilian. Ich habe ihn auf allen seinen Reisen begleitet. Zum fünften Hochzeitstag hat er mir eine eigene Kamera geschenkt. Und da fing ich an, meine eigenen Bilder zu machen. Er fotografierte alte Bäume und winzige Blüten, Steine und Gesichter. Ich konzentrierte mich auf Häuser und ihre Zäune und Gärten.« Sie wies auf den Stapel Kartons. »Sie sehen ja, es ist eine Menge dabei herausgekommen. Und jetzt will ich mit Ihrer Hilfe etwas daraus machen.«

»Sehr gerne.« Birke sah sich verstohlen um. Nein, es sah nicht so aus, als ob in dieser kleinen Dachwohnung noch ein Herr Kilian lebte.

»Fragen Sie ruhig«, sagte Frau Dr. Kilian mit einem wehmütigen Lächeln. »Mein Mann ist tot. Gefallen. Vor einem Jahr. Er war als Funker tätig. Angeblich sind sie in einen Hinterhalt geraten. Aber ich weiß es besser. Er hat Fotos gemacht. Er hielt es für seine Pflicht. Fotos, die Dinge zeigten, die dem Führer nicht gefallen hätten. Die deutlich machten, wie dieser Krieg wirklich ist. Er hat sie nach Amerika geschmuggelt, und man wollte ihn loswerden. Er wusste um die Gefahr. Doch er konnte nicht anders.« Frau Dr. Kilian blickte zum Fenster hinaus, aber es waren nicht die Dünen, die sie draußen sah. »Ich wusste immer, dass ich ihn verlieren würde. Seit ich ihn kennengelernt habe, wusste ich es. Darum habe ich jeden Moment und jeden Traum mit ihm in meiner Erinnerung und in Bildern so gut festgehalten wie nur möglich. Er hat Krokodile gefilmt und Lawinen. Er hatte keine Angst. Ich habe immer damit gerechnet, dass dabei etwas schiefgehen könnte.

Womit ich nicht gerechnet habe, ist, dass ihn sein eigenes Volk ermorden würde, weil er die Wahrheit dokumentiert hat.«

Sie machte eine Armbewegung, wie um einen Geist zu verscheuchen, und wandte sich wieder Birke zu. »Aber das ist nicht das, mit dem wir uns jetzt befassen wollen. Wir haben ein Spiel gespielt, mein Mann und ich, abseits seiner Arbeit. Wir haben Häuser betrachtet, wo auch immer wir waren, und von denen, die uns berührt haben, habe ich Fotos gemacht. Dann haben wir uns vorgestellt, wie es wäre, wenn wir darin leben würden. Wir hatten nie ein wirkliches Zuhause, weil wir so viel auf Reisen waren. Darum war dieses Spiel für uns so reizvoll. Wir haben auf diese Art unzählige imaginäre Leben gelebt, indem wir diese Häuser in Gedanken einrichteten, eine Familie darin gründeten, Freunde einluden, den Garten bepflanzten. Jedes Haus eröffnete neue Möglichkeiten. Und wenn wir fertig waren mit unserer Vorstellung davon, wie es sein könnte, haben wir manchmal herausgefunden, wer wirklich dort lebte. Dann habe ich mir beide Geschichten notiert. Aber nur flüchtig.«

Frau Dr. Kilian setzte sich zu Birke an den Tisch. »Jetzt möchte ich Ihnen diese Geschichten ausführlich diktieren, so dass wir mit den Bildern dazu ein Buch machen können. Und ich möchte es auf Englisch tun, denn hier in Deutschland wird sich in absehbarer Zeit keine Möglichkeit der Veröffentlichung dafür finden. Das Land hat andere Sorgen, weiß Gott. Und diese unsägliche Reichspressekammer verbietet immer mehr Verlage und Zeitungen. Aber mein Mann hat viele Freunde und Kollegen bei *National Geographic*, mit denen ich noch in Kontakt bin. Diese sind sich sicher, drüben einen Verlag dafür finden zu können. Die Mutter meines Mannes war Amerikanerin. Er hat noch eine Cousine, die bei der Vermittlung ebenfalls helfen würde. Sie arbeitet in England bei einem Verlag, der mit dem *National Geographic* kooperiert.«

Frau Dr. Kilian stand wieder auf und lief in der engen Stube hin und her. »Ich bin noch nicht bereit, Abschied von meinem Mann zu nehmen! Können Sie das verstehen? Das hier werden dreißig Kapitel. Dreißigmal wird unsere Liebe noch einmal lebendig, in ganz verschiedenen Leben, die Wirklichkeit hätten sein können. Am Ende dieses Buches werde ich bereit sein zum Abschied. Wen interessiert das, werden Sie sich fragen. Doch ich bin überzeugt, es wird ein sehr lebendiger Reisebericht. Einer, der dem Leser die Orte nahebringt, und zwar durch die Liebe, deren Spuren wir dort gelassen haben und die in meinem Herzen und meinen Notizen bewahrt ist. Ich habe Arthrose in den Fingern, und ich habe nie wirklich Schreibmaschine schreiben gelernt, auch wenn ich auf Nirina den einen oder anderen Text gehämmert habe. Ich bin zu müde. Sie werden meine Worte für mich aufschreiben, ja?« Frau Dr. Kilian stützte sich auf die Lehne von Birkes Stuhl. »Was sagen Sie, trauen Sie sich das zu? Ich würde Ihnen diktieren, Sie stenographieren und schreiben es dann auf Nirina ins Reine.«

O ja, das traute sie sich zu. Es klang nach einem wunderbaren Abenteuer. Fast wie eine Fortsetzung der Stunden bei Alan. Und Frau Dr. Kilian und sie selbst würden dabei meilenweit vom Krieg entfernt sein, wenigstens in Gedanken.

Sie hatte das Gefühl, dass Marten Kilian ebenfalls unsichtbar anwesend war. Die Liebe und die Trauer in Frau Dr. Kilians Augen, als sie von ihrem Mann sprach, hatten Birke tief erschüttert. Sicher mochte es sich immer anfühlen, als ob er ihr bei der Arbeit über die Schulter schauen würde. Aber es würde eine freundliche Gegenwart sein.

»Hier ist leider kein Zimmer mehr frei«, sagte Frau Dr. Kilian. »Aber ich habe mich bereits erkundigt. Ganz in der Nähe gibt es eine Pension, Haus Seenelke. Ich werde Ihnen ein Gehalt zahlen, von dem sie sich die geringe Miete leisten können. Es ist kein Luxus dort, aber Sie werden ohnehin die meiste Zeit hier bei mir sein. Ich warne Sie, die Arbeitszeiten sind lang. Ich möchte dieses Projekt so schnell wie möglich fertigstellen.«

Das Zimmer in der Seenelke war winzig und schlicht, aber in der Ferne sah man das Meer; und Birke war vollkommen zufrieden. Erst als sie sich mit der Vermieterin einig war, ihre kleine Reisetasche ausgepackt hatte und nachdenklich auf dem Bett saß, fiel ihr auf, wie dringlich dieser letzte Satz von Frau Dr. Kilian auf einmal geklungen hatte. Beinahe verzweifelt. Nun ja, es war ihre Art, mit der Trauer um ihren Mann umzugehen. Birke freute sich darauf, ihr dabei zu helfen. Auf einmal hatte sie seit langer Zeit endlich wieder das Gefühl, etwas Sinnvolles tun zu können. Noch dazu etwas, das sie den Krieg, die Angst und die ungewisse Zukunft vergessen lassen würde. Sie konnte sich hier auf dieser Insel in die Arbeit stürzen, und alles andere ging sie nichts an.

Am nächsten Tag nahm sie die Fähre aufs Festland, um ihre Sachen zu holen. Es war ein Frühlingstag, an dem man die Sorgen tatsächlich vergessen konnte, wenn man sich nur ein wenig anstrengte. Der Himmel war frisch gewaschen, die Möwen segelten wie zu besten Friedenszeiten strahlend weiß unter den Schäfchenwolken umher, und die ruhige Nordsee glitzerte, soweit das Auge reichte. Birke suchte sich eine windgeschützte Bank an der Reling und träumte in den Wind. An ihrem ersten freien Wochenende würde sie mit derselben Fähre nach Amrum hinüberschippern und Tante Ida besuchen, die sie so lange nicht gesehen hatte.

Jemand trat neben ihr an die Reling. Birke blickte auf.

Er stand so vor der Sonne, dass sie im Gegenlicht sein Gesicht nicht sehen konnte. Und doch erkannte sie ihn, bevor er sprach. Sie erkannte ihn daran, dass sein rechtes Ohr weiter abstand als das linke. Wie damals, wenn sie als Kinder in den Wellen tobten, den Bauern Eckart mit verrückten Kreidezeichnungen an seiner Scheune ärgerten oder in den Dünen Schlitten fuhren. Ihr war, als sei das alles erst ein paar Tage her und als hätte sie gerade etwas sehr Wichtiges wiedergefunden, von dem sie gar nicht wusste, dass sie es verloren hatte.

»Birke? Birke Rossmonith? Bist du es wirklich, oder ist es nur ein Geist aus meiner Vergangenheit?«

»Gunne! Was machst du hier? Ich meine, wo willst du hin?«

Dumme Frage. Wenn man auf dieser Fähre war, wollte man aufs Festland, wohin denn sonst?

Er setzte sich neben sie. »Das willst du nicht wissen.«

Jetzt fiel das Licht auf sein Gesicht, das ihr so vertraut war wie ihr eigenes im Spiegel. Immer noch.

Sie wünschte sich, er wäre stehen geblieben und sie hätte in seinen Augen nun nicht sehen müssen, was sie schon an seiner Stimme gehört hatte.

Die Angst, die in ihm tief war wie die See und so hohe Wellen schlug wie der letzte Herbststurm, der Bauer Eckarts Boot an der Hafenmauer bis auf die letzte Planke zertrümmert hatte.

5

Alte Musik

»Natürlich will ich es wissen.« Birke klammerte sich entschlossen an das kalte Metall der Reling. Und wollte seine Antwort trotzdem nicht hören. »Sie haben dich doch nicht ...«

»Doch. Sie haben mich eingezogen. Ich muss mich in der Grenzland-Kaserne in Flensburg melden.«

»Ich dachte, du bist zu klein? Sie hatten dich doch ausgemustert!«

Gunne war nicht nur zwei Zentimeter kleiner als Birke mit ihren eins vierundsechzig, er hatte auch eine Kinderlähmung überstanden und hinkte seitdem deutlich.

Er sah hinaus aufs Meer. »Das war mal. Jetzt bin ich als ›kriegsverwendungsfähig‹ eingestuft. Anscheinend bin ich plötzlich gewachsen. Das habe ich mir doch immer gewünscht.« Wie gut sie dieses ironisch wehmütige Lächeln kannte, das in seinen Mundwinkeln saß!

Was für ein Wort. Wie konnte es jemand wagen, Gunne ›verwenden‹ zu wollen? In Birke kochte eine Mischung aus Wut und Hilflosigkeit hoch.

Jetzt sah er sie an. »Weißt du noch, als ich dich gefragt habe, ob du mich heiraten willst, wenn wir erwachsen sind?«

»Ja. Das war an dem Tag, als ich dich mit dem Schlitten über den Haufen gefahren habe. Wir waren acht.« Was hatten sie damals gelacht über diesen Zusammenstoß, der sie beide in eine Schneewehe geschleudert hatte. Sie sah ihn noch genau vor sich, den kleinen Gunne mit dem abstehenden Ohr und den feinen weißblonden Haaren, die unter seiner verrutschten Strickmütze in alle Richtungen zeigten. Sie hatte gedacht, er würde fürchterlich schimpfen, denn der Zusammenstoß war ihre Schuld gewesen. Stattdessen saß er da seelenruhig, voller Schnee und Sand und fragte, »Birke, wenn wir groß sind, dann heiratest du mich doch, oder?« Sie hatte eine Weile ernsthaft nachgedacht und dann …

»Du hast nein gesagt«, sagte Gunne jetzt. »Weißt du, was ich damals geglaubt habe, warum du nein gesagt hast?«

»Was denn?«

»Ich war überzeugt, du hättest Angst, dass unsere Kinder dann alle ganz klein sind. Weil wir beide doch die Kleinsten in der Klasse waren. Ich dachte, du würdest glauben, dass man unsere Kinder dann auch auslachen würde. Ich nahm mir vor, sehr viel zu essen und sehr groß zu werden, damit du nicht noch einmal nein sagst. Hat nicht geklappt.«

»Das hast du gedacht?« Verblüfft sah sie ihn an. »Das tut mir leid! Ich habe nur nein gesagt, weil ich völlig überrumpelt war. Wie du dir wohl denken kannst, hatte mich zuvor noch niemand gefragt, ob ich ihn heiraten will. Und ehrlich gesagt, fand ich es auch ziemlich lustig. Weil das Erwachsensein so unendlich weit weg schien. Aber ich wusste, dass es nicht richtig wäre zu lachen. Ich wollte nicht, dass du denkst, ich lache dich aus. Deswegen habe ich so ernst wie möglich nein gesagt! Ich wusste nicht, was ich sonst sagen sollte.«

Gunne seufzte. »Angeblich soll man ja auch niemals seine Sandkastenfreundschaft heiraten.«

»Wir hatten doch nie einen Sandkasten.«

»O doch. Wir hatten den größten Sandkasten, den man sich vorstellen kann. Sand bis zum Horizont. Sand, in dem man versinken konnte. Sand, der einem um die Ohren und die Knöchel flog und die Landschaft jeden Tag veränderte.« Der Wind frischte auf. Unter ihnen wurde die Nordsee unruhiger. Gunne zog seine Jacke enger zusammen. »Schade eigentlich«, sagte er. »Wenn wir ganz kleine Kinder hätten, könnten die vielleicht irgendwo in Frieden leben, weil sie niemandem auffallen würden. Sie müssten in keinen Krieg, weil gar keiner merken würde, dass sie überhaupt da sind.«

»Gunne, vielleicht wird es gar nicht so …« Sie verstummte, weil sie sich selbst entsetzlich dumm vorkam.

»Nicht so schlimm, wolltest du sagen, Birke?« Er stand auf. »Komm, die Fähre legt gleich an. Es hat keinen Sinn, vor der Zukunft davonzulaufen.«

»Warum eigentlich nicht?«, fragte Birke, als sie im Hafen von Dagebüll standen. »Kann die Zukunft nicht zwei Stunden warten? Lass uns noch eine Weile an den Strand gehen.«

Er zögerte. »Ich könnte sicher auch einen Zug später nehmen. Ich kann sagen, ich hätte meinen verpasst.«

Also hielten sie die Zeit an und stahlen der Zukunft zwei Stunden. Zwei Stunden, um sich zu erinnern. Zwei Stunden als Bollwerk gegen die Angst und Hilflosigkeit. Zwei Stunden Leben gegen die Ungewissheit.

Der Sand war hell in der Nachmittagssonne, kühl und weich unter ihren bloßen Füßen wie damals, als sie Kinder waren. Das Meer erzählte leise dieselben Geschichten von Rhythmus und Ewigkeit, von Wind und Ferne und Jahreszeiten, die immer wiederkehrten, ganz gleich, was der Mensch anstellte.

Birke bückte sich, hob eine Handvoll Sand auf und ließ ihn durch ihre Finger rieseln. Genauso fühlte sich die Zeit an, gerade jetzt, die Zeit und die Welt, wie sie sie gekannt hatte. Kostbar und flüchtig und nicht zu halten. »Was diese Sandkörner schon alles erlebt haben«, sagte sie. »Von Zeit und Gezeiten über Jahrhunderte zerrieben, und trotzdem ist jedes ganz, eine winzige, runde unverwundbare Welt für sich. Sie überstehen es, egal, ob man auf sie tritt oder der Sturm sie gegen die Felsen schleudert! Danach leuchten sie wieder in der Sonne. Vielleicht gelingt uns das auch. Vielleicht gehen wir beide eines Tages wieder hier spazieren, und überall ist Frieden.«

Auch Gunne hob eine Handvoll auf. »Das wäre schön«, sagte er. »Aber es sind so viele. Wenn da welche fehlen, merkt das keiner.«

Birkes Gefühl von Beklommenheit und Unwirklichkeit verstärkte sich. Sie redete weiter, damit es nicht noch schlimmer wurde. »Ich bin froh, dass ich wieder hier bin, wo es überhaupt Sand gibt«, sagte sie. »Auf dem Hof in Bayern war es schön, aber ich habe den Sand vermisst. Amrum ist immer mein Paradies gewesen. Dass ich jetzt hier auf Föhr arbeiten und dabei Tante Ida hin und wieder auf Amrum besuchen kann, das fühlt sich so richtig an.«

Er warf einen Kiesel in die Wellen. »Was sollst du dort überhaupt tun bei dieser Frau Doktor?«

Sie erzählte es ihm, während sie im vertrauten Gleichschritt am Flutsaum entlangliefen und versuchten, nicht daran zu denken, dass sie bald umkehren mussten. Der Flutsaum sah aus wie ein Pfad, der in den blaugrau verhangenen Himmel führen könnte, wenn man ihm nur weit genug folgte.

Gunne hörte aufmerksam zu und blieb auf einmal stehen. »Lass uns das auch machen!«

»Was?«

»So ein erfundenes Leben. Ein Bild, das ich mitnehmen kann. Setz dich da hin.« Er fasste sie an den Schultern, drückte sie sanft auf einen der herumliegenden Steine und hockte sich daneben. »Wenn du nicht nein gesagt hättest. Wenn kein Krieg wäre. Wie würdest du dir unser Leben vorstellen? Es ist nur ein Spiel, keine Angst. Nur ein Bild. Für meine Schatzkiste da oben.« Er tippte sich an den Kopf. »Wo würdest du leben wollen? Hier, hast du gesagt. Hier ist dein Paradies. An der Nordsee. Auf einer Insel? Auf welcher? Nicht Amrum. Etwas Neues.«

Nur ein Spiel. Nur ein Bild. Warum sollte sie ihm das nicht schenken? Es war das Einzige, was sie für ihn tun konnte. Seine Augen leuchteten. Für einen helleren Moment war die Angst daraus verschwunden

»Warum dann nicht eine Hallig? Eine Hallig für uns allein, wo wir tun und lassen können, was wir wollen. Wenn wir ganz kleine Kinder bekommen, genügt eine Hallig. Die Welt würde vergessen, dass wir da sind.«

»O ja. Das Leben auf einer Hallig ist hart, aber wir hätten völlige Freiheit. Wir könnten Schafe halten. In den Winternächten, wenn draußen der Sturm tobt und das Hochwasser die Warft einkreist, könntest du am Spinnrad sitzen, und ich würde dir Geschichten erzählen, dir und den Kindern.«

»Gunne«, Birke stupste ihn in die Seite, »du bist ein hoffnungsloser, altmodischer Träumer.«

»Eigentlich nicht. Aber als Gegenbild zu den Schützengräben finde ich diese Vorstellung sehr verlockend.«

Gegen ihren Willen gefiel ihr das Bild selbst. Fast roch sie die Wärme der Schafe, spürte die grobe Wolle unter ihren Fingern, hörte den Wind an den Fensterläden rütteln. »Ich würde sie blau streichen«, sagte sie mehr zu sich selbst.

»Was würdest du blau streichen?«

»Die Fensterläden. Aber du musst sie festmachen, damit sie nicht so klappern, sonst reißt der Sturm sie noch fort und trägt sie hinaus aufs Meer. Gunne, verflixt nochmal, solche Phantasiebilder neigen dazu, dermaßen lebendig zu werden, dass es mich erschreckt. Auf einmal habe ich furchtbares Heimweh nach diesem Leben, das wir nicht haben werden.«

Er sah sie zerknirscht an. »Das wollte ich nicht. Entschuldige.«

»Es fühlt sich trotzdem irgendwie gut an.«

»Weißt du, wovon ich immer geträumt habe?« Er pflückte einen Strandhaferstängel und zeichnete damit Muster in den Sand.

»Nein, wovon?«

»Ich wollte immer nur Klavier spielen. So gut Klavier spielen, dass mich die Menschen auf der ganzen Welt hören wollen. Am Klavier macht es nichts, wenn man klein ist und hinkt. Man kann die Musik groß machen. Ich wollte die Leute verzaubern. Mit meinem Spiel und meinen Kompositionen. Ich wollte eine Musik schreiben, in der man den Sand rieseln und den Wind erzählen hört und die Wellen die zweite Stimme spielen. Eine Musik, die die Seele erwärmt wie die Sonne nach einem Augustgewitter. In die die Zuhörer sich fallen lassen können wie in eine Hängematte und die sie zugleich daran erinnert, was sie alles im Leben nicht versäumen möchten.«

Er hatte sich in Fahrt geredet und alles andere dabei vergessen. In diesem Wimpernschlag der Gegenwart war Gunne frei. So sollte er immer sein, dachte Birke, warum darf er so nicht sein? Erst wollte sein Vater, dass er auch Bäcker wurde, und nun ist da ein Krieg, in den er ziehen muss.

»Ich wusste nicht, dass du Klavier spielen kannst. Warum weiß ich das nicht?«

»Meine Oma hat es mir beigebracht. Da war ich noch klein. Ich musste auf drei Kochbüchern sitzen, um an die Tasten zu kommen. Sie starb, als ich acht war, und mein Vater schaffte das Klavier ab. Er hielt nichts davon. In einer Bäckerfamilie braucht man kein Klavier, sagte er. Ich habe es schrecklich vermisst. Aber ich hatte noch Omas Notenhefte und habe mir im Kopf die Melodien vorgesungen. Und dann habe ich irgendwann entdeckt, dass in Bauer Eckarts Scheune hinter anderem Gerümpel ein altes Klavier stand. Es fehlten zwei Tasten, eine Meise brütete darauf, und es war verstimmt, aber für mich war es ein unfassbarer Schatz. Wenn alle auf dem

Feld waren, habe ich mich in die Scheune geschlichen. Und dann habe ich gespielt. Es klang sicher grauenvoll, aber ich war glücklich. Um die fehlenden Tasten habe ich herumkomponiert und die verstimmten Töne mit eingebaut. Auch für einen schrägen Ton ist Platz in einer Melodie – so wie für kleine Menschen im Leben. Du konntest es nicht wissen, weil es mein Geheimnis war. Ich habe immer aufgepasst, dass mich keiner hört, und ich habe niemandem davon erzählt. Nicht einmal dir. Ich wollte nicht, dass du Ärger bekommst, wenn ich erwischt werde.«

»*Du* warst das?«

Birke setzte sich kerzengerade.

Er sah sie verwundert an. »Du hast mich gehört?«

»Es war in dem Jahr, als mein Vater gestorben ist. Meine Mutter hatte mir gerade gesagt, dass wir die Insel verlassen würden. Ich war so erschrocken und traurig, dass ich nicht mal weinen konnte. Ich lief durch die Gegend, schrammte mir das Knie an einem Stein blutig und glaubte, meine Welt ginge unter. Es war heiß und ungewöhnlich windstill, und ich hatte das Gefühl, ein Unheil läge drückend in der Luft.«

Birke schlang die Arme um die Knie. »Irgendwann warf ich mich im Schatten ins Gras, weil ich nicht mehr konnte. Und dann hörte ich diese Musik! Sie schlich sich ganz leise in meine Ohren. Ich war so verblüfft, dass ich ihr zuhörte. Da wurde es in mir immer ruhiger. Ich hatte das Gefühl, ich könnte auf diesen Tönen fliegen, schweben, und ich sah die ganze Insel wie von oben. Da waren Töne, die wie Vögel klangen, und andere wie der Sommerwind oder wie die Wellen, die mich so oft trugen. Weich wie der Sand an den Füßen und bunt wie die Salzwiesen im September. Ich wusste auf einmal, dass ich dieses Paradies nicht verlieren würde, auch wenn wir fortgingen. Es war in mir drin, es konnte gar nicht verlorengehen. Damals hatte ich keine Worte dafür, aber ich wusste, diese Musik hatte mich gerettet. Ich konnte mich daran festhalten wie an einem Seil, das mir jemand zuwirft. Ich bin später noch öfter an diese Stelle gegangen, aber ich habe die Musik nie wieder gehört. Doch ich musste immer an sie denken.« Birke lächelte Gunne an. »Jetzt zu wissen, dass du das gewesen bist, macht es nachträglich zu einem besonderen Geschenk.«

Sein Gesicht erhellte sich. »Wie schön! Dann weiß ich, dass ich zumindest für einen Menschen ein Klavierspieler war, der etwas zu geben hatte.«

In seiner Stimme lag so viel Sehnsucht und Traurigkeit, dass Birke ihn am liebsten umarmt hätte. »Versprich mir etwas«, sagte sie.

»Was denn?«

»Nach dem Krieg spielst du wieder. Du nimmst Unterricht. Studierst Musik, irgendetwas, was dich deinem Ziel nahebringt. Vergiss deinen Traum nicht!«

»Dafür ist es zu spät, liebe Sandkastenfreundin. Diese Fingerfertigkeit kann man als Erwachsener nicht mehr lernen. Und außerdem muss ich ja von etwas leben. Wenn man mich lässt.«

Sie ignorierte den letzten Satz. Er tat zu weh. »Aber dann wenigstens für dich! Für deine Familie. Einfach weil es dir guttut. Und weil ich es hören möchte«, fügte sie hinzu. »Wir könnten ein Klavier auf die Hallig stellen. Vielleicht gibt es noch gar kein Klavier auf einer Hallig. Du könntest spielen, und die Feriengäste würden kommen, um dich zu hören, weil sie noch nie Klaviermusik auf einer Hallig erlebt haben, mitten im Meeresrauschen und Möwenrufen. Wir könnten mit deiner Musik etwas dazuverdienen und wären nicht nur auf die Schafe angewiesen.«

Er lächelte. »Dann würde ich das Klavier auf eine rollende Plattform stellen, damit ich auf der Wiese spielen kann, unter dem Himmel. Ich könnte es Salzwiesenmusik nennen. Und ich würde aus Treibholz Windharfen bauen und drumherum stellen und Windspiele aus Muscheln. Es wäre ein grandioses mehrstimmiges Konzert.«

Birke hätte gerade gern Frau Dr. Kilians Kamera gehabt, um dieses Lächeln festzuhalten. So prägte sie es sich nur ein, damit es nie verlorenging.

»Wir müssen zurück.« Gunne fasste nach ihrer Hand. »Birke, wenn ich wiederkommen sollte, dann kann es passieren, dass ich dich noch einmal frage. Sag jetzt nichts. Ich möchte nur, dass du es weißt.« Wieder dieses Lächeln, schief diesmal. »Ich möchte nicht, dass du dich dann wieder so überrumpelt fühlst.«

Als der Zug abfuhr und erschreckend schnell kleiner wurde, wusste Birke nicht, wie sie den Kloß in ihrem Hals herunterschlucken sollte. Er steckte da fest wie für immer.

Und doch war das Bild so schön gewesen, dass sie meinte, sich daran gewöhnen zu können. Denn wenn der Krieg wirklich vorbei war und sie beide wieder hier wären, dann würden sie nicht mehr als das brauchen, um glücklich sein zu können.

Einfach nur Frieden und Tage, die nicht von Fremden bestimmt wurden.

Beim Abschied hatte er die hölzerne Perle an ihrem Hals mit einem Finger berührt. »An dich und an diese in allen Farben glänzende Sonne will ich in dunklen Stunden denken«, sagte er.

Und Birke wusste, dass sie nie wieder Klaviermusik hören würde, ohne Gunnes Nähe zu spüren, ohne dass er so lebendig für sie würde, als hielte er wieder ihre Hand wie heute am Strand von Dagebüll oder vor einer Ewigkeit auf einem umgestürzten Schlitten im Schnee.

6

Zwei Wirklichkeiten

In diesem Jahr arbeiteten sie wie besessen an dem Buch. Das Wasser wurde wärmer. Die Robben lagen auf den Sandbänken, wie sie es immer taten, die Vögel im Watt balzten und paarten sich und zogen ihre Jungen groß.

Unter dem Dach der Pension Strandflieder diktierte Frau Dr. Kilian Birke ein Kapitel nach dem anderen. Birkes Hand flog nur so über den Stenoblock.

»Lassen Sie doch endlich das ›Doktor‹ weg«, sagte Frau Dr. Kilian einmal irritiert. Birke versuchte es, aber irgendwie hatte sich das ›Doktor‹ fest in diesen Namen eingeschlichen. Vielleicht kam es daher, dass Frau Dr. Kilian immer auf einer gewissen Distanz blieb. Sie war herzlich und Birke offensichtlich zugetan, und doch blieb da ein unsichtbarer Abstand. Sicher lag es daran, dass sie ihr Arbeitgeber war, dachte Birke, die nicht viel Erfahrung mit Arbeitgebern hatte.

Wenn eine Geschichte fertig war, schrieb Birke das Ganze auf Nirina ins Reine, während Frau Dr. Kilian ihr häufig über die Schulter blickte, hier und da einen Satz veränderte oder umstellte, ein Detail ergänzte oder etwas strich.

Bei der Arbeit an den Texten verflogen die Traurigkeit und Wehmut, die sonst über Frau Kilian lagen. Das Melancholische aus ihrem Lächeln und ihrem Blick verschwand, und sie wirkte wie ein junges Mädchen. Wenn sie erzählte und dabei gestikulierte, wurde für Birke alles lebendig, die Orte, die die Kilians besucht, die Gespräche, die sie dort geführt, und die Träume, die sie dort gesponnen hatten.

So eine Liebe wünschte sie sich auch einmal, dachte Birke. Eine Liebe, die aus jedem Wort und jedem Blick und jeder Geste sprach, die von langer Vertrautheit und von Seelenverwandtschaft erzählte, die so selbstverständlich war wie das Atmen und doch so kostbar wie ein Sommertag. In der Art, wie Frau Kilian die alten Fotos berührte und die Seiten des fertigen Textes, die sich stapelten, war diese Liebe noch immer lebendig. In diesen Worten würde sie es ebenso bleiben wie das gemeinsame Staunen über die Welt, welche die Kilians so ausgiebig bereist und in Bildern festgehalten hatten.

In ihrem engen Pensionszimmer hielt sich Birke meist nur zum Schlafen auf, denn sie arbeiteten oft von morgens bis tief in die Nacht und gingen nur zwischendurch schwimmen. Gelegentlich saßen sie zum Schreiben in den Dünen, wo sich der Sand mit der Tinte vermischte und Birke den Stenoblock festhalten musste, damit ihn der Wind ihr nicht aus den Händen riss.

Manchmal berührte sie die hölzerne Perle an ihrem Hals und dachte an Gunne. Dann beugte sie sich hastig wieder über ihre Arbeit.

So wie das Schreiben für Frau Kilian ein Ausweg aus ihrer Trauer war, so war es für Birke eine Reise in eine andere Wirklichkeit. Diese ermöglichte es ihr, die schlechten Nachrichten aus der Welt wenigstens so lange zu vergessen, wie ihre Finger über das Papier huschten oder auf Nirina die kleinen Hebel zum Tanzen brachten.

Während in Nordafrika die letzten deutschen Einheiten kapitulierten, begleitete Birke die Kilians nach Nepal ins Kathmandutal zu den Newari und ihren heiligen Bäumen, unter denen sie sich versammelten.

Während in Paris die deutschen Besatzer Kunstwerke von Paul Klee, Max Ernst und Pablo Picasso verbrannten, erfuhr Birke, wie Marten und Anna Kilian in Kalimantan auf Borneo in einem Langhaus der Dayak gewohnt hatten. Sie hielten im Bild fest, wie dieses Volk seine kunstvollen Holzschnitzereien fertigte. Danach bezogen sie ein Stelzenhaus am Martapura-Fluss. Frau Kilians Erzählung war so genau, dass Birke glaubte, den modrigen Duft tropischer Erde durch den hölzernen Boden zu riechen, die Rufe der Vögel und Affen im Dschungel zu hören und die Mückenstiche auf ihrer Haut zu spüren. Wenn ein Gewittersturm niederging, schwankte das Haus ein wenig auf den Stelzen, und Blätter peitschten auf das Dach. Im Fluss sprangen die Fische, und ein Laubfrosch mit hell leuchtenden grünen Augen kletterte zum Fenster herein.

Während die Kinder wegen des Luftkriegs zunehmend aus den Städten evakuiert wurden, erfuhr Birke vom Wadi Rum, einer Wüstenlandschaft in Jordanien. Sie betrachtete Bilder von bizarren Felsformationen und prähistorischen Ritzungen im Sandstein, spürte die gnadenlose Hitze und wie es war, im Zelt eines Beduinenlagers zu nächtigen.

»Marten und ich bekamen ein eigenes Zelt zur Verfügung

gestellt, nachdem wir das Vertrauen der Beduinen gewonnen hatten«, erzählte Frau Dr. Kilian, den Blick in weite Ferne gerichtet. »Wenn nicht gerade Sandsturm war, dann war der Sternenhimmel so unbeschreiblich, das können Sie sich nicht vorstellen. Ja, ich weiß, hier über dem Watt ist er auch grandios. Trotzdem, auch wenn Sie noch so zweifelnd gucken, dort war er noch wesentlich überwältigender! Wir waren so glücklich zu zweit in diesem Zelt, das aus Ziegenhaar hergestellt war und auch so roch und in dem man eine Klappe zum Himmel öffnen konnte. Es war ohnehin still da draußen, aber das Zelt fing die Geräusche, die es noch gab, ab und machte sie weich. Für Marten und mich war es, als wären wir ganz allein in dieser uralten, kargen, weiten Landschaft, die eine ganz eigene Würde hatte. Nur wir zwei im Zelt unter diesem Himmel. Wir wussten in dem Augenblick, mehr braucht man nicht, um glücklich zu sein. Fladenbrot und Wasser, die Stille, das Firmament, die Geborgenheit des Zeltes und Martens Hand in meiner. Sein Atmen neben mir im Schlafsack. Seine Stimme, wenn er mir von den Menschen erzählte, die vor Tausenden von Jahren diese Zeichnungen in die Felsen geritzt hatten. Es machte nichts, dass der Boden hart war und in den Schuhen Skorpione lauerten. Diese Stunden hatten etwas Unvergängliches. Sie allein schon reichten für ein ganzes Leben.«

Fast vergaß Birke mitzuschreiben, so deutlich stand ihr alles vor Augen. Frau Kilian sortierte einen Stapel Fotos und legte drei vor Birke hin. »Finden Sie nicht, dass diese uralten Zeichnungen aussehen, als hätte man sie gestern erst angefertigt? Je länger man hinsieht, desto mehr ist es, als ob die Figuren sich bewegen, den Speer heben, die Gazelle verfolgen. Oder im Regen tanzen. Welche dieser Bilder sollen wir für das Buch nehmen? Was meinen Sie, welches spricht Sie am meisten an?«

»Ich weiß nicht. Sie sind alle so – magisch. Magnetisch.« Aufnahmen wie diese aus Frau Kilians Schatzkisten hatte Birke nie zuvor gesehen. Nicht mal im *National Geographic Magazine*. Sie konnte sich nicht erklären, was die zum Teil verblichenen, zum Teil grobkörnigen Schwarzweißaufnahmen so besonders machte, dass sie einen förmlich in sie hineinzogen. Nach dem Betrachten fühlte sie sich, als wäre sie tatsächlich auf einer Reise gewesen. Die Bilder brannten sich ins Gedächtnis, auch die, die sie aussortieren mussten, weil sie nicht alle Platz im Buch haben würden.

»Es ist das Licht«, sagte Frau Dr. Kilian. »Es ist nicht so wichtig, welche Kamera Sie benutzen, das Licht ist es, das die Geschichten erzählt. Sie müssen ihm zuhören und dann im richtigen Augenblick und aus dem richtigen Blickwinkel auf den Auslöser drücken. Das Licht enthüllt den Zauber, und das Licht lockt die Wahrheit aus den Schatten, in denen man sie nicht sieht. Die Wahrheit aber ist das Schönste, die Essenz, die die Bilder sprechen lässt und sie vor der Flüchtigkeit bewahrt.«

Der Stapel fertiger Kapitel wurde höher und höher, während das Jahr voranschritt. Eine riesige exotische Muschel beschwerte ihn, damit kein Windstoß vom offenen Fenster ihn auf den Boden wirbelte. Das Meer wurde warm genug, um länger darin zu baden, und bei Ebbe roch das Watt nach gärenden Algen, genau wie in Friedenszeiten. Birke bekam Hornhaut an den Fingern von dem vielen Tippen und konnte doch jedes Mal das nächste Kapitel kaum erwarten.

Sie führte zwei Leben. In dem einen war sie im Herzen draußen bei Gunne und seinen Kameraden an der Ostfront und bei den Menschen, die bei Bombenangriffen in Hamburg und Bremen und anderswo starben. In dem zweiten war sie in der Welt unterwegs und erlebte ein farbenfrohes Abenteuer nach dem anderen. Das war ihre Rettung.

Während die deutsche Armee immer weiter nach Westen zurückweichen musste, während in der Schlacht bei Kursk unzählige deutsche und sowjetische Soldaten fielen, während britische und amerikanische Truppen auf Sizilien landeten, war Birke mit den Kilians bei den Tikuna in Brasilien und lernte, wie man eine Hütte aus Blättern baut. Sie besuchte die Tofalaren in Russland und die Yupik in Alaska.

Die deutsche Militärregierung verhängte über Dänemark den Ausnahmezustand, deutsche Truppen besetzten Rom, Russland eroberte Kiew zurück. Es wurde wieder zu kalt zum Schwimmen, und die Priele im Watt zersprangen beim Spazierengehen in Scherben, weil der Frost sie mit Eis überzog. Ende Dezember wurden die deutschen Linien in der Ukraine auf breiter Front von der Roten Armee durchbrochen. Birke konzentrierte sich derweil verzweifelt auf eine Expedition an den Meerschweinchensee in Ecuador, einem Vulkankratersee hoch oben in den Anden. Er hieß so, weil dort besonders viele

Meerschweinchen einer bestimmten Art lebten. Sie bekam es in ihrem Kopf nicht zusammen, dass all diese Menschen und Orte und Geschehnisse Teil ein und derselben Welt waren. Wie gern wäre sie wirklich dort oben gewesen, dreitausend Meter über allem, wo man endlosen Himmel sah, der sich im See spiegelte, und wo es nach Orchideen duftete. Marten Kilian war hier auf der Suche nach einem seltenen Vogel gewesen, dem silbernen Lappentaucher, der sich im Schilf verbarg. Birke hockte in Gedanken unsichtbar neben ihm und hörte den Wind in den Halmen rascheln, während unter den Wolken auf gewaltigen Schwingen ein Kondor segelte. Die umherlaufenden Meerschweinchen boten ein so wundervoll friedliches, beinahe absurdes Gegengewicht zu den Bildern vom Krieg.

Zu Birkes Überraschung bekam sie einen Brief von Gertrud Greski aus Bremen. Von ihrer Ausbildung abgesehen, hatte sie mit dieser nie etwas gemeinsam gehabt, aber anscheinend fehlten Gertrud Freunde. Sie hatte Gisa nach Birkes Adresse gefragt.

Ich arbeite im Spital, an den Akten und dem Briefverkehr. Du glaubst nicht, was hier los ist. Jede Menge Schufterei und allenthalben nur noch Leid und Trauer. Abends sitzt man dann einsam herum, darum schreibe ich dir vor lauter Langeweile. Deine Mutter turtelt noch immer mit dem Rittmeister, und ich? Birke, es ist nicht gerecht, man hat uns unsere Jugend genommen! Anstatt Samstagabend ins Kino oder zum Tanzen ausgeführt zu werden sind wir einsam, als wären wir schon alt. Nur weil die Männer an der Front sind. Sicher wird alles besser, wenn unsere Truppen endlich gesiegt haben, wie der Führer es versprochen hat. Doch ich weiß nicht, ob das noch eine gute Zukunft wird, wo alles so kaputt ist und viele nicht zurückkehren werden. Wenn du wieder einmal in Bremen bist, lass uns doch zusammen ins Kino gehen. Es gibt einen neuen Film, »Die Feuerzangenbowle«, der soll heiter sein und könnte uns ablenken. Allein mag ich nicht gehen, ich käme mir zu albern vor.

Arme Gertrud. Die hatte Sorgen!

Ganz selten kam ein Feldpostbrief von Gunne. Birke wusste nie, ob sie sich darüber freuen oder davor fürchten sollte. Die verschmierten Worte brachten ihr Gunne so nahe, und trotzdem oder deswegen taten sie weh und hallten in ihren Gedanken nachts wider und wider.

Liebe Birke, es tut gut, an dich zu denken und dass du dort bist, wo du hingehörst, an unserer Nordsee, in den Dünen. Wenigstens du! Ich bin so erschöpft von den langen Märschen. Die Stiefel sind zu groß und verursachen Blasen. Gestern haben uns die Russen wieder im Tiefflug aus ihren Nähmaschinen beschossen, so nennen wir die Flugzeuge. Wir mussten rechts und links in den Wald hechten, um Schutz zu finden. Fast wäre ich dort vor lauter Müdigkeit im Unterholz eingenickt. Nachts finde ich wegen der Wanzen keinen Schlaf. Außerdem habe ich oft Wache an der Panzersperre. Die Gräben sind voller Wasser. Wir verbrennen Schuhfett, um Licht zu haben … Stell dir vor, einmal haben wir bei einem verlassenen Hof Rast gemacht. Dort habe ich ein Klavier entdeckt und eine Weile lang alles vergessen. Die anderen ermutigten mich weiterzuspielen. In jedem hat es eine andere Sehnsucht *geweckt, aber ich war mir nicht sicher, ob man diese Wünsche nicht besser hätte schlafen lassen sollen …*

Birke las die Briefe, verwahrte sie sorgfältig in ihrem Nachtschrank und flüchtete dankbar und mit schlechtem Gewissen wieder an den Meerschweinchensee oder wohin auch immer Frau Dr. Kilian sie entführte. Doch sie waren nun bereits bei Kapitel achtundzwanzig angelangt. Birke begann, sich vor dem Ende des Buches und damit auch dem Ende ihrer Aufgabe zu fürchten. Was sollte sie danach nur machen, um mit den Tagen fertigzuwerden?

Die Besuche bei Tante Ida halfen ihr. Häufig nahm sie an den Wochenenden die Fähre hinüber nach Amrum. Tante Ida wurde nämlich mit den Tagen fertig. Und das, obwohl sie jede Minute um ihren Mann Siegfried bangen musste und er ihr so bitter fehlte. Aber Tante Ida stand früh auf, kümmerte sich um die Hühner und die Schweine und die Felder, um ihren Sohn und den Opa und eben um alles, um das sich gekümmert werden musste.

»Arbeit hilft«, sagte sie. »Auf jeden Abend und jede noch so dunkle Nacht folgt ein Morgen, daran können selbst ein Hitler und der Krieg nichts ändern. Eines Tages kommt ein Morgen, der wieder heller ist. Bis dahin tun wir, was getan werden muss. Wir haben keine andere Wahl, aber wir haben die Wahl, *wie* wir es tun!«

»Aber Tante Ida, wie schaffst du es, mit der Angst fertigzuwerden? Mit der Angst um Onkel Siegfried?«

»Die Angst ist wie das Meer. Sie ist tief und weit, und sie ist immer da, aber wie das Rauschen der Wellen ist sie nur ein Hintergrundgeräusch, wenn du es so willst. Du kannst das Leben davor trotzdem hören. Wenn die Flut kommt, musst du nicht darin ertrinken. Du kannst dich auf den Strand retten. Das haben wir alle gelernt! Mit der Angst geht es genauso. Los, Mädchen, lass uns die letzten Kartoffeln ernten.«

Zwar waren einige Hühner gestohlen worden, und von den Schweinen hatten sie schon mehrere schlachten müssen, aber da sie den Hof hatten, mussten sie immerhin nicht hungern. Tede fing gelegentlich eines der vielen wilden Kaninchen, wie es alle auf Amrum taten, und brachte, wenn Saison war, Möweneier nach Hause. Die hatten einen rötlichen Dotter, und das Eiweiß war irgendwie seltsam, außerdem schmeckten sie nach Fisch. Die Kinder mochten diese Eier nicht, aber Birke gewöhnte sich an den Geschmack. In Bayern hatte es noch genug Eier gegeben, und die hatten ein ganz anderes Aroma gehabt, aber die Möweneier, die schmeckten nach Heimat. Auch das Schweinefleisch schmeckte nach Fisch, da die Schweine mangels anderen Futters mit Miesmuscheln gefüttert wurden.

An einem kalten Tag im März brachte ein Unbekannter ein dünnes kleines Mädchen, das so warm eingepackt war, dass man ihr Gesicht nicht sehen konnte, zu Tante Ida. »Das ist Leni, mein Patenkind«, erklärte Ida. »Bringst du sie hinauf in das kleine Zimmer rechts, Birke? Ich habe es schon vorbereitet. Leni wird eine Weile bei uns bleiben.«

Leni sagte nicht viel, sondern sah Birke nur aus großen ernsten und müden Augen an. Sie war so müde, dass sie schon auf der Bettkante beinahe einschlief. Birke deckte sie zu und ging hinunter, wo Tante Ida auf der Ofenbank saß, das Gesicht in den Händen verborgen. Birke machte Tee, setzte sich neben Ida und wartete. Schließlich sah Tante Ida auf und schnäuzte sich die Nase. »Erzähl bloß keinem von Leni! Wenn jemand fragt, sie ist zu Besuch bei uns und basta. Werden ja genug in die Kinderlandverschickung gebracht. Sie ist Jüdin, Birke. Sie hat ihre gesamte Familie im Konzentrationslager verloren. Zwei Brüder, zwei Schwestern und beide Eltern. Ein Arzt hat sie gerettet und weitergereicht. Ich bin die Einzige, die ihr noch bleibt.«

Jetzt wusste Birke, dass die Gerüchte stimmten, die sie nicht hatte glauben wollen. Sie hatte keinen Zweifel mehr, denn sie hatte Lenis Augen gesehen.

Leni beschwerte sich nie über den Geschmack von Möweneiern.

Und Birke schwor sich, dass sie spätestens bis Weihnachten wieder etwas von dem Leuchten in Lenis Blick bringen wollte, das in Kinderaugen gehörte.

1944

7

Die Reisetasche

Ende März kehrte die Kälte noch einmal zurück. Der Morgenwind war eisig. Birke bewegte ihre steifen Zehen in den Stiefeln, während sie unten vor der Tür wartete. Manchmal dauerte es eine Weile, ehe Frau Kilian öffnete. Dann war diese tief in Gedanken, weil ihr noch etwas eingefallen war, das sie sofort notierte.

Schließlich drückte Birke den Knopf zum zweiten Mal. Da öffnete sich ein Fenster in der zweiten Etage. Die Nachbarin, Frau Jaske, beugte sich heraus.

»Fräulein Rossmonith, gut dass Sie da sind. Wann haben Sie zuletzt mit Frau Kilian gesprochen?«

»Mitte letzter Woche. Sie hat mir einige Tage frei gegeben. Warum, ist etwas passiert?«

»Moment, ich komme herunter.« Das Fenster schloss sich. Einen Moment später öffnete sich die Tür. Frau Jaskes freundliches Gesicht wirkte besorgt. »Ich weiß es nicht. Es ist einfach so, dass sich seit Tagen oben nichts gerührt hat in der Dachwohnung. Ich höre sonst immer die Schritte von der Frau Doktor, wenn sie hin und her geht und dabei nachdenkt. Sie haben doch einen Schlüssel, nicht wahr?«

Ja, Birke hatte einen Schlüssel, der aber nur dafür gedacht war, wenn sie arbeiten sollte und Frau Kilian nicht zu Hause war.

»Sicher ist sie nur wieder auf ein paar Tage zur Recherche gefahren, zum Beispiel nach Bremen in die Bibliothek«, beruhigte sie Frau Jaske und sich selbst. Aber ein flaues Gefühl machte sich in ihrem Magen breit.

Schweigend stiegen sie die schmale Treppe hoch. Oben klopfte Birke an der Wohnungstür, doch es rührte sich nichts.

»Gehen Sie nur hinein. Sicher haben Sie recht. Frau Doktor wird in Bremen sein und vergessen haben, Bescheid zu sagen. Ich bin unten, wenn Sie mich brauchen.« Frau Jaske mischte sich nie unnötig ein.

»Einer der Gründe, warum ich mich in diesem Haus wohl fühle«, hatte Frau Kilian einmal zu Birke gesagt.

Birke drehte den Schlüssel im Schloss. Sicher hatte Frau Kilian nur vergessen, Bescheid zu sagen. Bestimmt würde Birke, wie sie es von anderen Abwesenheiten ihrer Arbeitgeberin gewohnt war, eine Bitte auf dem Schreibtisch finden. Einen Text, den sie ins Reine schreiben sollte, oder Fotografien, die zu sortieren waren.

Tatsächlich. Eine Schachtel mit Fotografien in verschiedenen Formaten, wild durcheinander, und daneben ein Zettel.

Liebe Birke, bitte sehen Sie diese Bilder durch. Betrachten Sie sie genau. Was halten Sie davon? Legen Sie diejenigen zuoberst, die Ihnen am besten gefallen. Was erzählen Sie Ihnen?

Eigentlich waren sie gerade mit dem allerletzten Kapitel fertig geworden. Es gab nur noch einiges zu überarbeiten. Doch vielleicht war Frau Dr. Kilian noch auf eine weitere Schatzkiste gestoßen und wollte noch ein oder zwei Geschichten hinzufügen? Erfreut nahm Birke die Bilder zur Hand. Dabei beschlich sie mehr und mehr ein merkwürdiges Gefühl. Sie sah sich um. Es sah hier so aufgeräumt aus, aber das war nicht ungewöhnlich. Nein, es war nichts Äußerliches. Birke schüttelte den Kopf über sich selbst. Sie hätte schwören können, dass die unsichtbare Anwesenheit von Marten Kilian, die für sie immer spürbar gewesen war, auf einmal fehlte. Oder war es etwas ganz anderes? Birke legte die Bilder hin, stand auf, warf einen Blick in die Küche, wo ihr nichts auffiel, und kehrte zurück in den Flur. Die Reisetasche! Die Reisetasche, die Frau Kilian benutzte, wenn sie ein paar Tage fort war, fehlte. Dann war ja alles gut. Sicher wollte sie für die neuen Kapitel in der Bibliothek recherchieren, wie schon oft.

Beruhigt kehrte Birke an den Tisch zurück und arbeitete den ganzen Nachmittag. Sie sortierte Bilder, machte sich Notizen und legte alles säuberlich sortiert in die Schachtel. Da sie noch längst nicht fertig war, nahm sie den Karton kurzerhand mit. Erfahrungsgemäß hatte sie bei Nacht die besten Ideen.

Doch ihre Stube kam ihr noch enger vor als sonst. Sie brauchte Bewegung. Der Märzabend war kalt, aber hell und lockte mit einem leuchtenden Himmel, in dessen klarem Blau orangegoldene Wolkenstreifen über dem Horizont hingen. Birke lief den Deich entlang. Ein Bomberverband der Alliierten donnerte über die Insel hinweg, was jetzt so oft vorkam, dass man sich bereits daran gewöhnt hatte. Es war ihre Route zu anderen Zielen in Schleswig-Holstein und an der Ostseeküste.

Über den Inseln warfen sie nichts ab, höchstens ziellos auf dem Rückweg, wenn sie noch Munition loswerden wollten. Die wenigen Bomben, die dabei die Inseln trafen, fielen in Felder und richteten nur wenig Schaden an.

Dennoch zog Birke gewohnheitsmäßig den Kopf ein, als ob das helfen würde, und atmete erst auf, als nur noch Wind, Wellen und Möwenrufe zu hören waren. Auf dem Rückweg wanderte sie am Strand entlang. Es dämmerte nun schon, der letzte Widerschein des Tages lag tiefrot auf den Wolken. Die Ebbe hatte begonnen, und der Frost zeichnete geschwungene weiße Linien in die Priele.

Da gewahrte sie ein Stück weiter vorn eine Gruppe von Menschen. Waren da Polizisten? Jemand hatte einen Scheinwerfer.

Und dann sah sie eine Person auf dem Sand liegen, über die sich jemand beugte. Zwei Männer brachten eine Trage. Doch als Birke sich näherte, sah sie, dass die reglose Gestalt zugedeckt war. Ganz. Auch das Gesicht.

In diesem Augenblick wusste sie es.

Mit einer Ruhe und Gewissheit, die sie sich nicht erklären konnte, näherte sie sich der Gruppe und sprach einen Polizisten an. »Ist das Frau Kilian?«

Der Polizist blickte sie scharf an. »Kennen Sie sie?«

»Ich arbeite für sie.«

»Aufgrund eines Ausweises, den sie bei sich trug, haben wir tatsächlich Grund zur Annahme, dass es sich um eine Frau Dr. Kilian handelt. Trauen Sie sich zu, sie zu identifizieren?«

»Was ist passiert?«

»Ein Spaziergänger hat sie hier gefunden. Sie ist offensichtlich ertrunken. Wir gehen von einem Suizid aus. Kommt ja öfter vor in diesen Tagen. Es scheint vorerst kein Fremdverschulden vorzuliegen und auch keine Verletzung durch äußere Einwirkungen. Kommen Sie bitte.«

Man machte Birke schweigend Platz. Jemand schlug die Decke zurück.

Wie friedlich Frau Kilian aussah. Ein wenig Frost saß in ihren Augenbrauen und ein hellgrünes Stück Tang an ihrer Schläfe.

»Ja. Sie ist es«, sagte Birke.

Man fragte sie noch allerhand. Wann sie die Tote das letzte Mal gesehen hätte. Ob ihr Selbstmordgedanken bekannt seien. Ob sie von Angehörigen wüsste. Birke musste nachdenken, bevor ihr die Adresse einfiel. Ihr Gehirn war wie eingefroren. »Ja, sie hat eine Nichte. Stine Ingmarsson, Hamburg, Hafenstraße achtzehn.«

»Vielen Dank für Ihre Mithilfe. Wir werden die Angehörige benachrichtigen. Gehen Sie nun nach Hause, wärmen Sie sich auf. Sie können hier nichts mehr tun.«

Nichts mehr tun. Der Satz hallte in ihr wider. Birke wusste nicht, wie sie zurück zur Pension gekommen war. Als sie die Haustür aufschloss und die Treppe hinaufgehen wollte, kam die Vermieterin aus ihrer Wohnung. »Warten Sie einen Augenblick, Fräulein Rossmonith. Ich habe da etwas für Sie.«

Die Reisetasche.

Frau Dr. Kilians Reisetasche! Birke blickte verständnislos darauf, als die Wirtin ihr die Tasche reichte.

»Frau Dr. Kilian hat sie vor einigen Tagen vorbeigebracht. Ich soll sie Ihnen heute erst geben. Sie sagte, es sei eine Überraschung.«

Mechanisch griff Birke danach. Die Tasche war schwer. »Danke schön«, brachte sie heraus.

Oben stellte sie die Tasche auf das Bett und starrte sie verständnislos an. Es dauerte eine Weile, bis sie wieder denken konnte.

Eine Antwort. In der Tasche musste eine Antwort sein. Jetzt konnte es ihr nicht schnell genug gehen. Sie zerrte an dem Reißverschluss herum, bis er endlich aufging.

Ja. Da war ein Brief! *Für Birke* stand darauf.

Liebe Birke!

Bitte seien Sie mir nicht böse. Ich glaube ja, gerade Sie werden mich verstehen.

Sie sind mir in der gemeinsamen Zeit sehr ans Herz gewachsen. Sie werden sich vielleicht gelegentlich gewundert haben, warum ich trotzdem so auf Distanz geblieben bin. Das war kein Dünkel meinerseits. Ich tat es Ihnen zuliebe, denn ich wollte keinesfalls, dass es für Sie zu einem Verlust wird, wenn ich gehe. Morgen ist der Todestag meines geliebten Mannes, und ich habe immer gewusst, dass ich ohne ihn nicht weiterleben möchte. Ich wollte nur unser Buch zu Ende bringen. Das wäre auch sein Wunsch gewesen. Auch war es meine Art, Ab-

schied zu nehmen und ein Vermächtnis zu hinterlassen. Bitte seien Sie nicht traurig! Marten und mir wurde ein glückliches, erfülltes Dasein geschenkt. Nun ist das letzte Kapitel geschrieben, im Buch und auch in meinem Leben.

Es hat mir viel Freude gemacht, mit Ihnen zusammenzuarbeiten. Sie haben es mir ermöglicht, meinen letzten Wunsch zu erfüllen. Ich habe das Manuskript nun in den Händen eines verlässlichen Freundes auf einem sicheren Weg zu einem mir bekannten Verlag in England geschickt. Ich habe dem Verleger Ihre Adresse mitgeteilt bzw. die Ihrer Tante Ida Prenderney auf Amrum und ihn gebeten, Ihnen ein Belegexemplar zu schicken, wenn das Buch gedruckt ist. Um die Beerdigung, die wenigen persönlichen Sachen und um alle nötigen bürokratischen Dinge wird sich meine Nichte nach meinen ausdrücklichen Wünschen und Anweisungen kümmern. Sie ist meine Erbin.

Ihnen aber, liebe Birke, möchte ich schenken, was in dieser Tasche ist, nämlich Nirina sowie einen guten Vorrat von Papier und Farbbändern. Ebenso die Schachtel Bilder, die Sie in meiner Wohnung gefunden haben. Vielleicht werden sie Ihnen noch einmal in der einen oder anderen Weise Freude bereiten oder Denkanstöße geben. Mit Nirina haben Sie sich so gut angefreundet, dass ich denke, sie kann Ihnen nützen. Schreiben Sie Ihre Gedanken und Träume für sich selbst auf. Sie werden sehen, dass es hilft, die Seele zu befreien, die Dinge klarer zu sehen und das Wertvollste in Ihnen vor dem Vergessen zu bewahren. Was Sie in Worte fassen, geht nicht verloren! Wer weiß, vielleicht wird auch einmal ein Buch daraus. Dies ist eine Zeit, von der später einmal erzählt werden muss. Sie haben ein helles Köpfchen und eine Menge Durchhaltevermögen.

In einem Umschlag werden Sie Ihr letztes Gehalt finden sowie eine *kleine Zuwendung, die Sie sich redlich verdient haben. Ach ja, und die Muschel, die Sie so schön fanden und die immer das Manuskript beschwert hat, liegt auch bei. Sie stammt übrigens von den Bahamas. Mir hat es immer geholfen, ihre klare Struktur und ihre schlichte Schönheit zu betrachten, wenn in meinem Kopf alles durcheinanderging. Vielleicht kann sie nun als Briefbeschwerer für Ihre Gedanken dienen.*

So, liebe Birke! Leben Sie wohl. Ich hoffe inständig, dass dieser wahnsinnige Krieg nun bald ein Ende nimmt und dass Sie einen Weg in eine glücklichere Zukunft finden werden. Sie haben auf jeden Fall das Zeug dazu. Da ich es zuvor nie getan habe, umarme ich Sie jetzt herzlich. Ich werde nun ein letztes Mal schwimmen gehen und in Dankbarkeit meinen Frieden finden.

Mit den besten Wünschen
Ihre Anne Kilian

Birke ließ den Brief sinken. Jetzt wurde ihr einiges klar. Diese unermüdliche Besessenheit, mit der Frau Kilian das Projekt durchgezogen hatte! Sie hatte sich von Anfang an nur dieses eine Jahr Zeit dafür gegeben.

Und dann waren da noch einige Gesprächsbruchstücke gewesen.

»Hat Ihnen nie ein Zuhause gefehlt?«, hatte Birke einmal gefragt.

»Nein, nie. Wir waren überall auf der Welt zu Hause, solange wir einander hatten und zusammen waren«, hatte Frau Kilian mit tiefster Überzeugung geantwortet. Dann hatte sie die Arme ausgebreitet. »Jetzt allerdings …«

Ohne Marten bin ich nirgendwo zu Hause. Sie sprach diese Worte nicht aus, doch sie hingen so deutlich in der Luft, wie mit Tinte geschrieben.

»Warum Föhr?«, wollte Birke ein andermal wissen.

»Ich bin in Wyk aufgewachsen«, sagte Frau Kilian. »Als Marten eingezogen wurde, wusste ich nicht wohin und bin zurück auf die Insel gekommen. Hier gibt es genug Luft zum Atmen und das Meer zum Schwimmen. Hier ist auch der Ort, an dem ich Marten beerdigt habe. Hier schließt sich der Kreis.«

Nun werden sie wieder zusammen sein, dachte Birke jetzt müde.

Frau Kilian hatte sich gewünscht, dass Birke sie verstehen würde.

Und Birke begriff. Sie wünschte sich, wütend sein zu können, das wäre leichter gewesen. Doch unter dem Schmerz und dem Verlust, der bei aller Distanz trotzdem groß war, hatte sie tatsächlich verstanden.

Dennoch tat es unerträglich weh. Sie fühlte sich verlassen. Frau Kilian war im vergangenen Jahr Birkes Fels in der Brandung gewesen, und nun war da plötzlich nichts mehr. Keine Stimme, die ihr die Welt herbeizauberte, keine Geschichten, die alle starre Angst in die Flucht schlugen und durch lebendige Bilder ersetzten.

Jetzt war Birke wieder gezwungen, sich mit der Wirklichkeit zu befassen.

Eine ganze Woche lang lief sie auf der Insel herum, versuchte, Schlaf nachzuholen, ging dann wieder spazieren, als ob sie vor allem davonlaufen könnte. Alles in ihr war wortlos, selbst ihre Gedanken fühlten sich an wie ein wirres Knäuel ohne Anfang und Ende.

Bis sie sich eines Tages an Nirina setzte, ein Blatt Papier in die Walze spannte und die ihr beinahe schon fremd gewordenen Tasten berührte. Das Klappern der Hebel durchbrach endlich die Stille, in der sie wie gefangen gewesen war, und meißelte allmählich die Worte aus ihrer Starre.

Sie hämmerte ohne Rücksicht auf ihre Wirtin die halbe Nacht auf die Buchstaben ein.

Wenn man diese Blätter gegen das Licht hielt, sahen sie aus wie ein Sternenhimmel, stellte sie fest, als sie ein neues einlegte. Weil das kleine »o« so viele Löcher hineinstanze.

Wenn das Leben Löcher hat, scheint das Licht hindurch. Aber seien Sie behutsamer, nicht nur mit dem o.

Das hätte Frau Kilian jetzt gesagt, dachte sie.

8

Schwarz auf weiß

Ohne Frau Kilians Geschichten fühle ich mich so schutzlos wie entblößt. Sie sind wie ein buntes Kleid für mich gewesen, welches das Traurige der Wirklichkeit gerade so weit von mir fernhielt, dass ich es aushalten konnte, schrieben Birkes Finger auf den Tasten. *Und jetzt? Ich weiß nicht, wie es weitergehen soll! Alles kommt mir beängstigend still vor, außer wenn die feindlichen Flugzeuge über die Insel donnern und irgendwo auf dem Festland wieder ein Stück Land in Schutt und Asche legen. So wie es unsere Flugzeuge woanders tun.*

Wenn man keinerlei Ahnung hat, wie die Zukunft aussehen wird, ist es, als wäre man blind.

Ich halte mich am Anblick des Meeres fest, an seiner unerschütterlichen Gegenwart. Darauf kann ich mich verlassen. Es kommt und geht. Ihm ist alles egal. Das Schreiben hilft mir auch. Frau Kilian hatte recht. Das Tippen ist anders, als von Hand Tagebuch zu schreiben. Wenn ich diese klaren schwarzen Buchstaben sehe, die mir gegenüber auf dem Papier erscheinen, dann fühle ich mich Wort für Wort wieder wirklicher. Schwarz auf weiß. Die Wahrheit. Die Realität. Mit Worten kann ich sie festhalten. Auch wenn sie so wahnwitzig erscheint, dass sie eigentlich gar nicht wahr sein kann. Es fällt mir leichter zu glauben, dass ich ein Teil davon bin, wenn ich mich am nächsten Tag vergewissern kann, dass die Worte noch da sind. Sie sind wie die Maschen eines Fischernetzes, mit dem man die Tage einfangen kann.

Vielleicht werden sie später noch einmal wichtig, so wie Frau Kilians Erlebnisse mit ihrem Mann. Vielleicht muss man später tatsächlich von diesen Tagen erzählen, die sonst irgendwann niemand mehr glauben wird. Dass man damit leben kann, mit den schrecklichen Nachrichten, mit der Angst und der Ungewissheit und dem Hoffen und dem Trauern und der Zerstörung und dem, was in Lenis Augen geschrieben steht.

Um sich die Zeit bis zu Frau Kilians Beerdigung zu vertreiben, half Birke ihrer Wirtin im Gemüsegarten. Sie grub um, säte Salat, Kohl und Kürbis und fragte sich dabei, ob alles noch geerntet werden konnte oder ob vorher eine Bombe darauf fallen würde.

Trotz aller Trauer in ihr genoss sie das Gefühl, etwas in die Erde zu geben, das wachsen würde, wenn es eine Chance bekam. Es war ein trotziger Schritt vorwärts, der daran erinnerte, was alles möglich war, wenn man nur lebendig blieb. Dass es sich trotz allem lohnte, genau hier und jetzt da zu sein. *So ist es richtig, Mädchen*, glaubte sie Frau Kilians Stimme zu hören. Und so lagen die Kürbiskerne, von denen sie genascht hatte, und ihr schlechtes Gewissen, dass es ihr noch so viel besser ging als vielen anderen, nebeneinander in ihrem Magen.

An dem Tag, an dem Frau Kilian neben ihrem Marten beerdigt wurde, herrschte Aprilwetter.

Es passte so wunderbar zu ihr, vertraute Birke Nirina am Abend an. *Regen, Wind, Sonne, manchmal kalt, dann wieder mild.*

Wolken, die über den Himmel jagten, der sich von bedrohlich dunkel zu strahlend blau wandelte. Es war so wechselhaft und lebendig wie Anne Kilians Leben mit Marten. Mir war ganz merkwürdig, ich wollte weinen und traurig sein, und traurig war ich auch und doch wieder nicht. Ich habe gespürt, dass Frau Dr. Kilian gar nicht da war. Sie war irgendwo anders, am Meerschweinchensee vielleicht. Oder sie saß auf dem Stuhl, der auf die schiefe Palme genagelt ist, und baumelte mit den Beinen, während ihr Mann ihr ein Stück Wassermelone reichte. Ich hätte schwören können, dass ich sie lachen hörte, dieses junge Lachen, das auch beim Erzählen manchmal aus ihr herausbrach. Ein Lachen aus der Vergangenheit, als Marten noch bei ihr war. So will ich mich an sie erinnern!

Birke drehte an der Walze, nahm die vollgeschriebene Seite heraus und legte sie zu den anderen. Da fiel ihr etwas ein. Aus Frau Kilians Reisetasche hob sie die große Muschel von den Bahamas, fuhr zärtlich über die glatte, cremig weiße Oberfläche mit dem Spiralmuster und wollte sie feierlich auf den Stapel Papier legen. Dabei merkte sie, dass im Inneren etwas klapperte. Sie drehte die Muschel um. Die Öffnung schimmerte in zartrosa und orangefarbenen Tönen wie ein Sonnenaufgang. Nach einigem behutsamen Schütteln und Drehen fiel etwas aus dem gewendelten Inneren. Es war ein kleines Päckchen, in grünes Seidenpapier gewickelt. Birke öffnete es vorsichtig.

Ein silbernes Medaillon an einer Kette kam zum Vorschein. Dabei lag ein zusammengefalteter Zettel.

Liebe Birke, dies ist noch ein kleines Geschenk für Sie! Sie dürfen es ruhig annehmen. Dieses Medaillon gehörte mir. Meine verstorbene Schwester hatte ein identisches, das meine Nichte geerbt hat. Da Marten und ich keine Kinder haben, möchte ich es gerne Ihnen hinterlassen.

Der Schmetterling steht für die Leichtigkeit und Schönheit im Leben, die Sie nie vergessen sollen. Bei allem Krieg und Schrecken dürfen Sie nicht aus den Augen verlieren, dass es genug Schönes und Freundliches gibt, um das aufzuwiegen. Auch wenn es nicht immer so aussieht und die Menschen zu wenig davon sprechen.

Marten und mir gehörte die Vergangenheit, und wir waren glücklich. Ich hoffe, ich habe Sie mit meinen Geschichten auch etwas über Liebe gelehrt. Das werden Sie später merken. Die Zukunft gehört Ihnen. Machen Sie etwas daraus! Ich wünsche Ihnen alles Glück, das Sie möglich machen können. Halten Sie es wie der Schmetterling und nehmen Sie sich Zeit für die Blumen.

Ihre Anne Kilian

Das Medaillon war kreisrund, und auf der Oberfläche war feinziseliert ein Schmetterling eingraviert, der auf einer offenen Blüte saß. Im Hintergrund beugten sich zarte Gräser im Wind. In den Flügeln des Schmetterlings waren zwei kleine rote und zwei blaue Steine eingelassen. Absurd schön lag das Geschenk in ihrer Hand und wollte überhaupt nicht zur Situation passen, zu Tod und Krieg.

Es war ein Versprechen, dass es noch anderes gab.

Ehrfürchtig betrachtete Birke das Schmuckstück und fand an der Seite einen winzigen Knopf. Das Medaillon sprang auf.

Darinnen war ein Foto von Frau Kilian und ihrem Marten in jüngeren Jahren, sicher ungefähr zu der Zeit, als sie auf der schiefen Palme gesessen hatten. Glücklich lächelten sie Birke zu.

Birke hielt das Medaillon in der Hand, bis es warm wurde. Jetzt kamen ihr die Tränen, die bei der Beerdigung ausgeblieben waren. Sie nahm die Schnur mit der hölzernen Perle von ihrem Hals. Diese Perle war schon ein wenig abgenutzt, und Birke befürchtete, dass das glänzende Perlmutt darin verlorengehen würde, wenn sie sie weiter auf der Haut trug. Sie warf die Schnur weg und legte die Perle in das Innere des Medaillons zu dem Bild, zusammen mit dem gefalteten Zettel, bevor sie es sorgfältig schloss. Dann legte sie sich die Kette um den Hals.

Danke, Anne Kilian, flüsterte sie.

Draußen vor dem Fenster rief eine Möwe in der Dämmerung.

An nächsten Tag wurde über Föhr ein deutsches Jagdflugzeug abgeschossen. Der junge Pilot stammte aus Pförring in Bayern, nicht weit von dem Ort, wo Birke auf dem Bauernhof ihren Dienst abgeleistet hatte.

Einen Tag später starb eine Föhrer Krankenschwester während eines Besuchs auf dem Festland bei einem Tieffliegerangriff, als sie in Niebüll aus dem Zug stieg.

Der Krieg war auf der Insel angekommen.

Die Zeitungen sprachen währenddessen noch immer überschwänglich von Zuversicht, Unerschütterlichkeit und den Fähigkeiten des Führers.

Doch das mit der Unerschütterlichkeit funktionierte bei Birke nicht. Sie fühlte sich zutiefst erschüttert. Noch hatte sie sich nicht entschlossen, was sie jetzt tun würde. Die Miete war bis Ende April bezahlt, also blieb sie in ihrer Stube und schrieb. Sie wollte diesen Lebensabschnitt nicht so recht beenden, denn was würde jetzt kommen?

Doch Ida riss sie aus ihrer Erstarrung.

»Komm zu uns nach Amrum und bleib hier«, bat ihre Tante. »Jetzt, da Leni hier ist und der Opa hinfällig wird, kann ich deine Hilfe sehr gut gebrauchen. Die Ernte und die Tiere und die Kinder, das schaffe ich nicht mehr allein! Außerdem bist du hier am sichersten. Ich habe auch versucht, Gisa zu überreden herzukommen, aber meine Schwester ist stur wie immer. Ich mache mir große Sorgen um sie – bei all den Bombenangriffen in Bremen –, aber du weißt ja, wie sie ist. Sie will den Rittmeister nicht verlassen und behauptet außerdem steif und fest, sie würde es auf Amrum nicht aushalten. Da kann man nichts machen. Aber du kommst doch, ja?«

Nein, für Gisa konnte man nichts machen. Sie hatte ihren eigenen Kopf. Auch Gertrud Greski hatte geschrieben. *Ich kümmere mich ein wenig um deine Mutter. Ich wollte sie überreden, der Bitte ihrer Schwester nachzugeben, von der sie mir erzählt hat, aber sie will unbedingt hierbleiben. So sitzen wir zusammen im Luftschutzkeller und hören dem Rittmeister zu, der furchtbar falsche Arien singt, weil er sich für einen begnadeten Tenor hält …*

Tante Ida hatte recht. Es war Zeit, nach Amrum zurückzukehren, in Birkes geliebtes Kindheitsparadies, auch wenn es jetzt Löcher aufwies wie ein Puzzle, von dem Teile verschwunden waren. Onkel Siegfried war nicht da, Gunne war nicht da, Beekes Mann war nicht da, und ihr entfernter Cousin Skem war auch im Krieg. Nun mussten sie zusammenhalten, die Lücken irgendwie füllen und weitermachen. Tag für Tag. Der Sommer kam, Krieg hin oder her, und der Hof musste bestellt werden, damit sie zu essen hatten. Endlich gab es wieder etwas zu tun für Birke!

»Ich bin so froh, dass du da bist«, sagte Tante Ida, als Birke mit ihrer eigenen und Frau Kilians Reisetasche vor der Tür stand. Sie klang weniger resolut als sonst, nicht so beherrscht und kompetent, wie Birke es von ihr gewohnt war. In ihrer Stimme war ein Bruch. Birke betrachtete ihre Tante genauer. »Hast du geweint, Tante Ida?«

Tante Ida blickte zu Boden. »Ja, aber sag es niemandem. Mein Siegfried …« Ihre Stimme versagte.

Birke wurde eiskalt. »Was ist mit Siegfried? Er ist doch nicht …«

9

Zerbrechliche Tage

»Er wird vermisst. Das heißt noch nichts.« Tante Ida blickte wieder auf. »Ich glaube nicht, dass er gefallen ist. Das würde ich spüren!« Sie atmete tief durch. »Wir wollen das Beste hoffen. Aber ich habe seitdem nicht mehr das Gefühl, mit allem allein zurechtkommen zu können. Deshalb bin ich so froh über deine Unterstützung!«

Birke umarmte ihre Tante. »Ich bin auch sehr froh, dass ich hier sein darf. Einen besseren Ort kann es jetzt nicht geben. Was gibt es zu tun?«

»Zum Beispiel Radieschen säen, Rettich und Mohrrüben. Der Gemüsegarten ist schon einigermaßen vorbereitet. Nimm Leni mit, es wird ihr guttun.«

»Wird gemacht. Beim Säen bin ich gerade in Übung.«

Der Frühling war überall zu spüren. Der Wind roch wunderbar nach neuem Leben, und die feuchte Erde ebenso. Leni und Birke tat es wohl, die Samenkörner in dem Wissen zu verstecken, dass etwas daraus wachsen würde.

»Früher hatten wir auch einen Garten«, sagte Leni auf einmal mitten in das kameradschaftliche Schweigen hinein. »Aber da kann ich nicht mehr hin. Er gehört uns nicht mehr.«

»Aber alles, was du dort gelernt hast, das gehört dir«, sagte

Birke. »Das Säen machst du wunderbar. Man merkt, dass du das schon oft getan hast.«

»Du meinst, in meinem Kopf ist auch ein Garten, und da kann ich alles reinpflanzen, was ich lerne?«

»Ja, so ungefähr. Ich glaube, in deinem Kopf ist schon sehr viel gewachsen und hat ganz viele Blüten.«

Leni drückte noch eifriger die Erde fest. Der Gedanke, dass nicht alles verloren war, was ihre Vergangenheit ausmachte, schien ihr zu gefallen. Dennoch sah sie so traurig aus, dass Birke unbedingt etwas dagegen unternehmen wollte. »Soll ich dir eine Geschichte erzählen?«

»Was für eine Geschichte? Ist sie wahr?«

»Ich habe sie von der Frau gehört, für die ich bis jetzt gearbeitet habe. Sie ist ganz sicher wahr. Ich habe sogar ein Bild davon gesehen.« Während sie Reihe für Reihe Möhrensamen in die Erde streuten, Zwiebeln steckten, Kopfsalat aussäten und alles ordentlich begossen, berichtete Birke von der schiefen Palme, auf die ein Sitz genagelt war und unter der man die Fische vorbeischwimmen sah, während der Wind in den Palmwedeln flüsterte. Leni hörte aufmerksam zu und sah aus, als ob sie sich alles genau vorstellen konnte.

Als sie müde und von oben bis unten schmutzig ins Haus zurückkehrten, fand Birke, dass Lenis Schritt etwas leichter war. »Wenn ich auf dem Palmenstuhl sitzen könnte, dann würde ich mich mit den Fischen anfreunden. Ich würde sie füttern, so dass sie jeden Morgen kommen und mich begrüßen.«

»Vielleicht träumst du heute Nacht, dass du das machen kannst.«

»Meinst du, Birke? Das würde mir gut gefallen. Manche Träume sind nicht schön, dann mag ich gar nicht einschlafen.«

»Wenn du ganz doll daran denkst und es dir genau vorstellst, dann klappt es bestimmt.«

Tante Ida, die gerade in die Diele kam, sah Leni erstaunt nach, die die Treppe fast hinaufhüpfte. »Danke, Birke! Das Zusammensein mit dir hat Leni anscheinend gutgetan.«

Ihr hatte es selbst gutgetan, dachte Birke oben in ihrer Kammer. Sie war in letzter Zeit zu viel mit alten Menschen zusammen gewesen.

Euch gehört die Zukunft, hatte Frau Kilian geschrieben.

Aber was für eine Zukunft würde das sein?

Es war schön, ihre Taschen auszupacken und das Gefühl zu haben, wieder zu Hause zu sein. In Bremen war sie nie zu Hause gewesen, in Bayern auch nicht. Auf Föhr hatte sie sich ein wenig mehr zu Hause gefühlt, weil sie in der Nähe von Amrum war und die Gerüche und Geräusche so ähnlich waren.

Sorgfältig packte sie Nirina aus und stellte sie auf den kleinen Tisch.

Dadurch, dass ich Frau Kilians Geschichte von der Palme an Leni weitergeben konnte, hatte ich das Gefühl, dass von Frau Kilian noch etwas lebendig ist. Außerdem ist mir etwas klargeworden. Wenn man die richtigen Geschichten an die richtigen Menschen bringen kann, dann können sie viel bewegen. Vielleicht nicht heilen, aber trösten, ablenken und den Gedanken neue Richtungen geben.

Frau Kilian hat mir ja auch eine ganze neue Welt geschenkt und mir gezeigt, dass es immer die Freiheit im Kopf gibt, die darin liegt, wie man alles betrachtet, die Menschen, die Dinge, das Land. Ich wünsche mir, dass dies ein Teil meiner Zukunft wird, dass ich die richtigen Geschichten und Menschen zusammenbringen kann. Vielleicht werde ich einmal Bibliothekarin? Eine eigene kleine Bibliothek aufbauen, das würde mir Freude machen. Und es gibt gewiss noch viele andere Möglichkeiten.

Unten klopfte es nachdrücklich. Das musste Opa Prenderney sein. Er pflegte sich auf diese Weise bemerkbar zu machen, seit ihm das Aufstehen so schwerfiel. Birke sprang auf und lief hinunter. Schließlich war sie hier, um Tante Ida zu helfen.

»Was ist denn das für ein Krach da oben?«, fragte Opa Prenderney ungehalten. »Das klingt ja, als ob jetzt der Krieg droben in der Kammer wohnt. Wie ein Maschinengewehr, peng, peng, peng!«

»Nein, Opa. Da wohne jetzt wieder ich. Du hast meine Schreibmaschine klappern gehört. Es tut mir leid. Ich habe nicht daran gedacht.« Birke schenkte ihm Wasser nach. »Kann ich etwas für dich tun?«

»Schreibmaschine, so, so. Ein Höllenlärm, das. Wozu brauchst du eine Schreibmaschine? Ist dir deine Handschrift nicht mehr gut genug?«

»Es macht mir Freude. Die Worte sehen dadurch so anders aus.« Sie konnte ihm nicht erklären, dass sie sich dadurch wirklicher fühlte.

»Wenn du gedruckte Worte so schön findest, könntest du mir aus der Zeitung vorlesen. Meine Augen machen nicht mehr so richtig mit.«

93

»Sehr gerne.« Da es außer Opas Lehnstuhl keine Sitzgelegenheit gab, ließ sich Birke auf der Bettkante nieder. »Was möchtest du hören?«

»Keine Politik! Kein Krieg! Lieber Klatsch und Tratsch von der Insel.«

Birke blätterte die dünne Zeitung durch, bis sie auf die Lokalseite kam.

Der Bauer Richard Hinsing konnte am gestrigen Sonntag seinen 75. Geburtstag bei guter körperlicher Rüstigkeit und geistiger Frische feiern. Er verrichtet mit seinem gleichaltrigen Mitarbeiter Jochen Obers sämtliche Arbeiten, die die Bewirtschaftung seines Hofes erfordert.

»Phhh!«, schnaubte Opa. »Mit fünfundsiebzig konnte ich das auch noch. Der soll erst mal sechsundachtzig werden! Es ärgert mich trotzdem mächtig, dass ich euch nicht mehr helfen kann.« Gereizt blickte er auf sein gichtiges Knie.

»Ich bin ja jetzt da. Mach dir keine Gedanken. Wir schaffen das alle zusammen.«

Am Wochenende feiert das Ehepaar Hans Essing und Frau Lydia das frohe Fest der silbernen Hochzeit. Der Jubilar trat 1914 kriegsfreiwillig in das Heer ein und hat bis zum Ende am Weltkrieg teilgenommen. Seine vielen Freunde wünschen ihm und seiner Gattin noch viele schöne Jahre des Aufbaus nach dem siegreichen Frieden.

»Ha! Siegreicher Frieden! Das glauben die doch wohl selbst nicht. Hatte ich nicht gesagt, etwas ohne Krieg und Politik?«

94

Birke suchte auf der Seite, bis sie einen scheinbar unverfänglichen Absatz fand.

Am Freitag entschlief drei Tage vor der Vollendung seines siebenundachtzigsten Lebensjahres Herr Stefan Loewe. Bevor er nach Amrum kam, war er auf einer anderen Insel, die von dem Nordsee-Eiland so verschieden als nur denkbar ist, tätig gewesen. Achtzehn Jahre hat er auf Sumatra in der Tabakkultur gearbeitet, bis es ihn im Jahre 1902 heimwärts zog nach seinem über alles geliebten deutschen Vaterlande. Bei Ausbruch des Weltkrieges eilte er 1914 freiwillig zu den Fahnen, machte den ganzen Krieg an der Front mit und wurde als Leutnant mit dem eisernen und mit dem Hanseatenkreuz ausgezeichnet. Sein Sohn Fritz ist einer der ersten Ritterkreuzträger des gegenwärtigen Krieges. Der Verstorbene war allen, die ihn kannten, ein Vorbild an Vaterlandsliebe, Pflichterfüllung und Glauben.

»Vaterlandsliebe, dass ich nicht lache. Die Mücken auf Sumatra hat er nicht vertragen, das war der einzige Grund, warum er zurückgekehrt ist! Ich kannte den alten Gauner. Hätte nie gedacht, dass ich ihn überlebe.«

Birke las hastig weiter.

Am heutigen Tage können Erhard Jensen und seine Ehefrau auf den Tag zurückblicken, an dem sie vor einem halben Jahrhundert sich zu gemeinsamer Lebenswanderung verbanden. Feierten sie das silberne Ehejubiläum ein Jahr nach einem großen Kriege, so das goldene mitten in einem noch größeren Weltenbrand.

»Da sind sie wohl auch noch stolz drauf! Lass es sein, Birke. Die Zeitung taugt nur zum Fliegen totschlagen. Leg sie auf das Fensterbrett. Ich werde nämlich fertig mit den Mücken, im Gegensatz zum alten Stefan.«

Bei dem Wort Sumatra war Birke jedoch etwas eingefallen. »Ich habe eine bessere Idee für dich als die Zeitung, Opa. Ich bin gleich wieder zurück.«

Draußen in der Diele traf sie Ida.

»Tante Ida, wo ist Tede? Ich muss ihn etwas fragen.«

Tante Ida sah müde aus. »Mein Sohn ist mit seinen Freunden irgendwo in den Dünen. Sie spielen Kampfpilot. Ich habe ihm noch nicht gesagt, dass sein Vater vermisst wird. Ich konnte es einfach nicht. Bin ich ein Feigling, Birke?«

Birke umarmte ihre Tante fest. »Nein! Das bist du nicht. Das sind wir alle nicht.«

Nicht, solange wir noch jeden Morgen aufstehen, um Radieschen zu säen, Möweneier zu suchen und uns umeinander zu kümmern, dachte sie, während sie die Treppe hinauflief. *Immer mit der Angst um unsere Lieben, die uns in jeder Sekunde wie ein dunkles, kaltes Gespenst über die Schulter schaut. Und jeden Tag unter einem Himmel, dem man nicht mehr trauen kann und der keinen Trost mehr spendet.*

Die Fensterscheibe im Treppenhaus klirrte, weil unter den Wolken draußen über dem Meer die feindlichen Bomber wie grotesk aufgeblähte Zugvögel auf ihrem tödlichen Weg zum Festland waren.

10

Sommerhimbeeren

»Was bringst du da?« Opa Prenderney betrachtete misstrau-
isch die Schachtel, mit der Birke kurze Zeit später in sein
Zimmer zurückkehrte.

»Etwas Besseres als die Zeitung.« Birke setzte sich wieder
auf die Bettkante und hielt ihm die Kiste hin, in der Fotos in
allen Größen lagen. Es war Frau Kilians Schatzkiste. »Zieh
einfach eines heraus. Wie aus einem Kartenspiel.«

Opa streckte die Hand aus, zögerte und fischte schließlich ein Bild hervor. Zusammen betrachteten sie es. Es zeigte
schroffe Berge und davor in einem Tal ein Haus. Eine alte
Villa, recht ansprechend, nicht pompös, nur etwas verspielt,
mit gerundeten Giebeln und einem kleinen Türmchen. Ein
Haus, in dem man gut wohnen und es ein Zuhause nennen
könnte, dachte Birke. Opa jedoch interessierte sich weniger
für das Haus als für die Frau, die in einen langen Rock geklei-
det auf den Treppenstufen saß und offensichtlich auf jemanden wartete. Ihr Blick war halb hoffnungsvoll, halb ungeduldig.

»Wo ist das?«, fragte Opa. Birke sah auf der Rückseite
nach. *Norwegen* stand da nur.

»Norwegen, aha.« Sein Ton war unwirsch, doch Birke sah,
dass sein Interesse geweckt war. »Woher hast du diese Bil-

der?« Birke erzählte ihm von dem ganzen Jahr mit Frau Kilian und ihrem Mann Marten. Opa hörte aufmerksam zu, betrachtete dabei aber die ganze Zeit das Bild. »Wer war diese Frau?«, fragte er. »Hat dir das deine Frau Doktor auch erzählt?«

»Nein, über Norwegen haben wir gar nichts geschrieben.«

»Was glaubst du wohl, auf wen sie wartet?«

Birke betrachtete das Gesicht der jungen Frau. »Sicher auf ihren Mann. Oder Verlobten. Sie sieht so sehnsüchtig aus.«

»Glaub ich nicht.« Der Blick in Opas Augen war verschmitzt. »Ich denke, sie wartet auf den Schreiner.«

»Den Schreiner? Wie kommst du denn darauf?« Birke war verblüfft.

»Du willst mich doch mit einer guten Geschichte ablenken, nicht wahr? Ein Verlobter oder Geliebter oder Ehemann ist langweilig. Den hat jede. Das ist keine Geschichte. Ich glaube, diese Frau ist anders, als man denkt! Sie ist wie meine Ilse. Sie wartet auf den Schreiner, weil das Treppengeländer kaputt ist. Siehst du, hier.« Opas Finger tippte entschieden auf das Bild. »Darüber freut sie sich, denn sie mag das Handwerk. Sie hat gern eine Säge in der Hand oder einen Hammer. Aber man lässt sie nicht, weil sie eine Frau ist. Der Schreiner aber kennt sie, seit sie klein ist, und bei ihm darf sie helfen. Sie hat viel von ihm gelernt. Wenn er jetzt kommt, wird er sie die neue Strebe einsetzen lassen, und sie wird in dieser Stunde glücklich sein.«

Birke betrachtete ihn erstaunt. »Aber Opa, ich wusste nicht, dass du so … so …«

»Dass ich weiß, dass Frauen auch anderes können als

kochen, melken und putzen? Sagte ich doch bereits, meine Ilse war auch so. Es erfüllte sie, wenn sie etwas erschaffen konnte. Die Werkstatt hinten im Feld hat sie fast allein ausgebaut und eingerichtet. Da waren wir noch jung. Die steht immer noch, und hoffentlich bleibt sie da noch lange, wenn die Idioten da oben keine Bombe darauf werfen.«

Verflixt. Jetzt hatte die Ablenkung so schön geklappt, und nun waren sie wieder beim Krieg. Es war zum Verzweifeln. Entmutigt wollte Birke Opa das Bild abnehmen und in die Kiste zurücklegen, doch er hielt es fest. »Darf ich es bis morgen behalten? Ich möchte mir ausdenken, wie diese Frau heißt. Und vielleicht fällt mir noch das eine oder andere dazu ein. Ich glaube, sie hat ein Islandpony.« Er stellte das Bild an den Fuß seiner Nachttischlampe. »Danke, Birke! Das war eine kurzweilige Stunde. Hat mir wohlgetan.«

»Mir auch, Opa. Kann ich dir noch etwas bringen?«

»Nein. Ich werde jetzt ein Schläfchen halten. Vielleicht träume ich von der Frau.« Er lehnte sich behaglich zurück, und Birke stopfte die Decke um ihn fest. Als sie leise das Zimmer verließ, hatte er die Augen geschlossen, doch dann hörte sie ihn rufen. »Birke!«

»Ja, Opa?«

»Victoria! Sie heißt Victoria.«

Birke machte sich auf die Suche nach Tede. Sie traf ihn auf halbem Wege zu den Dünen. Er war von oben bis unten so schmutzig, dass er sicher nicht nur im Sand gespielt hatte. »Hallo, Birke. Suchst du mich? Ich komme gerade nach Hause.«

»Ich wollte dich bloß etwas fragen.«

»Ich dich auch. Ich habe ein Loch in meine Hose gerissen. Meinst du, du kannst das flicken, bevor Mutter es sieht? Ich möchte ihr nicht noch mehr Arbeit machen. Wir haben uns eine Verteidigungsanlage gebaut, meine Freunde und ich, weißt du. Man kann nie wissen, wann der Feind kommt und wir uns wehren müssen. Wenn wir den Krieg gewonnen haben, zeige ich sie meinem Vater.« Er klang so wichtig und so unglücklich zugleich, dass sie ihn am liebsten in den Arm genommen hätte, doch sie wusste, wie peinlich ihm das gewesen wäre. Schließlich war sie auch einmal vierzehn gewesen, und das war noch gar nicht so lange her, obwohl es ihr wie ein halbes Leben vorkam.

»Klar flicke ich dir das! Bring mir die Hose nachher gleich in meine Kammer. Sag mal, Tede, du hast doch früher immer gern auf dem Dachboden gespielt. Es war dein heiliges Versteck, wo dich niemand stören durfte. Ist das immer noch so?«

Empört sah er sie an. »Ich bin doch kein Kind mehr. Ich hab anderes zu tun.«

»Es würde dich also nicht stören, wenn ich da gelegentlich arbeite?«

»Nö. Ich war schon seit Ewigkeiten nicht mehr da oben.«

An diesem Tag kam Birke nicht dazu, obwohl sie es kaum abwarten konnte. Doch am nächsten Morgen, nachdem sie sich um das Vieh gekümmert hatte, stieg sie auf den Dachboden, der nach Staub und Ewigkeit roch. Die alten Dielen knarrten, wie es sich für einen Dachboden gehörte. Alte Stühle mit fehlenden Beinen, morsche Wäschekörbe, in denen Spinnen hausten, ein Stapel Hüte, die längst nicht mehr modern waren, und dergleichen vergessene Dinge bevölkerten ihn. Aus der halbrunden schrägen Luke sah man die Salzwiesen, den Deich und den Dunst, der darüberlag. Birke wischte die Scheibe so sauber, wie es ging. In den Lichtkegel, der durch das Fenster fiel, zerrte sie einen alten Nähmaschinentisch, auf dem noch die Nähmaschine thronte. Unten hatte er ein Pedal, auf das man beide Füße stellen und damit die Maschine antreiben konnte. An der Maschine hing ein Zettel, auf dem *Defekt* stand. Mit einiger Anstrengung hob Birke die Maschine von dem Tisch und verstaute sie in einer Ecke in einem ähnlich defekten Koffer. Den Tisch säuberte sie ebenfalls und stellte anstelle der Nähmaschine Nirina mitten darauf. Zufrieden betrachtete sie die Schreibmaschine, die ihr eine Freundin geworden war. Dies war ein guter Platz. Niemand würde es hören, wenn sie hier oben in die Tasten hämmerte. Sie fand einen Stuhl, der noch alle vier Beine hatte, und setzte sich an den Tisch. Da sie nicht wusste, wohin mit ihren Füßen, stellte sie sie auf das Pedal und bemerkte, dass sie so beim Schreiben wunderbar damit wippen konnte. Das half beim Nachdenken. Sie spürte, wie sie sich dabei entspannte.

Die Sommertage folgten, so erstaunlich es manchmal schien, einer auf den anderen, egal, was der Krieg und die Menschen in der Welt trieben. An jedem einzelnen stahl sich Birke eine kostbare Stunde oder zwei, um in dem stillen, staubigen Licht auf dem Dachboden allein zu sein. Mit Hilfe der alten Schreibmaschine auf dem Nähmaschinentisch nähte sie sich aus Worten eine andere Welt. Sie begann, eine Geschichte zu schreiben von zwei Menschen, die sich in genau dieser merkwürdigen Gegenwart liebten, wie es einst Anne und Marten Kilian getan hatten, denen die Vergangenheit gehörte. Birkes Helden aber gehörte die Zukunft.

Unten in seiner Stube hielt es Opa Prenderney ähnlich. Jeden Tag zog er ein Bild aus Frau Kilians Schatzkiste und wanderte mit seinen Gedanken darin herum, spann sich eine Geschichte dazu und befreite sich so hin und wieder von der wirklichen Zeit, in der er sich hilflos fühlte und wütend auf die Menschheit war.

Diese überraschende Seelenverwandtschaft mit Opa Prenderney füllte für Birke ein wenig die Lücke, die Frau Kilian hinterlassen hatte.

Im Gemüsegarten wuchsen derweil der Salat und die Radieschen heran. Auch Leni wuchs, und Birke verlängerte notdürftig ihre Kleider mit Gardinenstoff. Von Siegfried hatte man noch immer nichts gehört.

Dafür kam von Gunne ein Feldpostbrief.

Liebe Birke, ich schreibe dir aus dem Lazarett. Bitte bekomme keinen Schreck. Wie du merkst, lebe ich noch. Mein Bein hat einiges abbekommen und meine Lunge auch ein wenig, aber ich bin unendlich froh, dass ich nicht mehr marschieren muss und mich ausruhen kann.

Wer weiß, wenn mein Bein zusammenheilt, vielleicht passt es dann in der Länge endlich zu meinem anderen, und ich muss nicht mehr hinken?

Ich möchte dir etwas erzählen. Kurz bevor der Angriff uns erwischte, haben wir in einem Wald Deckung gesucht. Dort stand ein alter Schuppen, ganz ähnlich wie der bei deiner Tante, und stell dir vor, an der Wand wuchsen dieselben Sommerhimbeeren wie bei euch! Weißt du noch, wie wir immer davon genascht haben, ehe sie reif waren? Sie schmeckten sauer und süß zugleich. Die Süße war stets nur ein Versprechen, denn meistens hatten wir sie aufgegessen, bevor sie überhaupt süß werden konnten. Und danach machten wir es mit den Herbsthimbeeren genauso.

Diese russischen Sommerhimbeeren schmeckten genau wie damals, und auch wieder nicht. Sie waren noch sauer, und trotzdem war schon die ganze Süße darin enthalten. Vielleicht ist es die Süße der Kindheit gewesen oder die der Erinnerung daran. Für mich war es ein völlig unerwartetes Geschenk, mitten im Krieg so etwas zu finden, unberührt von allem Geschehen drumherum. Das ist Leben, Birke, dieser Geschmack und das, wofür er steht! Nicht der Krieg. Nicht das, was in den Köpfen der Menschen spukt, um so einen Krieg auszulösen. Ich habe viel zu viele dieser Himbeeren gegessen und dabei an dich gedacht und an Amrum. Ich habe gedacht, sollte ich nicht heimkehren, dann werde ich für alle Zeiten wie die Kaninchen in ihren Höhlen unsichtbar unter dem Sand gegenwärtig sein, oder wie die Muscheln im Watt, die man bei Ebbe im Sand flüstern hört, ohne sie zu sehen. Oder vielleicht hockt das Kind, das ich einmal war, für alle Zeiten in den Sommerhimbeeren, und nur du allein kannst es sehen?

Liebe Birke, ich weiß, dass uns etwas Besonderes verbindet, und wenn es nur die Kindheit auf Amrum ist. Mir tut es wohl, an dich zu denken. Deine Briefe sind wie Seewind, wie frische Luft von zu Hause.

Ich hoffe so sehr, dass später einmal, wenn dieser Wahnsinn vorbei ist, für dich eine Sonne scheint, die in Regenbogenfarben leuchtet wie die Perle an deinem Hals. Regenbogenfarben, die aus dem Meer kommen, weil sie Teil einer Muschel aus der Tiefe sind. Ich habe von einer solchen Muschel geträumt. Sie schillerte an der Oberfläche in allen Farben, die das Perlmutt hergibt. Und dann wieder träumte ich von einem Vogel, der in einem fremden Himmel fliegt, welcher niemals einen Krieg gesehen hat.

Bitte denke an einen solchen freien Vogel, wenn du an mich denkst, Birke, denn so fühle ich mich jetzt hier in diesem Bett. Meine Träume bringen mich, wohin ich möchte, bei Tag und bei Nacht. Du musst keine Angst um mich haben. Ich habe kaum Schmerzen. Nur im Lazarettzug war es unangenehm, wenn der Zug gebremst hat und die Puffer der Wagen aneinanderstießen. Das habe ich dann heftig gespürt. Doch dieses Bett ist der reine Luxus im Gegensatz zu allem, was war. Ich betrachte die weißen Laken und denke an den Schnee von damals, in dem wir zusammengestoßen sind. Der Gedanke an Schnee ist so angenehm kühl. Sollte es schneien, ehe ich nach Hause komme, dann fahre für mich auf dem Schlitten die Düne hinunter und wirf einen Schneeball in den Himmel, so hoch du kannst, ja, Birke?

Er hat Fieber, dachte Birke angstvoll, aber er ist in Sicherheit und muss nicht mehr kämpfen.

Sie antwortete ihm sofort und schickte den Brief ab, und doch ließ sie der Gedanke an Gunne nicht los.

An den abgelegenen Schuppen mit den Sommerhimbeeren

hatte sie lange nicht mehr gedacht. Sie ging hin und stellte fest, dass dort hinter verwilderten Weidenröschen tatsächlich noch immer die Sommer- und die Herbsthimbeeren wuchsen. Die Früchte waren erst hellrot. Sie probierte eine, und ja, sie waren ebenso sauer wie die, die Gunne vor kurzem gegessen hatte. Und genauso schmeckten sie nach Kindheit und nach dem Versprechen, mehr Süße in sich zu tragen, wenn man ihnen nur die Zeit ließ zu reifen.

In der Ferne hörte sie die Glocke Inna läuten, und wie die Himbeeren war sie ein Trost und ein Versprechen. Die Töne trieben mit der Mittagssommerhitze über die Felder. Birke dachte an die Töne eines Klaviers, die an einem anderen Sommermittag über dieselben Felder geweht waren und sich ebenso rund und süß angehört hatten, wie die Beeren schmeckten, wenn sie reif waren.

Die Wochen vergingen, und Birke suchte die Himbeeren absichtlich nicht mehr auf, bis sie wusste, dass sie ihre volle Reife erreicht hatten. Dann nahm sie Leni mit, um die Beeren zu pflücken. Alle sollten davon probieren. Opa, der sich daran erinnerte, dass auch seine Ilse die so gern gemocht hatte. Tante Ida, der die Angst um ihren Siegfried neue Falten auf die Stirn gezeichnet hatte. Tede, der nicht mehr nach seinem Vater fragte.

»Die schmecken so, als ob alles in Ordnung ist«, sagte Leni. Und drückte damit genau das aus, was Birke und Gunne als Kinder gefühlt hatten, wenn sie die ersten Sommerhimbeeren auf der Zunge spürten.

Doch der Strauch hatte wohl nicht genug Himbeeren getragen, denn es war nichts in Ordnung. Am nächsten Tag kam Tante Ida von einer Besorgung aus dem Dorf zurück. Birke sah sofort an ihrem Gesicht, dass etwas passiert war.

»Hast du Nachricht von Onkel Siegfried?«, fragte sie beklommen.

»Nein. Nicht Siegfried.« Tante Ida zog sie in die Küche und schloss die Tür. »Birke, liebes Kind, ich muss dir leider etwas sagen …«

»Was denn, Tante Ida? Meine Mutter?« Ein kalter Stein landete in Birkes Magen.

»Nein, nein, nicht Gisa«, sagte Tante Ida hastig. »Nein, es ist, ich habe Frau Johansen getroffen, weißt du …«

Auf einmal fühlte Birke gar nichts mehr. Gunne! Es war Gunne. Sie dachte an Schnee und an Himbeeren und an die Grube voller Brennnesseln, in die sie einmal gefallen war.

Gunne hatte sie damals herausgezogen.

11

Der Dampfer Föhr–Amrum

Tante Ida drückte Birke auf einen Stuhl und setzte Teewasser auf.

»Aber er war doch im Lazarett! In Sicherheit«, sagte Birke. Sie versuchte zu begreifen, was ihre Tante gesagt hatte, aber ihre Gedanken wollten sich nicht ordnen. Es fühlte sich an wie Watte im Kopf.

»Die Front bröckelt weiter. Die Verwundeten mussten in ein anderes Lazarett verlegt werden, weiter im Westen. Aber der Lazarettzug wurde von russischen Partisanen angegriffen. Alle in Gunnes Wagen waren sofort tot.« Tante Idas Stimme zitterte. »Es tut mir so leid, Birke.«

Trotz des Tees fror Birke, als wäre wieder Februar. Wie blind lief sie hinaus in die Junihitze, doch die Sonne half ihr nicht. Ohne Ziel irrte sie herum und fand sich schließlich auf der Wiese wieder, auf der sie damals die Töne des Klaviers gehört hatte, ohne zu wissen, woher sie kamen. Dort warf sie sich in das duftende Gras und konzentrierte sich verzweifelt auf ihren Atem. Eine Hummel summte neben ihrem Ohr, und sie klammerte sich an dieses Geräusch. Es durchbrach die eisige Stille in ihr.

Das Leben hatte ihr und Gunne keine Zeit gelassen herauszufinden, was das war zwischen ihnen. Wenn das nur Freundschaft gewesen war und dennoch dermaßen schmerzte, dann wollte Birke niemals lieben!

Man sah ja an Frau Kilians Freitod, was dabei herauskam.

Aber liebe Birke, jeder Tag und jede Sekunde haben sich gelohnt, die ich mit Marten zusammen sein durfte. Es war jeden Schmerz wert. Habe ich Sie das nicht gründlich genug gelehrt?, hörte sie Frau Kilians Stimme so deutlich, als stünde sie neben ihr. Birke rollte sich auf den Rücken und fasste nach dem Medaillon an ihrem Hals. Die Sonne glitzerte auf den Flügeln des Schmetterlings. Doch nichts fühlte sich gerade leicht an wie ein Schmetterling. Alles wog bleischwer.

Sie sind nicht immer da, die Schmetterlinge, das wissen Sie doch. Aber sie kommen immer wieder.

Was hatte Gunne noch geschrieben? Er würde für immer als das Kind, das er gewesen war, in den Sommerhimbeeren hocken, und nur Birke würde ihn sehen können.

Jetzt endlich kamen die Tränen und spülten die Trauer in ihr frei. *Ach, Gunne, nicht nur in den Sommerhimbeeren! Auch im Schnee, am Leuchtturm, in jeder Muschel, die das Meer mir vor die Füße spült. In den Wolken am Horizont, aus denen wir früher Geschichten gesponnen haben. Was für dich wie ein Drachen aussah, war für mich ein Wal. Am Ende einigten wir uns auf einen Drachenwal.*

Birke lauschte auf den Wind, der über das warme Gras strich. Sosehr sie auch zuhörte, er brachte heute keine leisen, zärtlichen Klaviertöne zu ihr. Und doch fand sie diese schließlich wieder, tief in ihrem Inneren, geborgen in ihrer Erinnerung und ebenso deutlich wie damals.

Am anderen Ende der Wiese sah sie die Scheune stehen. Anders als Gunne hatte sie sich damals nie hineingewagt, schließlich gehörte sie dem Bauern, der bekannt war für seinen Jähzorn. Jetzt brauchte sie sich nicht zu fürchten, denn der Bauer war im Krieg. Die Tür klemmte nur ein wenig. Es roch muffig, nach Moder und Mäusen. Birke arbeitete sich an alten Schubkarren und Säcken vorbei, bis sie ganz hinten in der Ecke tatsächlich das Klavier entdeckte. Auf den ersten Blick wirkte es in dem spärlichen Licht der Scheune so dunkel, ernst und aufrecht wie ein Grabstein. Birke zögerte, ging dann aber doch hin und öffnete den Deckel. Sie hatte keine Ahnung vom Klavierspielen und schlug aufs Geratewohl eine Taste an. Unerwartet laut und sehr schräg kam der Ton heraus. Birke erschrak und hatte das Gefühl, dass selbst die verbeulten Schubkarren zusammengezuckt waren. Vorsichtiger versuchte sie einen anderen Ton. Es hatte ein Gruß an Gunne werden sollen, vielleicht hörte er ja von irgendwoher zu. Aus den Himbeeren vielleicht.

Doch zu diesen Tasten fand sie, anders als zu Nirinas, keinen Zugang. Ob es an Birkes Unvermögen lag oder an dem verstimmten Klavier, die Töne wurden nicht sanft und nicht klar, wie sie es beabsichtigt hatte. Stattdessen waren diese ebenso von Wut und Trauer erfüllt wie sie selbst. Schließlich gab sie nach und hämmerte alles, was in ihr brodelte, in einer fürchterlichen und gnadenlos lauten Musik heraus. Eine Melodie wie ein Aufschrei, der bestimmt weit über die Wiese trieb und doch zum Glück niemandes Ohren erreichte. Feriengäste gab es nicht mehr, die Bauern waren in Russland und alle anderen mit mühsamem Tagwerk beschäftigt. Niemand hatte Zeit, auf den Wiesen herumzuspazieren. Es sei denn, ein Kind lag irgendwo im Gras wie vor Jahren Birke, als Gunne gespielt hatte. Dieses Kind würde sich dann als Erwachsener vielleicht daran erinnern, wie viel Verzweiflung einmal an einem lang vergangenen Sommertag in den Tönen gelegen hatte, die über die Wiese geflogen waren.

Birke schloss mit einem gewaltigen Schlussakkord und knallte den Deckel wieder zu. »Tut mir leid, Gunne«, flüsterte sie und blieb noch eine Weile sitzen, den Kopf auf das alte Holz gelegt. Sie hatte trotz allem das Gefühl, Gunne nahe zu sein. Schließlich war er hier glücklich gewesen. Zwischen den letzten Vibrationen der rostigen Seiten schwang gewiss noch etwas von seiner Freude mit.

Gunnes Sarg und der eines anderen gefallenen Insulaners, den Birke nur vom Namen her kannte, sollten am 26. Juni nach Amrum gebracht werden.

Birke fuhr an diesem Tag nach Dagebüll, um Gunne auf seiner letzten Fahrt mit dem Dampfer zu begleiten. Es war das Einzige, was sie noch für ihn tun konnte.

Sie war früh losgefahren, um Zeit für einen Gang am Strand zu haben, dort, wo sie das letzte Mal mit Gunne gewesen war. Die Füße im Wasser, an derselben Stelle, wo sie damals gelaufen waren, dachte sie an das gemeinsame Leben, was er sich für sie beide ausgesponnen hatte. Allein auf einer Hallig, wo er Musik machen und sie die Wolle der Schafe spinnen konnte. Birke fragte sich, ob sie dieses Leben nicht sofort nehmen würde, wenn man es ihr jetzt anböte. Sie fand keine Antwort. So hockte sie sich in den Sand und fing an, einen Muschelgarten anzulegen. Als Kinder hatten sie nie Sandburgen gebaut. Das machte jeder. Sie konstruierten lieber Schiffe aus Sand und Treibholz und entwarfen Gärten, in denen es Beete mit Seesternen, Seeigeln, Seeanemonen und Krebspanzern gab und Wege aus Sepiaschalen, Tang, Steinen und Muscheln.

Doch Wege machten nun keinen Sinn mehr. Für Gunne gab es keine mehr. Am Ende legte Birke seinen Namen in den Sand, groß und hell aus weißen Herzmuscheln, eingerahmt von hellgrünem Meersalat und einem Seestern rechts und links. Noch vom Deich aus konnte sie die Buchstaben leuchten sehen, als sie sich schweren Herzens zurück auf den Weg zum Hafen machte.

Das Meer lag glatt, und die Sonne senkte sich in einen goldenen Spätnachmittag, so hell und mild wie ein Junitag im tiefsten Frieden. Die Fahne des Schiffes aber war auf Halbmast gesetzt. Birke kam alles unwirklich vor, als sie beklommen auf das Vordeck trat. Hier standen zwei Särge nebeneinander. Daneben stumm der Kapitän, den Kopf gesenkt, die Mütze in der Hand. Als Birke näher trat, nickte er ihr zu, setzte die Mütze auf und machte sich auf den Weg ins Steuerhaus.

Birke betrachtete den Namen auf dem Sarg, berührte das sonnenwarme Holz.

Gunnar Johansen

Vorhin am Strand, da hatte sie Gunnes Gegenwart gespürt, da war alles wirklich gewesen, allzu wirklich. Jetzt aber schien alles wie ein übler Traum, gerade weil der Nachmittag so klar und schön war. Auf dem Vordeck waren in respektvoller Entfernung auch Eisenfässer mit Teer und Benzin gelagert sowie Kisten mit Gemüse und anderen Kolonialwaren. Ein deutlicher Geruch nach Speck und Kohlrabi, der sich in die salzige Seeluft mischte, erschien Birke absurd. Gunne hätte darüber gelacht.

Das Schiff legte ab. Vor dem Bug glitzerte das Wasser golden, hinter ihnen schäumte es weiß in der Spur des Dampfers. Wie Schnee, dachte Birke. Möwen flogen ein Stück mit. Gunne hätte der Tag gefallen. Birke hockte sich schließlich auf eine Kiste möglichst nahe bei Gunnes Sarg. Sie stellte sich vor, er säße neben ihr und sie wären auf dem Weg zu einer Hallig, um dort Schafe zu halten. Er würde mit den Hacken gegen die Kiste trommeln, im Rhythmus einer für den Moment komponierten Melodie.

Auf Föhr angekommen, hielt der Dampfer, um Passagiere aus- und zusteigen zu lassen. Birke blieb sitzen. Kurze Zeit später fuhr er weiter auf seinem Weg nach Amrum. Nach einer Weile entdeckte Birke eine kleine Robbe, die das Schiff backbords ein Stück begleitete. Vielleicht war sie einsam.

Die Möwen aber waren verschwunden. Merkwürdig. Der Dampfer war doch schon nahe genug am Amrumer Hafen?

Während sie sich suchend umsah, trat der Kapitän aufgeregt winkend aus dem Steuerhaus. »Gehen Sie unter Deck! Alle! Sofort unter Deck!«

Birke hatte auf die beiden sich nähernden Flugzeuge nicht

geachtet, zu gewöhnt war sie an das Brummen. Aber wie tief diese hier flogen! Jetzt spürte sie die Vibration in dem metallenen Boden unter ihren Füßen. Dennoch begriff sie nicht so schnell, was der Kapitän meinte. Sie war doch hier, um Gunne nach Hause zu begleiten, gehörte an seine Seite. Was sollte sie unter Deck?

In diesem Augenblick ging ein ohrenbetäubender Lärm los. Sie sah den Kapitän zusammenbrechen und blickte ungläubig auf das Blut, das von der Brücke auf die grüngestrichene Treppe tropfte. Dann spürte sie einen Schlag, der sie von der Kiste und zu Boden warf. Ein stechender Schmerz fuhr in ihr linkes Bein. Geschosse flogen umher, knallten mit einem kalten Klingen gegen die Reling. Funken stoben, Splitter zischten hierhin und dorthin. Sie sah im Liegen, wie etwas ein Fass traf, das daraufhin explodierte. Die Druckwelle warf Birke gegen eine metallene Wand, an die sie sich drückte und die ihr trotz der Schmerzen einen beruhigenden Halt gab. Irrsinnigerweise huschte ihr der Gedanke durch den Kopf, ob der kleinen Robbe etwas passiert war oder ob wenigstens sie rechtzeitig hatte abtauchen können in die kühle, dunkle Tiefe.

Auf Amrum bist du am sichersten, hatte Tante Ida damals gesagt, und sicher hatte sich Birke tatsächlich gefühlt unter dem vertrauten Himmel ihres Kindheitsparadieses.

Doch jetzt hatte der Himmel sie betrogen.

Als das helle Gleißen der Detonation erlosch und der Qualm sich mit dem Wind verzog, floss Teer aus dem zerstörten Fass über das Deck und auch über die Särge. Auf dem hellen Holz von Gunnes Sarg bildete sich ein Fleck, der wie eine

Muschel geformt war. Birke starrte darauf und versuchte zu begreifen, was geschehen war. Schreie drangen an ihre Ohren, aber sie hörte nicht hin. Denn sie entdeckte, dass durch beide Särge ein Riss ging.

Nun bekommt Gunne Luft, dachte sie. Endlich wieder die Amrumer Seeluft, die er sich gewünscht hat.

Dann spürte sie einen Schlag. Birke fühlte, wie sie in eine dunkle Tiefe stürzte.

Vielleicht würde sie dort die Robbe treffen.

12

Pinswins Spiel

Weiß. Alles war schneeweiß um sie herum. Immer wieder spürte sie ein merkwürdiges Ruckeln. Sicher waren sie im Zug unterwegs. Vielleicht nach Norwegen, zu Victoria. In Norwegen gab es viel Schnee, und Opa war auch da. Birke hörte seine Stimme. Gunne hat recht gehabt, dachte sie, es schmerzt, wenn die Waggons bremsen und die Puffer aneinanderstoßen. Die Fensterscheiben waren wohl beschlagen, denn sie sah nur undeutlich. Sie hob den Arm und wischte darüber. Jetzt konnte sie besser sehen. Es war gar nicht Opa, dessen Stimme sie gehört hatte. Es war ein alter Arzt in einem weißen Kittel. Junge Ärzte gab es nicht, die waren im Krieg.

Krieg! Schlagartig fiel ihr wieder ein, was passiert war.

»Wo ist die Robbe?«, fragte sie.

Der Arzt, der an ihrem Bein hantiert hatte, woher auch das Gefühl des Ruckelns kam, blickte auf. »Fräulein Rossmonith. Guten Tag. Wie fühlen Sie sich?«

Birke dachte nach. »Kalt.« Alles andere brauchte zu viele Worte, um sie zusammenzusuchen. Dazu war sie zu müde.

»Das kommt vom Fieber. Es wird bald besser. Die Entzündung geht zurück.«

Fieber. Gunne hatte auch Fieber gehabt. Aber er war nicht daran gestorben. Er war am Krieg gestorben.

»Was ist mit meinem Bein? Wo bin ich?«

Der Arzt deckte sie zu. »Sie sind im Krankenhaus in Wyk auf Föhr. Was geschehen ist, muss Ihnen jemand anders erzählen. Ich habe zu viele Patienten. Gute Besserung. Ich denke, wir können Sie bald nach Hause entlassen.«

Das Fieber kam und ging. Bilder zogen ihr durch den Kopf, Schlitten im Schnee, die Hallig mit Schafen, Frau Kilians Palme, der Riss durch den Sarg. Und Gesichter. So viele Gesichter! Die beiden Kilians, Onkel Siegfried, Opa Prenderney, ihre Mutter, Alan, Leni, sogar Gertrud Greski.

Irgendwann wurde es besser. Um sich wenigstens kurz ausruhen zu können, nahm sich eine erschöpfte Krankenschwester die Zeit, Birke zu erzählen, was geschehen war.

Zwei britische Flieger hatten das Schiff angegriffen. Der Kapitän war sofort tot gewesen. Es gab mehrere Verletzte. Ein Matrose hatte es geschafft, den Dampfer in den Hafen von Amrum zu manövrieren, wo sofort Helfer kamen, um die Verletzten notdürftig zu versorgen. Trotz der schweren Beschädigung konnte der Dampfer umgehend in seinen Heimathafen auf Wyk zurückfahren, um die Verletzten dort in das Krankenhaus zu bringen.

Sobald Birke einigermaßen an Krücken laufen konnte, kam Tante Ida, um sie nach Hause zu begleiten. Es kostete Birke große Überwindung, das Schiff zu betreten. Doch es gab keinen anderen Weg nach Amrum für sie. Bis sie die Wanderung durch das Watt wieder bewältigen konnte, würde es lange dauern.

Gunnes Beerdigung hatte sie versäumt. Fast war sie erleichtert darüber. Abschied von ihm hatte sie ohnehin an jenem Tag auf der Wiese und am Klavier genommen. Sie wusste nicht, ob sie es ertragen hätte zu sehen, wie der Sarg in die Grube gelassen wurde. Sie wollte nicht wissen, ob der Riss geschlossen worden war.

Jetzt hinke ich auch, Gunne, genau wie du, dachte sie.

In ihr Knie waren mehrere Metallsplitter eingedrungen, die die Ärzte entfernt hatten. Ob sie vom Schiff stammten oder von den Geschossen, war unklar.

Birke trainierte eisern. Sobald es ging, kämpfte sie sich auf allen vieren die Stiege hoch auf den Dachboden, wo Nirina auf sie wartete.

Der Mann in Birkes Geschichte, die sie wie besessen in die Tasten hämmerte, wurde Klavierspieler. Die ganze Welt hörte ihm zu, denn seine Melodien verzauberten alle wie ein Sommertag im Juni, wie der Geschmack von frühen Himbeeren. Und wenn ihm die Welt zu viel wurde, zog er sich zurück auf eine Hallig, wo er für die Schafe spielte.

Das Hinken wurde mit den Wochen besser, die Schmerzen dagegen blieben. Schwimmen half, das Meer heilte. Auf die See war immer noch Verlass. Doch der Riss, der durch Gunnes Sarg gegangen war, ging nun auch durch Birkes Seele, und er heilte nicht.

Der Himmel über ihrem Kindheitsparadies hatte sie verraten. So viele Jahre hatte sie ihm ihre Sorgen und Bedenken anvertraut, ihre Träume und Hoffnungen. Sie hatte auf dem Rücken im warmen Sand gelegen und in die Wolken geschaut, mit Gunne oder allein, und immer war es in ihr heller geworden. Sie war in Gedanken mit den Zugvögeln geflogen und jedes Mal wieder zurückgekehrt. Sie hatte den Regen und den Schnee auf ihrem Gesicht gespürt, den Frühling kommen sehen, den Sommer und den Herbst. Sie las in den Wolken Geschichten und staunte über die Regenbogen, die gewiss nirgends auf der Welt so groß waren wie hier, ebenso gewiss wie nirgendwo anders der Himmel so weit sein konnte wie über dem Watt. In Bayern hatte es einen solchen Himmel nie gegeben, in Bremen schon gar nicht. Nur dieser Himmel hatte stets einen Trost für sie gehabt und alles in ihr leicht gemacht.

Doch das war jetzt vorbei. Ihr Himmel hatte sie nicht schützen können. Sie nicht und Gunne nicht. Aus dem Himmel waren die Flieger gekommen. Dass sie ihr Knie getroffen hatten, nahm Birke ihnen weniger übel als die Tatsache, dass sie etwas ganz anderes in ihr zerstört hatten. Etwas, was sie für unerschütterlich gehalten hatte: die Sicherheit auf dieser kleinen, unbedeutenden Insel am Rande des Landes, die stets der sichere Mittelpunkt ihres Lebens gewesen war.

Opa Prenderney hatte sich während Birkes Abwesenheit mit Emil getröstet, der inzwischen auf dem Hof gestrandet war. Opa spielte mit ihm Schach und erzählte ihm Geschichten aus Frau Kilians Schatzkiste. Birke fühlte sich ein wenig überflüssig. Sie half Tante Ida noch immer, wo sie konnte, wurde aber schnell müde. Wenn sie nicht an ihrer Geschichte schrieb, wanderte sie mühsam auf den alten Wegen, bis sie die Krücke endlich zu Hause lassen konnte. Einmal traf sie auf einer sandigen Lichtung im Wäldchen auf Pinswin und Leni, die rittlings auf einem umgefallenen Baumstamm saßen. Birke wollte vorbeigehen, doch Pinswin winkte ihr zu. »Hallo, Birke. Möchtest du dich hier ausruhen?«

Birke ging zu ihnen hin und stellte fest, dass Pinswin Flügel aus Steinen und anderen Dingen rechts und links an den Stamm gelegt hatte, so dass er wie eine Art Flugzeug wirkte. Vorne waren Knöpfe aufgemalt. Pinswin bemerkte ihren Blick.

»Das ist eine Zeitmaschine. Wie in einem Buch, das ich mal gelesen habe. Kennst du es?«

H. G. Wells. Sie erinnerte sich dunkel. »Ja. Und wohin fliegst du damit?«

»Am liebsten in die Vergangenheit zu den Dinosauriern. Und Leni auch, aber nicht so weit. Sie fliegt gern ein paar Jahre zurück zu ihrer Familie. Möchtest du auch mal?« Er klopfte einladend auf das warme Holz hinter sich. Die Rinde duftete nach Harz und dem Sommer, der sich seinem Ende zuneigte.

Birke setzte sich rittlings zwischen ihn und Leni. Der Stamm war dick, und ihr Knie schmerzte bei der ungewohnten Haltung. Sie ignorierte es. »Gibt es Regeln für dieses Spiel?«

»Ja. Du musst laut erzählen, was du siehst, damit alle Passagiere es auch sehen können. Aber du darfst die Augen zumachen. Dann geht es besser.« Pinswin drückte auf einen Knopf und machte mit den Lippen ein leises Summen nach, als ob er einen Motor startete.

Birke schloss die Augen.

»Gunne und ich sind ungefähr zehn Jahre alt. Im Dünental liegt gerade genug Schnee, um einen Schneemann zu bauen. Aber Gunne baut etwas ganz anderes. ›Was ist das?‹, möchte ich wissen.

›Das ist ein Pangolin.‹

›Hast du den erfunden? Der sieht ja verrückt aus!‹

Brehms Tierleben war das beinahe einzige Buch in Gunnes Elternhaus, und er kannte es praktisch auswendig.

›Nein, den habe ich nicht erfunden. Der lebt in Afrika. Es ist ein Säugetier, obwohl er Schuppen hat. Wegen dieser Schuppen sieht er ein bisschen aus wie ein Tannenzapfen. Er kann sich bei Gefahr aufrollen, dann sieht er aus wie ein Ball. Aber die Menschen rotten ihn aus. Sie essen ihn und denken, dass er Wunderkräfte hat und alles Mögliche heilen kann. Deswegen werde ich vielleicht einmal ein Pangolinbeschützer, wenn ich groß bin.‹

›Aber dann musst du ja weg von hier!‹ Diese Vorstellung gefällt mir gar nicht. Trotzdem helfe ich Gunne, den Pangolin zu bauen. Wir bauen eine ganze Pangolinfamilie, damit der nicht einsam ist.

›Ja, nach Afrika. Vielleicht kommst du ja mit?‹ Gunnes Gesicht ist knallrot von der Anstrengung, vor allem seine Ohren. Seine Haare sind nassgeschwitzt. Meine Füße und meine Hände sind eiskalt vom Schnee. Afrika kommt mir für einen Moment verlockend vor, aber nur für einen Moment. Ich schüttele entschieden den Kopf. ›Nein, ich möchte für immer hierbleiben.‹

›Na gut, dann bleibe ich auch hier. Vielleicht werde ich mal berühmt und kann ganz viel Geld sammeln und für die Pangoline spenden.‹

›Womit willst du denn berühmt werden?‹ Gunne zuckt nur mit den Schultern. Da wusste ich noch nicht, dass er ein Klavierspieler werden will.«

Birke hörte selbst, wie ihre Stimme anfing zu zittern. Schnell öffnete sie die Augen.

Von hinten legte sich eine tröstende kleine Hand auf ihren Arm. »Ich bin auch immer traurig, wenn ich zu meiner Familie zurückgereist bin. Aber trotzdem ist es immer schön«, sagte Leni.

»Ja, es ist wirklich schön. Gunne war richtig lebendig für mich. Danke für die Zeitreise, Pinswin.«

»Möchtest du noch mal? Vielleicht in die Zukunft, wenn du nicht mehr so traurig bist.«

»Na gut, einmal noch.«

Pinswin machte wieder das Motorengeräusch. Birke rückte ihr schmerzendes Bein zurecht und schloss wieder die Augen. Zuerst sah sie nichts.

Die Zukunft. Wer wusste schon, wie die Zukunft aussah?

Aber dann kamen die Worte wie von selbst. Die Worte, die die Bilder beschrieben, die von irgendwoher in ihr aufstiegen.

»Ich sehe ein Haus, ein Haus am Meer. Aber es ist ein anderes Meer. Es ist mein Haus. Ich wohne nicht allein darin, aber ich weiß nicht, wer noch da ist. Wer auch immer es ist, ist gerade fort. Ich bin in einem Garten mit weißem feinen Sand. An der Veranda wächst ein Busch mit violetten dreiblättrigen

Blüten, und in der Mitte sind gelbe Sterne. Die Schmetterlinge hier sind größer und bunter, als ich sie kenne. Es ist warm. Wir sind im Süden. Die Luft ist sanft und riecht nach Honig und Orangen. Ich höre das Meer rauschen. Ich gehe einen Weg entlang, erst auf Steinen, dann auf Holz und dann auf Sand. Das Dünengras ist hier anders, es sticht mir in die Füße. Merkwürdige Samen liegen auf dem Boden. Dann bin ich am Strand. Das Meer ist nicht blau. Es ist türkis und glasklar. Ich gehe auf eine Palme zu, die schräg ist, so dass man ihren Stamm hinaufklettern kann. Beinah falle ich dabei herunter, aber es wäre nicht schlimm, in dieses Wasser zu fallen. Ich klettere weiter und finde einen Sitz, einen hölzernen Sitz, den jemand auf dem Stamm befestigt hat. Ich setze mich darauf, und es fühlt sich an, als ob ich schon lange hier bin. Wie ein Zuhause.«

Birke öffnete wieder rasch die Augen. Es hatte sich zu vertraut angefühlt. Unheimlich.

Natürlich. Wie oft hatte Frau Kilian davon erzählt! Das war nicht Birkes Zukunft. Das war die Erinnerung an eine Geschichte.

Oder?

»Wenn das deine Zukunft ist, dann wirst du nicht hierbleiben, so wie du es in der Vergangenheit zu Gunne gesagt hast«, stellte Pinswin fest. Er sagte es ohne Vorwurf, nur wie eine Feststellung. »Übrigens gibt es Pangoline auch in Asien. Und die violette Blume mit den gelben Sternen ist eine Bougainvillea.« Pinswin war ein kleiner Wissenschaftler, der nie ohne Lexikon in der Tasche unterwegs war.

Birke stand auf. »Es ist ja nur ein Spiel. Wer weiß schon, was sein wird? Es ist gut, dass man es nicht wissen kann.«

»Nicht nur ein Spiel«, sagte Leni mit großen ernsten Augen.

Nein. Nicht nur ein Spiel. Für Leni war die Erinnerung an ihre Familie nur allzu wirklich, und auch Gunne war eben für Birke noch einmal ganz nahe gewesen, so nahe, dass sie ihn fast hätte berühren können.

Auf dem Rückweg hörte Birke ein vertrautes Rufen von oben. Zugvögel! Die ersten Wildgänse, die nach Süden flogen. Durch den Himmel, dem sie nicht mehr vertraute.

Die Vögel setzen Zeichen. Sie sagen, dass Ihnen etwas Gutes widerfahren wird, das Ihr ganzes Leben ändern kann. Und zwar dann, wenn die Vögel wieder zurückkehren. So hatte Frau Kilian damals gesagt. Es hatte wie eine ernste Prophezeiung geklungen.

Birke blickte den Gänsen nach, dachte an ihre Zeitreise in die Zukunft, und plötzlich wusste sie es.

Pinswin hatte recht. Damals hatte sie fest an das geglaubt, was sie zu Gunne gesagt hatte. Dass sie für immer hier auf Amrum bleiben würde, weil sie nur hier glücklich sein konnte. Doch seit die Flieger den Himmel und ihr Vertrauen zerrissen hatten, hatte sich dies geändert.

Ihr Kindheitsparadies war nicht das Paradies ihrer Zukunft.

Sie wusste noch nicht, wann und wie es möglich sein würde, doch sie wollte von hier fortgehen.

Aber was war nur das Gute gewesen, das ihr laut Frau Kilian widerfahren sollte, wenn die Vögel zurückkehrten?

Sie konnte es sich beim besten Willen nicht vorstellen.

Außerdem war Frau Kilian zwar eine weitgereiste, welterfahrene Frau, doch an Wahrsagerei glaubte Birke nicht.

Dennoch spukten ihr diese Worte von damals immer wieder im Kopf herum, wenn sie die Vögel ziehen sah.

Birkes Knie schmerzte immer heftiger vor Erschöpfung, aber sie machte trotzdem einen Umweg.

An der sonnenwarmen Holzwand waren die Herbsthimbeeren reif. Sie hingen voller Früchte, mehr als sonst. Der Krieg hatte sie nicht berührt. Sie schmeckten süß; von sauer keine Spur. Birke wusste, dass sie diesen Geschmack niemals vergessen würde. Egal, wo sie eines Tages leben mochte, danach würde sie sich immer sehnen.

Aus dem Augenwinkel war ihr, als hätte sie eine Bewegung wahrgenommen. Auf der anderen Seite, in den Sommerhimbeeren, an denen längst keine Früchte mehr hingen und deren Blätter schon welkten, glaubte sie für einen Augenblick, nur einen Atemzug lang, einen kleinen Jungen mit feinen weißblonden Haaren zu sehen. Die Abendsonne ließ seine abstehenden Ohren rot leuchten. Er lächelte ihr zu.

13

Die Stimme im Wald

Der Herbst kam ohne Rücksicht darauf, dass man ihn in diesen Zeiten nicht gebrauchen konnte. Birke stand im kalten Wind auf dem Feld und klaubte die letzten Kartoffeln und Rüben aus der härter werdenden Erde. Immer wieder machte sie eine Pause und sah zum Himmel, wo lange Züge von Gänsen, Enten und Kranichen unterwegs waren.

Sie wissen genau, wohin sie wollen, dachte Birke. Kein Krieg bringt ihre Pläne durcheinander. Sie fliegen einfach darüber hinweg. Und sie dürfen sich sicher sein, was sie am Ziel erwartet. Afrika. Wärme. Sogar Pangoline.

Schon früher hatte sie die Vögel gern beobachtet. Dieses Gefühl der schmerzlichen Sehnsucht und des Fernwehs jedoch war ihr neu. Wie gern wäre sie jetzt mit den Gänsen gereist wie einst Nils Holgersson! Diese Sehnsucht war es, die sie beunruhigte, noch mehr als die merkwürdige Vorhersage von Frau Kilian. Warum nur hatte diese behauptet, dass Birke Gutes widerfahren würde, wenn die Vögel wieder nach Süden flogen? Birke hätte so gern daran geglaubt, aber es fiel ihr schwer.

Außerdem geschah nichts in dieser Richtung. Jeder kämpfte sich mit seinem eigenen Kummer und seinen eigenen Sorgen irgendwie durch die kürzer werdenden Tage. Jetzt, da der

Sommer nicht mehr tröstete und die Nächte so lang waren, schien alles noch schwerer. Tede wusste inzwischen, dass sein Vater vermisst wurde. Er hatte aufgehört, für den Krieg zu schwärmen, und half seiner Mutter schweigend mit den Kindern, dem Haushalt und den Besorgungen. Er fing Kaninchen und angelte, um den kargen Speiseplan zu erweitern, und stellte keine Fragen mehr. Manchmal spielte er nach wie vor Streiche oder riss Witze, aber es wirkte oft gezwungen. Birke tat es weh zu sehen, wie er vor seiner Zeit erwachsen wurde.

»Ich kann dir auch auf dem Feld helfen«, sagte er zu Birke, dabei wusste sie, wie er diese Arbeit hasste.

»Danke, Tede«, sagte sie gerührt. »Ist schon gut. Das brauchst du nicht.«

Denn am liebsten war sie allein draußen. Je mehr Menschen um sie waren, desto einsamer fühlte sie sich.

Jede kleinste Kartoffel war wertvoll. Früher war Birke stolz darauf gewesen, sie alle aufzuspüren. Ein Gefühl der Befriedigung lag darin, doch jetzt war es ihr verlorengegangen. Es blieb nur das Wissen, wie notwendig es war, Vorräte anzulegen. Wie sollten sie sonst alle über den Winter kommen? Die Erde aber, in der ihre kalten Hände nach den Knollen suchten, fühlte sich zum ersten Mal fremd an. Seit Birkes Rückkehr aus dem Krankenhaus war das so. Sie hatte gehofft, dass dieses Empfinden zusammen mit dem stechenden Schmerz in ihrem Knie zurückgehen würde, doch das Gegenteil war der Fall.

Gelegentlich spielte sie mit dem Gedanken, mit der Fähre auf das Festland zu fahren und in Hamburg oder Bremen auf dem nächstbesten Schiff anzuheuern, das in den Süden fuhr. Aber sie wusste selbst, wie wahnwitzig diese Vorstellung war. Nicht nur taugte sie momentan zu keiner Arbeit auf einem Schiff, sie hatte auch keinerlei Mittel, von denen sie an diesem eingebildeten fernen Ort hätte leben können. Außerdem kam es nicht in Frage, Tante Ida, Leni und die anderen im Stich zu lassen. Birkes Träume mussten Träume bleiben, jedenfalls bis dieser Krieg vorüber war. Obendrein schauderte es sie bei dem Gedanken, überhaupt wieder mit einem Schiff zu fahren. Eines Tages würde sie es müssen, doch im Augenblick fühlte sie sich nicht einmal in der Lage, die Fähre zu betreten.

Stattdessen ließ sie ihre Helden auf dem Papier Reisen erleben, wenn sie oben an ihrer Schreibmaschine saß. Das war die Freiheit, die sie hatte.

Als es nichts mehr zu ernten gab, hatte Birke mehr Zeit für sich. Da ihr Bein umso schlimmer schmerzte, je weniger sie sich bewegte, streifte sie häufig durch die Dünen, wanderte am Flutsaum entlang und suchte in den Wäldern nach Brennholz.

Es fehlte ihr, dass sie keine Briefe mehr an Gunne schreiben konnte. Eine Geschichte zu erfinden war eine Sache, aber sich über das Leben auszutauschen, wie es nun gerade einmal war, eine andere. Opa Prenderney war zu alt, um ihm ihre Hoffnungen und Sehnsüchte und Zweifel anzuvertrauen.

Kurzerhand spannte sie ein neues Papier in die Walze der alten Schreibmaschine. Gunne war nicht mehr da, um ihre Briefe zu lesen, aber das hieß noch lange nicht, dass sie ihm keine mehr schreiben konnte.

Lieber Gunne, mit den Tagen jetzt ist es wie mit den Waggons von deinem Zug. Wenn sie aneinanderstoßen, tun sie weh. Wenn der eine endet, fürchte ich mich vor dem nächsten. Ich kann keine schlechten Nachrichten mehr ertragen! Im Radio kommt traurige, feierliche Musik, wenn es Meldungen von der Front gibt, und genauso wenig auszuhalten sind die Durchhalteparolen, die die Sprecher von sich geben. Niemand glaubt mehr daran, und keiner traut sich, es zu sagen. Jeden Moment rechnet Ida damit, Schlimmes von Onkel Siegfried zu hören. Mir geht es genauso, und um meine Mutter haben wir auch Angst. Jeder hat Angst um irgendjemanden! Was taugt Liebe überhaupt, egal, welcher Art, wenn man dann solche Angst ertragen muss? Sie steht ständig hinter uns wie ein eisiges Gespenst und sieht uns bei jeder Arbeit über die Schulter.

Immer wieder kommen dieselben Gedanken. Warum darf ich leben und du nicht? Ich möchte wie eine Möwe sein, mit dicken Federn um mich herum, die mich schützen und in Höhen tragen, wo nichts mehr wichtig ist! Aber was würde das nützen? Auch die Möwen müssen zum Fressen auf den Boden. Sie streiten sich dann um das Essen, genau wie die Menschen um das Land. Nirgendwo ist Frieden.

Wenn aber der Morgen kommt und die Sonne wie immer so golden über dem Watt aufgeht, die Priele glänzen lässt und den Nebel hell macht, dann ist doch wieder Hoffnung in jedem neuen Tag.

Wenn ich durch die Heide wandere, finde ich dich in dem Duft, der daraus aufsteigt. Ich finde dich im Wäldchen, wo wir einst Verstecken gespielt haben, und in den Dünen, wo vielleicht bald Schnee liegt. Du bist überall auf dieser Insel und überall in meinen Erinnerungen! Nicht nur in den Himbeeren, die jetzt welk und schwarz sind, sich aber fest an die Holzwand klammern und auf den Frühling warten. Sie wissen,

dass sie wieder grün werden und Früchte tragen. Nur ich, ich weiß gar
nichts mehr.

Sie dachte so viel an Gunne, und oft schien er ihr so nahe, dass
es ihr zuerst gar nicht merkwürdig vorkam, als sie bei ihrem
nächsten Spaziergang ein helles Jungenlachen hörte, irgendwo vorn hinter den Kiefern.

Gleich würde Gunne dort auftauchen und ihr entgegen-
laufen! Sie fühlte sich für einen Augenblick orientierungslos.
Die Jahre spulten sich zurück wie auf Pinswins Zeitmaschine.
Dann nahm sie in der Ferne das dunkle Brummen eines
Flugzeugs wahr und wusste, das konnte nicht sein. Niemals
wieder.

Warum nur hatte sie damals nie bemerkt, was für ein wich-
tiger Teil ihres Lebens Gunne immer schon gewesen war?
Warum jetzt, da sie es ihm nicht mehr sagen konnte?

»Da war ein Kaninchen! Ich konnte es fast streicheln. Guck,
da hinten läuft es!«

Der kleine Junge sauste hinter den Bäumen hervor. Der
Sand stob unter seinen Füßen in alle Richtungen. Als er Birke
sah, blieb er stehen. Er war vielleicht sieben Jahre alt. Sein
Lächeln brachte eine Zahnlücke zum Vorschein. Er hatte feine
blonde Haare. Seine Ohren allerdings standen kein bisschen
ab.

Forschend blickte er Birke an. »Du weinst ja! Hast du dir
weh getan?«

Birke wischte sich eilig die Tränen aus den Augenwinkeln.
»Ja, das habe ich wohl.«

Er kam einen Schritt näher. »Soll ich draufpusten?«

Jetzt brachte sie es fertig zurückzulächeln. »Vielen Dank! Aber es ist innen, weißt du, wo man es nicht sehen kann. Ich heiße Birke, und du? Bist du ganz allein?«

»Nein, Jondris ist doch da. Ich bin der Bene.« Jetzt sah sie hinter ihm einen Mann auftauchen.

»Guten Tag«, sagte er, beachtete sie aber ansonsten nicht und ging weiter. »Komm, Bene, wir wollen die Dame nicht stören. Wir müssen doch Holz sammeln.«

»Aber ich möchte das Kaninchen sehen«, widersprach Bene. »Und außerdem hat sich Birke weh getan.« Er schob eine kleine Hand in Birkes. »Kommst du mit und hilfst uns, das Kaninchen zu suchen? Wenn wir mehr sind, finden wir es besser.«

Bei der Berührung kamen Birke beinahe wieder die Tränen. Unwillkürlich schloss sich ihre Hand um Benes. »Eine gute Idee. Das heißt, wenn dein Vater nichts dagegen hat.«

Der Mann war umgekehrt und kam besorgt auf sie zu. »Sie haben sich verletzt?«

»Nein, nein«, sagte Birke hastig. »Ich war nur ein wenig traurig. Es ist nichts.«

Jetzt sah er sie an. Sie musste zu ihm aufblicken, um in seine Augen zu sehen. Sie waren graublau und seine Haare dunkelblond, unregelmäßig geschnitten, als hätte er es selbst getan.

»Dann wollen wir Ihnen nicht zu nahe treten. Komm, Bene, wir finden das Kaninchen auch allein.« Er nahm Benes andere Hand, aber Bene bohrte störrisch die Füße tiefer in den Sand. »Wohnst du hier, Birke? Kennst du dich aus?«

Birke hockte sich hin, um ihm besser ins Gesicht sehen zu können. »Ja, ich habe hier schon gewohnt, als ich so alt war wie du. Hier gibt es viele Kaninchen, weißt du. Du wirst ganz sicher bald wieder einem begegnen. Geh ruhig mit deinem Vater, du wirst sehen, wahrscheinlich läuft dir gleich wieder eines über den Weg.«

Benes Mundwinkel verzogen sich nach unten, und jetzt waren es seine Augen, die sich mit Tränen füllten. »Aber vielleicht ist da auch gar keins! Und das ist nicht mein Vater. Und ich möchte, dass du mitkommst!« Er klammerte sich noch fester an Birkes Hand.

»Er ist wohl zu viel mit mir allein gewesen«, sagte der Mann mehr zu sich selbst als zu Birke.

Sie hätte ihn gern gefragt, wo die beiden herkamen, aber er klang so abweisend, dass sie es lieber unterließ. Doch dann gab er sich einen Ruck. »Entschuldigen Sie«, sagte er und reichte Birke die Hand. »Ich bin Jondris Drewin, und das ist Benedikt, der Sohn meines Freundes.«

»Birke Rossmonith. Sie sind mir weder zu nahe getreten noch stören Sie mich. Wenn Benedikt sich das so sehr wünscht, kann ich Ihnen gern zeigen, wo ganz viele Kaninchenlöcher sind. Es ist nicht weit.«

Jondris Drewin schien nicht sehr gesprächig zu sein. Dennoch, oder vielleicht gerade deswegen, fühlte sich Birke unbeschwerter als seit langem, als sie mit der Kinderhand in ihrer durch das Wäldchen zu dem Dünental wanderte, das früher schon einer ihrer Lieblingsplätze gewesen war. Hier war der Sand durchlöchert von Kaninchenbauten. Kreuz und quer liefen ihre Spuren, und wenn man sich kurze Zeit still hinhockte, tauchte früher oder später unweigerlich eines auf oder auch eine ganze Familie, mümmelte am Dünengras und schlug aus reinem Übermut Haken.

»Siehst du?« Birke wies auf die Löcher. »Da wohnen welche, und dort und dort auch.«

»Da! Da ist eins und da noch eins!« Aufgeregt zeigte Bene mit dem Finger.

»Bist du nun zufrieden?«, fragte Jondris Drewin. »Dann lass uns Holz sammeln, ehe es dunkel wird. Jetzt wissen wir ja, wo sie wohnen, dann können wir wieder hierherkommen.«

»Ich muss auch nach Hause«, sagte Birke, die das deutliche Gefühl hatte, dass dieser Fremde sie immer noch möglichst bald loswerden wollte.

Anders Bene. »Kommst du wieder hierher, Birke?« fragte er.

»Ach, weißt du, ich gehe oft in der Gegend spazieren. Sicher treffen wir uns wieder einmal«, sagte Birke unverbindlich. »Tschüss, Bene, auf Wiedersehen, Herr Drewin.«

Bene war so zutraulich, dass es ihr merkwürdig vorkam, seinen Begleiter so förmlich zu behandeln. Jondris Drewin schien nur wenig älter zu sein als sie selbst. Aber er würde seine Gründe dafür haben, dass er so reserviert war. Was ging es sie an?

Bene drehte sich noch einmal um. »Es ist kalt. Schneit es hier auch, Birke?«

Schnee! Warum sprach dieser blonde Junge ausgerechnet

von Schnee? Sofort kamen ihr die Worte aus Gunnes letztem Feldpostbrief so deutlich in den Sinn, als hätte er sie soeben in ihr Ohr gesprochen.

Der Gedanke an Schnee ist so angenehm kühl. Sollte es schneien, ehe ich nach Hause komme, dann fahre für mich auf dem Schlitten die Düne hinunter und wirf einen Schneeball in den Himmel, so hoch du kannst, ja, Birke?

»Klar schneit es, dann kann man hier prima rodeln«, sagte sie mit einem Kloß im Hals.

»Und was machen dann die Kaninchen?«

»Sie spielen gern im Schnee. Sie graben Löcher hindurch und hüpfen darin herum.«

Jondris war ungeduldig vorausgegangen. »Bene, nun komm!«

»Birke, wenn es schneit, rodelst du dann mit mir?«

»Vielleicht.«

»Tschüss, Birke.«

Er rannte los. Der Wind trug seine helle Stimme seltsam deutlich zurück zu Birke.

»Jondris, warum bist du so komisch? Tut dein Arm weh? Soll ich ihn tragen?«

»Wenn du möchtest. Das wäre sehr nett von dir. Tut mir leid, Bene, mein bester Kamerad. Ich wollte nicht komisch sein. Aber du weißt doch, wir müssen aufpassen, wenn wir mit fremden Leuten sprechen.«

»Aber Birke ist doch nett.«

»Bestimmt hast du recht. Trotzdem. Hier.«

Birke sah erschrocken, wie Jondris Drewin seinen Ärmel hochkrempelte, offenbar Schnallen löste, seinen linken Unterarm abnahm und Bene reichte, der ihn stolz entgegennahm. Es war dem Jungen eindeutig eine Ehre, die Prothese tragen zu dürfen.

Birke schluckte. Jondris hatte an beiden Händen Handschuhe gehabt. Sie hatte nichts gemerkt.

Ob er auch in einem Lazarett gewesen war? Und was machte er hier in der Fremde, in die er nicht gehörte? Sie hatte ihn noch nie gesehen, und Bene hätte sonst nicht gefragt, ob sie sich hier auskannte.

Am liebsten wäre sie den beiden hinterhergelaufen und hätte gefragt, ob sie ihnen irgendwie helfen konnte. Doch das war ganz offensichtlich nicht erwünscht.

Wenn es aber tatsächlich bald schneite, dann würde sie Bene suchen und mit ihm Schlitten fahren. Für Bene. Für Gunne. Und für sich selbst.

Das Brummen der Bomber war verstummt. Stattdessen fielen vertraute Rufe in den aufkommenden Abendnebel, der immer dichter wurde und alles unwirklich aussehen ließ. Die ferne Silhouette des Jungen und die unvollständige des Mannes wirkten verschwommen wie in einem Traum. Birke blickte auf. Weit oben flogen Kraniche in einer ordentlichen V-Formation nach Süden.

Das werden bald die Letzten sein, dachte sie.

14

Frostige Beziehung

Sie wusste selbst nicht, warum, doch sie machte es sich zur Gewohnheit, bei ihren Spaziergängen an derselben Stelle vorbeizugehen. Nicht einmal vor sich selbst gab sie zu, dass sie nach Bene und seinem abweisenden Freund Ausschau hielt.

Doch sie begegnete niemandem, bis zu einem Morgen, an dem ein feiner Frost Raureif auf dem Gras hinterlassen hatte. Birke stieß auf zwei Fußspuren, eine große und eine kleine. Ohne nachzudenken folgte sie ihnen. Sie führten zu einem alten Geräteschuppen, den Birke und Gunne als Kinder benutzt hatten, wenn sie mit den anderen Verstecken spielten.

Den dazugehörigen Hof gab es schon lange nicht mehr. Inzwischen war der Schuppen so verfallen, dass er schief stand und hier und da Bretter herausgefallen waren. Der nächste Sturm würde ihn wahrscheinlich umpusten. Jetzt aber schien jemand die fehlenden Bretter notdürftig ausgebessert zu haben. Die Ritzen dazwischen waren mit Heu und Heidekraut abgedichtet worden. Birke blieb in einiger Entfernung stehen. Was machte sie hier? Es gehörte sich wirklich nicht, anderen Leuten hinterherzuspionieren. Doch das Gefühl von Benes dünner, kalter Hand in ihrer ließ sie nicht los, und das Vertrauen in seinen Augen verfolgte sie. Was, wenn die beiden wirklich Hilfe brauchten? Sie dachte an Emil, der so dankbar

135

für seinen Platz in einer warmen Stube und für die Gesellschaft war. In Zeiten wie diesen sollte niemand allein sein. Ja, Jondris und Bene waren zu zweit. Aber so, wie sich der Junge an sie geklammert hatte, genügte ihm das nicht. Und sollten die beiden wirklich in diesem Schuppen hausen, war das kein Ort für ein Kind und auch nicht für einen verletzten Erwachsenen.

Birke haderte mit sich und kehrte schließlich um. Doch die Sache ließ ihr keine Ruhe. Sie dachte an Gunne, der sich im Wald vor den russischen Angreifern hatte verstecken müssen. Ihn hatten die Himbeeren getröstet, und außerdem waren seine Kameraden in der Nähe gewesen. Jetzt aber gab es keine Himbeeren. Es war kalt, und Jondris hatte womöglich niemanden, an den er sich wenden konnte. Vielleicht dachte irgendwo irgendjemand an ihn, so wie Birke an Gunne gedacht hatte, und hoffte, dass ihm jemand half.

Am nächsten Tag suchte sie verstohlen in der Speisekammer einige Dinge zusammen. Lieber hätte sie Tante Ida um Erlaubnis gebeten, aber ehe sie nicht wusste, warum Jondris so heimlich tat, wollte sie das nicht. Außerdem hatte sie schließlich die ganze Zeit bei der Ernte geholfen. Sie packte Kartoffeln ein und Brot und auch ein Stück Schinken, außerdem eine warme Jacke, die sie auf dem Dachboden gefunden hatte. Irgendwann einmal hatte sie Tede gehört, als er nur wenig älter war als Bene. In derselben Kiste fand sie ein aus Holz geschnitztes Kaninchen.

Entschlossen marschierte sie mit ihren Schätzen zu dem Schuppen und hob die Hand, um zu klopfen. Nun zögerte sie doch. Da öffnete sich die Tür. »Birke! Ich hab dich gesehen, durch die Schlitze in der Wand!« Bene stand freudestrahlend da.

Jondris tauchte hinter ihm auf. Er strahlte überhaupt nicht. Auf seiner Stirn brauten sich Wolken zusammen. »Was wollen Sie?« Unter seinem barschen Ton spürte Birke Angst.

»Mein Neffe wächst immer so schnell aus seinen Kleidern. Ich dachte, Bene würde sich vielleicht über eine Jacke freuen und über dieses Kaninchen, das ihm nicht weglaufen kann.« Sie hockte sich hin und bot Bene das Spielzeug auf ihrer ausgestreckten Handfläche. Mit leuchtenden Augen griff er danach. »Oh, wie schön, Birke! Darf ich es behalten?«

»Ja, das ist für dich.«

»Danke, das ist sehr nett«, sagte Jondris widerwillig. »Verzeihung, aber es kommt zu viel Kälte herein. Auf Wiedersehen.« Schon fiel die Tür vor Birkes Nase ins Schloss. Drinnen wurde ein Riegel vorgeschoben. Verblüfft stand sie da und schwankte zwischen Verblüffung, Wut und Traurigkeit.

Gunne hätte dieses Durcheinander in ihr verstanden. Schließlich stellte sie den Korb mit dem Essen und der Jacke einfach auf die Schwelle. »Wir haben alle unsere Geheimnisse«, sagte sie laut zu den verwitterten Brettern und dachte dabei an Leni. Dann machte sie sich auf den Heimweg.

Die Traurigkeit blieb. Die ganze Welt kämpfte gegeneinander, aber wie sollte sich das jemals bessern, wenn sich die Menschen nicht mehr vertrauten? Noch nicht einmal hier auf der Insel? Was musste dieser Mann erlebt haben, um so zu werden, und wovor fürchtete er sich so sehr, dass er einem kleinen Jungen diese erbärmliche Unterkunft zumutete?

Obwohl sie sich immer wieder sagte, dass es sie nichts anging und sie sich nicht aufdrängen konnte, geisterten die beiden so sehr in ihren Gedanken herum, dass sie die Betten verkehrt herum bezog und alles wieder aufknöpfen musste.

Am nächsten Tag war es milder. Birke wanderte mit Eimern ins Watt und beeilte sich, die Miesmuscheln für die Schweine zu sammeln. So warm, dass man länger barfuß gehen konnte, war es nun auch wieder nicht. Aber ihre Gummistiefel waren nicht mehr dicht, und eiskalte nackte Füße waren noch immer angenehmer, als sich in den nassen Stiefeln Blasen zu holen.

Die Eimer waren schwer. Es dauerte eine Weile, bis sie damit wieder auf dem Hof ankam. Als sie ihre Last abstellte, um das Tor zu öffnen, hörte sie eine helle Stimme hinter sich.

»Birke! Birke, ich habe dich gefunden! Was machst du da?« Bene klang sehr stolz auf sich. Er trug die warme Jacke, die Birke für ihn dagelassen hatte, aber seine Hose bestand aus mehr Löchern als Stoff.

»Wie hast du mich denn gefunden? Und wo ist dein Freund Jondris?«

Bene hockte sich hin und betrachtete die Miesmuscheln. »Was machst du damit? Kann man die essen?«

»Die sind für die Schweine. Hast du Hunger?«

»Kann ich die Schweine sehen? Ich mag Schweine. Wir hatten auch mal welche.«

»Ja, du kannst mir helfen, sie zu füttern, aber ich habe dich etwas gefragt, Bene! Wo ist Jondris?«

Bene vermied es, ihrem Blick zu begegnen. »Jondris hat gar nicht gemerkt, dass ich weggegangen bin. Er repariert die Hütte mit Moos, weil der Wind immer noch durch die Ritzen kommt.«

»Bene, das geht nicht! Er wird sich schreckliche Sorgen machen.«

»Er kann sich doch denken, dass ich zu dir wollte. Ich hab einfach eine Frau auf der Straße gefragt, wo du wohnst. Das kann er ja auch machen.«

»Oje, Bene. Na komm, wir füttern schnell die Tiere, holen dir ein Brot in der Küche, und dann bringe ich dich zurück.«

Im Schweinestall blickte sich Bene erfreut um. »Das riecht wie zu Hause. Ich will, dass mein Papa wiederkommt und wir nach Hause gehen. Da sind auch Schweine und Ziegen und früher mal viele Pferde!«

»Wo ist denn dein Papa?«

»In Russland. Er hat da zu tun, damit der Krieg bald aufhört.«

In Russland. Wie Gunne.

Hoffentlich hatte wenigstens Benes Vater mehr Glück.

In der Küche war Tante Ida mit Backen beschäftigt. Sie hatte gerade ein frisches Brot aus dem Ofen gezogen. Es duftete himmlisch. Bene machte große Augen.

»Wen haben wir denn da?«, fragte Tante Ida.

»Einen hungrigen Gast. Ich muss ihn aber gleich nach Hause bringen.«

Tante Ida schnitt eine dicke Scheibe ab, bestrich sie mit Butter und streute ein paar Körner aus der kostbaren Zuckerreserve darauf.

Das Strahlen auf dem Kindergesicht erhellte die Küche. Ida und Birke tauschten ein Lächeln. Wie schön, dass ein Augenblick des Glücks immer noch so einfach sein konnte.

»Das schmeckt noch besser als zu Hause!«, sagte Bene mit vollem Mund und aus tiefer Überzeugung.

»Und darauf kannst du dir anscheinend was einbilden«, sagte Birke zu Ida.

»Wo …«, begann Ida, doch Birke schüttelte den Kopf und ihre Tante begriff sofort und nickte.

»Kann ich dich wieder besuchen, und die Schweine?«, fragte Bene auf dem Weg zurück.

»Du weißt ja jetzt, wo ich wohne. Aber nicht, ohne Jondris um Erlaubnis zu fragen. Verstanden? Vielleicht kommt er ja mit.«

»Das will der doch nicht. Der hat Angst. Ich glaube vor den Russen. Ich will, dass mein Papa zurückkommt. Der hat vor nichts Angst. Auch nicht vor den Russen, auch wenn die mindestens so groß sind wie Bären.«

»Wie kommst du denn darauf?« Wider Willen musste Birke lachen.

»Weiß nicht. Ich hatte mal ein Buch über Bären. Und einmal war ein Russe bei uns auf dem Gut, und der hatte so eine

Mütze auf, die sah genauso aus wie bei dem Bären. Dann habe ich geträumt, dass ein Bär mich fangen will, aber mein Papa hat gesagt, vor Bären muss man keine Angst haben.«

»Also, hier brauchst du auf jeden Fall keine Angst vor Bären zu haben. Hier gibt es nur Kaninchen. So, jetzt lauf schnell.« Sie waren am Rand des Wäldchens angekommen und konnten von hier aus über die Heide hinweg die Hütte sehen.

»Kommst du nicht mit?«

»Nein. Das schaffst du schon.«

»Na gut. Tschüss, Birke.«

Vom Waldrand aus sah Birke, wie Jondris aus der Hütte kam und Bene entgegenlief. Aus seiner ganzen Körperhaltung sprachen Sorge und Erleichterung. Er hockte sich hin, legte Bene die Hände auf die Schultern und sprach eindringlich auf ihn ein, dann drückte er ihn an sich. Als Birke sich zum Gehen wandte, blickte Jondris zu ihr hin. Birke hob eine Hand zum Gruß, doch Jondris wandte sich hastig ab.

Birke war zwischen Ärger und Mitleid hin- und hergerissen. Sie wollte sich nicht einmischen, wenn es dermaßen unerwünscht war. Aber Bene wuchs ihr immer mehr ans Herz, nicht nur, weil er sie so sehr an Gunne erinnerte.

»Was für ein netter kleiner Kerl«, sagte Tante Ida, als Birke zurück in die Küche kam.

»Ja. Sicher kommt er mal wieder. Ist das hier das Abendbrot für Opa? Ich bringe es ihm.«

Während sie das Brot für Opa Prenderney in handliche Stücke schnitt, dachte sie nach. Ob Jondris Drewin wollte oder nicht, Bene konnte unmöglich in dieser Hütte überwintern. Nur, was war da zu machen? Sie konnte Tante Ida keinesfalls noch mehr Hausgäste zumuten, zumal nun wirklich jede Kammer besetzt war. Die Lage war schwierig genug, ohne dass sie noch mehr Fremde anschleppte. Außerdem würde Jondris das kaum annehmen.

»Was macht dir Kummer, liebe Birke? Raus damit. Ich sehe dir an, dass du über etwas grübelst.« Opa war nicht so sehr mit dem Essen beschäftigt, wie sie angenommen hatte.

»Ach, Opa. Da gibt es einen kleinen Jungen und einen verletzten Mann, der sich notdürftig um ihn kümmert. Ich weiß nicht, wo sie herkommen, und der Mann will für sich bleiben und nichts mit uns zu tun haben.«

Opa blickte über seine Brille. »Dann hat er seine Gründe.«

»Ja, das respektiere ich auch. Aber es wird immer kälter, und sie hausen in einem verfallenen Holzschuppen am Wald. Es ist völlig ausgeschlossen, dass sie dort bleiben. Doch selbst wenn sie Hilfe annehmen würden, hier auf dem Hof ist kein Platz mehr, und Tante Ida hat schon genug Arbeit. Hast du eine Idee?«

Opa kaute und dachte nach. Sein Blick ruhte auf dem Foto, das trotz allen Bildern, die sie seither betrachtet hatten, und allen Geschichten, die sie sich dazu ausgedacht hatten, noch immer sein Lieblingsbild war. »Glaubst du, dass Victoria ihnen geholfen hätte?«

Birke betrachtete das Haus, vor dem die unbekannte junge Frau saß. »Platz genug hätte sie jedenfalls gehabt. Ich denke schon. Sie sieht so aus, findest du nicht?«

Opa schob den leeren Teller weg und wischte sich sorgfältig den Bart. »Ilses Werkstatt! Da steht ein Ofen, und der Bau ist solide und noch in Schuss. Sogar die Wasserleitung müsste noch funktionieren. Wenn nicht die Motten oder Ratten drin waren, gibt es auch eine anständige Matratze. Ich habe mich da manchmal mittags von der Feldarbeit ausgeruht.«

»Ilses Werkstatt? Opa, das ist genial. Das würdest du erlauben? Ich weiß doch, dass sie dir heilig ist.«

»Ach was. In diesen Zeiten ist nichts heilig. Ich weiß sehr wohl, wie oft ihr euch dort herumgetrieben habt. Und die zwei werden schon nichts kaputt machen. Wenn der Herr sich nützlich machen will, kann er sich ja um das Werkzeug kümmern. Das hat bestimmt Rost angesetzt. He, nicht so stürmisch, junge Dame!« Opa lächelte, als Birke ihn umarmte. »Ich bin froh, wenn ich mal wieder zu etwas gut bin. Vielleicht schickst du mir den jungen Burschen gelegentlich, dann bringe ich ihm das Schachspielen bei. Immer nur mit Emil ist auf Dauer langweilig, und Tede hat keine Zeit mehr dafür.«

»Das mache ich, Opa. Wenn Bene wieder herkommt, stelle ich ihn dir vor. Er ist nicht so abweisend wie sein großer Freund. Ganz im Gegenteil.«

»Tja, dann wünsche ich dir viel Glück. Das wirst du wohl brauchen können, wenn du den unbekannten Sturkopf überzeugen möchtest. Ich bin da aber zuversichtlich.« Opa zwinkerte ihr zu. »Schließlich bist du eine Tochter des Alwin Rossmonith, und der war bekanntlich der größte Sturkopf der Insel.«

Na, hoffentlich würde ihr das etwas nutzen. Birke hatte keinerlei Ahnung, wie sie Jondris Drewin Opas großartiges

Angebot darbringen sollte, wenn der Mann absolut nicht mit ihr reden wollte und nicht einmal einen Gruß aus der Ferne erwiderte.

Als sie am nächsten Morgen aus dem Fenster sah, war etwas geschehen, das jeden Gedanken an die beiden Fremden aus ihrem Kopf verscheuchte.

Es hatte offenbar fast die ganze Nacht geschneit. Auf dem Sand waren es schon gute fünfzehn Zentimeter. Weich und weiß lag die Insel da, wie in einem Kindertraum.

Der Gedanke an Schnee ist so angenehm kühl. Sollte es schneien, ehe ich nach Hause komme, dann fahre für mich auf dem Schlitten die Düne hinunter und wirf einen Schneeball in den Himmel, so hoch du kannst, ja, Birke?

Gunnes Stimme klang so deutlich in ihren Ohren, als stünde er neben ihr. Sie hatte das Gefühl, sie bräuchte nur die Hand auszustrecken, um seine zu nehmen.

Im Haus schliefen noch alle. Die Sonne ging gerade erst auf. Birke zog sich warm an und schlich sich in den Keller. Sie hatte den Schlitten neulich entdeckt, als sie die Kartoffeln dort untergebracht hatte. Sie wischte die Spinnweben ab und trug ihn nach draußen.

Es war windstill. Die Schneewolken hatten sich verzogen. Die Priele im Watt spiegelten die rosa Wolken wider und das rötliche Licht, das über den heller werdenden silberblauen

Himmel kroch. Gunnes Klaviermusik hätte zu diesem beinahe schmerzhaft schönen Bild wunderbar gepasst. Birke erklomm die Düne, dieselbe von damals. Den Schlitten zog sie an seiner Schnur hinter sich her. Zuerst hinterließen die Kufen rostigrote Spuren im Schnee, nach einer Weile verlor sich die Farbe, als das Metall wieder blank wurde.

Und dann stand sie oben. Die Kälte spürte sie nicht. Vor ihr lag der Abhang zum Strand hinunter, und hinter dem Strand breitete sich das Watt vor dem Meer in seiner ganzen Weite aus, jetzt nicht mehr in rötliches, sondern in goldenes Licht getaucht. Zwischen den schimmernden Prielen waren die Sandflächen weiß überpudert. Auf dem Strand war noch keine einzige Fußspur zu sehen.

Das erschien Birke eigenartig. Waren sie nicht eben dort mit ihren Schlitten entlanggezogen, voller lärmender Vorfreude auf die erste Fahrt im Jahr? Der kleine Gunne mit den abstehenden Ohren, sie selbst und einige Freunde.

Doch nein, der Strand lag leer und still, und sie stand allein hier oben, genau dort, wo sie an jenem Tag heruntergerodelt und mit Gunnes Schlitten zusammengestoßen war und sie beide in den Schnee geflogen waren.

Birke wollte den Schlitten zurechtrücken und stellte dabei fest, dass sie die Schnur so fest umklammert hielt, dass sie ihre Faust nicht lösen konnte. Sie hatte ihre Handschuhe vergessen, und ihre Finger waren eiskalt. Am Ende wickelte sie die Schnur mehrfach um ihr Handgelenk und setzte sich rittlings auf den Schlitten. Wie früher. Nach dem Zusammenstoß damals war sie mit Gunne immer auf einem Schlitten gefahren. An seinem war bei dem Unfall eine Kufe abgebrochen, und ihrer war ohnehin größer. Sie saß jedes Mal vorne, er hinten, denn er behauptete, besser steuern zu können. Das stimmte wohl, schließlich waren sie nie wieder umgekippt und auch mit keinem anderen Kind zusammengestoßen.

Es war derselbe Schlitten, auf dem sie heute saß. Er trug noch den Kratzer von damals. Aber wer sollte ihn nun steuern?

Du machst das schon, ich habe es dir doch beigebracht, sprach Gunnes Stimme in ihre Gedanken. *Und mit wem solltest du heute zusammenstoßen außer mit dem Himmel?*

Dennoch überfiel sie eine panische Angst. Sie saß da wie versteinert und brachte es nicht fertig, sich abzustoßen. Der Abgrund vor ihr schien unendlich tief.

Ja, das mit dem Steuern würde sie hinbekommen. Doch sie fürchtete sich vor dem, was dort unten auf sie wartete.

Sollte es schneien, ehe ich nach Hause komme, dann fahre für mich auf dem Schlitten die Düne hinunter und wirf einen Schneeball in den Himmel, so hoch du kannst, ja, Birke?

Es wäre der endgültige Abschied von Gunne. Sie erfüllte damit seinen letzten Wunsch und den letzten Gruß an ihn. Ihr war nun auch klar, dass er es genau so gemeint hatte, als er diese Worte an sie schrieb. Er hatte gewusst, dass er nicht nach Hause kommen würde. Über die steifen Feierlichkeiten bei seiner Beerdigung hätte er nur spöttisch gelächelt. Das hier war es, was ihm etwas bedeutete!

146

Wenn sie es getan hatte, würde ihre und Gunnes Geschichte endgültig zu Ende sein. Dann war er wirklich tot und beerdigt.

Was, wenn er dann nicht einmal mehr in den Himbeeren hockte, sichtbar nur für sie?

Doch sie musste es für ihn tun.

Sie holte tief Luft und formte mit der freien Hand einen Schneeball, den sie beim Hinunterfahren werfen konnte, so weit in den Himmel und über das Watt hinaus, wie es ihr möglich war. Die Minuten vergingen. Die Sonne stieg höher, während Birke es nicht fertigbrachte, sich abzustoßen.

Irgendwann stand Bene neben ihr. Sie hatte ihn nicht kommen hören. Er sah sie an.

»Traust du dich nicht, Birke?«, fragte er.

Sie schüttelte stumm den Kopf. Es wollte kein Wort heraus.

»Ich komm mit.« Bene kletterte vorsichtig auf den Schlitten, so dass sein vertrauensvolles, kleines, warmes Gewicht vor ihr saß. »Zu zweit braucht man sich nicht fürchten. Zu zweit geht es immer, hat mein Papa gesagt, wenn wir gerodelt sind. Ich halt mich auch gut fest. Los geht's!« Er beugte sich erwartungsvoll vor und gab dem Schlitten einen Ruck.

Birke war ihm unendlich dankbar. Mit Mühe konzentrierte sie sich aufs Steuern, damit nicht auch Bene in hohem Bogen auf den Strand flog. Auf halbem Wege hob sie den Arm und schickte den Schneeball, so weit sie konnte, in Richtung der Sonne über dem Watt. Da sie ihn so lange gehalten hatte, war er sehr fest geworden und flog weiter, als sie je zuvor einen hatte werfen können. Seine eisige Oberfläche glänzte hell im

Morgenlicht. In dem Moment, als er ihre Hand verließ, hätte Birke ihn am liebsten zurückgerufen.

»Juhuuuuuuh!«, jubelte Bene, als der Schlitten Fahrt aufnahm.

Wie Gunne.

Vielleicht *für* Gunne, obwohl er ihn nicht gekannt hatte.

Und ihn nie kennenlernen würde. Sie hätten sich gemocht, die beiden.

Der Schlitten fiel nicht um, und er stieß auch nicht mit dem Himmel zusammen. Unten am Strand kam er langsam zum Stehen, vor einem Klumpen Tang voller Herzmuscheln, den die Flut in der Nacht hinterlassen hatte.

Bene kletterte herunter und hüpfte auf und ab. »Das war toll, Birke, können wir noch mal?« Dann wich die Freude aus seiner Stimme. »Birke, was ist denn? Hast du dir wieder weh getan?«

Birke vergrub das Gesicht in den Armen. Die Schnur des Schlittens schnitt ihr ins Handgelenk, und sie war froh über diesen Schmerz, weil es einen sichtbaren Grund dafür gab. Sie konnte besser damit umgehen als mit dem Schmerz in ihrem Inneren, der sie fast zerriss. Sie wusste einfach nicht, wie sie jemals wieder aufstehen und diesem leuchtenden Morgen begegnen sollte.

»Birke weint, Jondris«, hörte sie Benes ratlose Stimme wie von Ferne. »Dabei ist doch gar nichts passiert. Wir sind nicht umgekippt.«

Ja, sie weinte. Sie weinte um Gunne und um die Kilians und

um den Kapitän des Dampfers. Sie weinte wegen der Angst um Onkel Siegfried und ihre Mutter und weil Bene seinen Vater vermisste. Sie weinte um Tede und um Bene und Leni und alle, denen man ihre Kindheit genommen hatte. Und sie weinte um ihren Himmel über ihrem Paradies, der sich gegen sie gewandt und alle Sicherheit zerstört hatte. Bene irrte sich! Der Schlitten war nicht umgekippt, aber das ganze Leben, die Welt, alles um sie herum war ins Bodenlose gestürzt, und es gab nichts, was sie dagegen tun konnte. Sie war noch nicht einmal in der Lage, einem kleinen Jungen zu helfen! Es war kalt, so kalt, und diese Kälte drang bis in ihr Allerinnerstes. Währenddessen wagte es die Sonne, einfach aufzugehen und einen neuen Tag über die Insel zu legen, als wäre nichts geschehen.

Da spürte sie einen langen Arm um ihre Schultern. Jemand drückte sie wie selbstverständlich an sich.

Jondris Drewin. Er hatte ihre Gegenwart gemieden, war ihr ausgewichen, war unhöflich zu ihr gewesen, wollte ihrem Blick nicht begegnen und ihren Gruß nicht erwidern.

Und jetzt hielt er sie ganz fest, in einem Moment, in dem sie allen Boden unter den Füßen verloren hatte. Sie weinte verzweifelt an seiner Schulter, zu erschöpft, um Haltung zu bewahren.

Ein sanfter Wind kam auf, wirbelte den Schnee auf dem Sand zu einem feinen kreisförmigen Muster und legte sich wieder. Weit oben zog ein Pfeil verspäteter Wildgänse Richtung Süden. Birke hatte immer noch das Gesicht in der frem-

149

den Jacke vergraben und sah sie nicht, aber sie hörte die Rufe.

Der Boden kehrte langsam dorthin zurück, wo er hingehörte. Nach einer langen Weile hielt Birke es für möglich, dass sie der Sonne irgendwann verzeihen konnte, dass diese immer noch schien.

Sie fühlte eine nie gekannte Geborgenheit. Jondris roch nach Blumenwiesen wie die in Bayern, nach Kräutern und Heu, jedoch mit einem herben nördlichen Geruch nach Wind und einem anderen Meer.

15

Eine wärmende Flamme

Nach einer langen Weile richtete sich Birke auf. Sie fühlte sich erschöpft, aber auch merkwürdig leicht, beinahe so durchsichtig wie der leuchtende Nebel in der Ferne über dem Meer.

Bene, der sich langweilte und wohl dachte, dass Birke bei Jondris gut aufgehoben war, spielte inzwischen am Strand. Er bemühte sich, einen Schneemann zu bauen, doch Sand vermischte sich mit dem Schnee, und das Ergebnis sah aus wie ein Geist.

»Entschuldigung«, sagte Birke verlegen. »Ich bin sonst nicht so eine Heulsuse! Aber seit dem Angriff passiert mir das immer wieder.«

Jondris wickelte behutsam die Schnur des Schlittens von ihrem Handgelenk und massierte ihre steifen Finger. Er war so geschickt mit seiner einen Hand, dass ihr beinahe schon wieder die Tränen kamen.

Er hielt erstaunt inne. »Ein Angriff? Hier auf Amrum?«

»Auf der Fähre.« Sie fand noch immer keine Worte für jenen Tag, an dem man Gunne zum zweiten Mal erschossen hatte. Kurzerhand schob sie ihr Hosenbein hoch, um ihm die gezackte rote Narbe zu zeigen, die schräg über ihr Knie verlief.

Mit zusammengezogenen Brauen starrte er darauf, strich sanft mit dem Finger darüber. Für einen Augenblick wünschte sie sich, die Narbe wäre noch länger. Dann zog er ihr Hosenbein wieder herunter. »Wir müssen aufstehen. Du erfrierst mir sonst«, sagte er und zog sie hoch.

Aha. Nun waren sie also beim »Du«. Das »Sie« wäre ihr auch komisch vorgekommen, nachdem sie an seiner Schulter geweint hatte.

»Es tut mir leid«, sagte er leise. »Ich war wohl so mit mir selbst und Bene beschäftigt, dass ich in den letzten Wochen vergessen habe, dass auch andere von diesem verfluchten Krieg betroffen sind.« Er sah ihr in die Augen. »Verzeih mir, dass ich so abweisend war. Ich habe meine Gründe dafür, und ich muss an Bene denken. Ohne mich hat er zur Zeit niemanden mehr. Bitte nimm es nicht persönlich! Es hat nichts mit dir zu tun.« Jondris suchte in seiner Jackentasche und zog einen kleinen Gegenstand heraus. »Hier. Das möchte ich dir schenken! Uns hat er gute Dienste geleistet und uns bis nach Amrum gebracht. Jetzt möchte ich, dass er dich vor weiteren Narben beschützt und auch vor zu viel Traurigkeit. Schließlich ist bald Weihnachten. Da kannst du einen Engel sicher besonders gut gebrauchen.« Er legte eine Figur in ihre Hand, so lang wie ihr Zeigefinger und filigran aus Holz geschnitzt. Ein Schutzengel mit Flügeln aus Rinde. »Aus Birkenrinde«, sagte Jondris. »Wenn das nicht zu dir passt! Wahrscheinlich war er von Anfang an dazu bestimmt, den Weg zu dir zu finden.«

Birke sah auf. Obwohl sie den Engel unbedingt näher betrachten wollte, konnte sie ihren Blick nicht gleich wieder von diesem Lächeln lösen, das so warm und so wehmütig war, so traurig und so hell zugleich.

Auch der Engel lächelte. Es war ein weises und zuversichtliches Lächeln. Birke sah über Jondris' Schulter hinweg den Schnee auf den Dünen glitzern und stellte überrascht fest, dass sie sich lange nicht mehr so lebendig gefühlt hatte.

»Das kann ich nicht annehmen. Ihr braucht ihn bestimmt nötiger als ich!«

Jondris schüttelte den Kopf. »Solche Schutzengel sind dafür gedacht, weitergegeben zu werden. Ich habe ihn von einem Mann, den wir auf unserer Flucht in Pommern trafen. Er hauste allein im Wald, und wir durften für einige Tage seinen Unterschlupf teilen. Er war ein Künstler, der aus Holz wunderbare Figuren fertigte. Das war mein Glück, denn er schnitzte mir meine Prothese. Damit fiel ich weniger auf, außerdem kann ich sogar manche Gegenstände halten. Joram Grafunder hieß der Mann. Er stellte seine Werke im Wald auf wie eine Armee gegen den Krieg, als ein Zeichen, dass es auch noch Schönes gibt. Zum Abschied schenkte er uns den Schutzengel.«

»Vielen Dank, Jondris. Er ist wunderschön!« Birke verstaute die Figur vorsichtig in ihrer Tasche. Die kleine Beule, die er dort verursachte, fühlte sich gut an. Er machte Birke Mut. Sie holte tief Luft. »Jondris, du sagtest, du musst zuerst an Bene denken. Wenn das so ist, dann bitte lasst euch doch helfen! Ihr könnt unmöglich in dieser zugigen Hütte bleiben. Er wird sich den Tod holen. Bitte lass mich dir zeigen, wo ihr unterkommen könnt.«

Er senkte den Kopf. »Ich weiß, das ist dort nichts für den Jungen. Aber du verstehst nicht! Niemand darf wissen, dass wir hier sind.«

»Jondris, bei uns haben viele ihre Geheimnisse. Die Insulaner sind verschwiegen. Du kannst mir vertrauen. Bitte.«

Zweifelnd sah er sie an. »Warum möchtest du uns helfen?«

Was für eine Frage! Birke fand sie überflüssig und ärgerlich, aber sie wollte nicht über ihn urteilen, ohne zu wissen, was er erlebt hatte. Jetzt nur nichts Falsches sagen! Sie wusste ja selbst nicht, warum die beiden sie so sehr beschäftigten. »Einer der Gründe, warum ich gerade so weinen musste, ist, dass ich um einen Jugendfreund getrauert habe«, sagte sie schließlich. »Er ist gefallen. Wir waren eng befreundet, seit wir Kinder waren. Wir sind damals auf demselben Schlitten dieselbe Düne heruntergerodelt, und Bene erinnert mich an ihn. Meinem Freund kann ich nicht mehr helfen. Aber euch.«

Jondris dachte nach. »Dein Freund hat dir viel bedeutet. Dann wirst du uns nicht verraten«, sagte er schließlich, mehr zu sich selbst als zu ihr.

»Nein, das werde ich nicht.«

»Also gut. Dann zeige mir diese Unterkunft. Es wäre wirklich ein Segen, wenn Bene nicht mehr frieren müsste.« Die kühle Distanz, die für einen Augenblick wieder da gewesen war, fiel mit jedem Wort von ihm ab. »Ich weiß wirklich nicht mehr weiter, Birke. Vielleicht bist du ja nun unser Schutzengel.« Sein Lächeln misslang. Er wandte sich ab und rief Bene. »Kommst du? Birke möchte uns etwas zeigen«.

»Au ja. Gehen wir die Schweine füttern?« Bene schob eine Hand in Jondris' und eine in Birkes.

»Nein, heute nicht.« Birke bemerkte, dass Jondris sich ständig furchtsam umsah. Sie wählte einen Weg am Wäldchen entlang, der wenig benutzt wurde und ihnen Deckung ab. Halb belustigt, halb erschrocken sah sie, dass Jondris hin und wieder mit einem Kiefernzweig ihre Spuren im Schnee verwischte.

Die Hütte stand am Rand eines Feldes, geschützt von Erlen und Birken. Sie war aus Backsteinen und festem Holz gebaut und besaß ein solides Ziegeldach. Opa Prenderney hatte sie sorgfältig gepflegt, immer wieder gestrichen, das Dach repariert und die Fenster abgedichtet. Jondris betrachtete den kleinen Bau ungläubig, Bene andächtig. Birke zog den Schlüssel aus seinem Versteck unter dem Fensterbrett.

»Was ist das? Wem gehört es?«, fragte Jondris.

»Das ist eine Werkstatt. Sie gehört Opa Prenderney, und gebaut hat sie seine Frau Ilse. Das sind die Schwiegereltern meiner Tante.«

»Aber dann haben wir dort nichts zu suchen. Und sie würden uns bald entdecken.«

Birke schüttelte den Kopf. »Opa Prenderney ist alt und verlässt den Hof kaum noch, schon gar nicht im Winter. Oma Ilse ist schon lange tot. Wir haben hier als Kinder oft gebastelt und als Jugendliche heimlich gefeiert. Im Übrigen habe ich Opa um Erlaubnis gefragt. Genau genommen war es seine Idee, dass ihr hier wohnen könnt.«

Jondris trat einen Schritt zurück. »Du hast jemandem von uns erzählt?«

Birke hob die Hand. »Bitte beruhige dich. Was sollte ich ihm denn erzählen? Ich weiß ja nichts über euch. Ich habe ihn lediglich gefragt, ob er eine Idee hat, wo jemand, der in Not ist, unterkommen kann, ohne dass es einer erfährt. Ich sagte doch, wir haben noch mehr Menschen mit Geheimnissen hier. Auch bei uns auf dem Hof. Ihnen ist auch nichts geschehen.« Doch sie sah die Angst in seinen Augen und beschloss, dass hier nur half, ihm einen Vertrauensvorschuss zu geben. Sie wusste nicht warum, aber sie war sich absolut sicher, dass er niemals etwas verraten würde. »Bei uns wohnt ein Kind, nur wenig älter als Bene. Sie ist Jüdin und hat als Einzige ihrer Familie das Konzentrationslager überlebt. Niemand verrät sie hier. Und dann ist da Emil. Er hat sein Gedächtnis verloren. Sagt er jedenfalls. Keiner weiß, woher er kommt. Opa und Tante Ida stellen nie unnötige Fragen, wenn einer das nicht will.« Sie hielt Jondris' langem, prüfenden Blick stand. Schließlich nickte er und zuckte mit den Achseln.

»In Ordnung. Das scheint ja die reinste Arche Noah zu sein, euer Hof.«

Sie ärgerte sich über seinen spöttischen Tonfall. »Was ist daran falsch? Ist das nicht genau das, was wir in Zeiten wie diesen brauchen?«

»Schon gut. Es tut mir leid. Entschuldige! Es ist nur so entwürdigend, wenn man immer seinen Platz im Leben hatte, tiefe Wurzeln an einem Ort, an den man gehörte, und dann steht man plötzlich da ohne das Nötigste und ist auf Hilfe angewiesen und kann nichts dafür geben.«

Die Verzweiflung in seiner Stimme tat ihr weh. Birke wusste keine Antwort auf seinen Ausbruch und legte ihm kurz die Hand auf die Schulter. »Opa Prenderney würde sich freuen, wenn Bene mal mit ihm Schach spielen würde. Das wäre ein Geschenk für ihn.«

»Au ja«, sagte Bene. »Ein bisschen kann ich schon. Ich mag die Figuren, besonders das Pferd.«

Jondris fing wider Willen an zu lachen. »Gegen euch zwei komme ich wohl nicht an.«

»Das brauchst du auch nicht«, sagte Birke ernst.

Im Inneren der Hütte roch es ein wenig muffig. Birke öffnete die Fenster, so dass die Sonne hereinkam und den aufgewirbelten Staub glitzern ließ. Sie sah sich um. Alles war wie früher. Auf einer Hobelbank lagen Schrauben und Sägespäne, als hätte jemand kürzlich dort gearbeitet. An der Wand hingen säuberlich jede Menge Sägen, Hämmer, Feilen und andere geheimnisvolle Geräte, von Spinnweben bedeckt. Ein solider Arbeitstisch mit vier Stühlen und einer Petroleumlampe stand in der Mitte des Raumes. In der Ecke gab es einen runden Ofen mit einer Herdplatte. Birke klopfte gegen das Rohr. Kein Rost fiel herunter, nichts klapperte. Es schien gut in Schuss zu sein, aber sie würden ausprobieren müssen, ob kein Vogelnest darin war. Die Glasscheiben im Fenster waren trübe, aber heil. In der Ecke führte eine Leiter zu einem Hängeboden.

»Darf ich da raufklettern?«, wollte Bene wissen.

»Warte mal.« Birke stieg hoch und prüfte dabei, ob die Sprossen ihr Gewicht noch trugen. Oben angekommen, sah sie sich um. Durch die Spinnweben vor der Dachluke fiel Dämmerlicht herein. Birke zog eine Segeltuchplane weg und stellte fest, dass die Decke und die Matratze darunter leidlich sauber waren. Keine Mäuse in Sicht. Nur ein toter Schmetterling lag in einer Ecke. Sie stieg wieder herunter. »Ja, du darfst.«

Bene verschwand nach oben.

Jondris hatte inzwischen prüfend die Ofentür geöffnet.

»Die Holzvorräte draußen hat längst jemand mitgehen lassen«, sagte Birke. »Aber warte mal.« Sie rumorte in einem Regal herum, das in einer dunklen Ecke stand. »Hier! Da war immer eine kleine Reserve.« Sie legte einen Arm voll Scheite neben den Ofen. Jondris schichtete sie hinein. Nach einigem Suchen fand Birke in einer Schublade eine Schachtel Streichhölzer. Zusammen sahen sie zu, wie die tröstliche Flamme aufflackerte. Jondris legte dankbar seine Hände auf die eiserne Ofenwand und spürte der beginnenden Wärme nach.

»Es gibt sogar eine Wasserleitung« sagte Birke. »Ilse gab damals keine Ruhe, bis sie die mit einem befreundeten Klempner vom Hof hier herübergelegt hatte.«

»Solchen Luxus kann ich mir schon gar nicht mehr vorstellen«, sagte Jondris.

In der Hütte breitete sich trotz der Spinnweben, des Staubes und der muffigen Luft eine überraschende Gemütlichkeit aus. Draußen wurde es dämmrig. Birke erspähte zu ihrer Freude eine Flasche Petroleum und zündete die Lampe an. Der Geruch mischte sich mit dem des Feuers. Ermutigt von ihren Entdeckungen, erkundete Birke sämtliche Schränke und Regale und fand Tee in einer Dose, der zwar eher nach Heu roch, aber nicht unangenehm. Der Wasserhahn an dem winzigen Waschbecken in der Ecke klemmte, doch mit etwas Ruckeln und ein wenig Öl konnte Jondris ihn lösen. Ein dünnes Rinnsal rostiger Brühe lief heraus. Nach einer Weile wurde das Wasser klar. Birke schrubbte einen Topf mit Sand aus, füllte ihn mit Wasser und stellte ihn auf die Ofenplatte. Zufrieden sah sie zu, wie es anfing zu sprudeln.

»Und du meinst, wir dürfen wirklich hierbleiben?« Jondris fragte das in einem so ungläubigen Tonfall, dass sie überlegte, wie sie ihm Sicherheit geben konnte.

»Wenn du möchtest, stelle ich dich Opa Prenderney vor, und er kann es dir selbst sagen.«

»Gern«, sagte er zögernd. »Nur nicht gleich heute. Ich muss mich erst an den Gedanken gewöhnen.«

»Wovor hast du solche Angst, Jondris?« Die Frage platzte aus ihr heraus. Sie hatte sie eigentlich behutsamer stellen wollen.

Jondris blickte zur Leiter hin. »Da oben ist es so ruhig. Ich sehe besser nach.«

Birke goss Tee auf. Zu essen gab es nichts. Das würden sie nachher ändern müssen. Sie mochte jetzt den Moment nicht unterbrechen, um zum Hof hinüberzulaufen und etwas zu holen. Nach der kalten Distanz zwischen Jondris und ihr war da auf einmal eine plötzliche Nähe, ein Anfang von etwas Zerbrechlichem, Kostbarem. Dies machte ihr Hoffnung, dass es noch möglich war, Dinge zu ändern, wenn nicht in der Welt, dann wenigstens zwischen zwei Menschen. Hoffnung, dass manches doch einen Sinn hatte.

Der Tee schmeckte nach nichts. Birke löste ein Bonbon, das sie zwischen Schrauben gefunden hatte, darin auf. Nun schmeckte die wohltuend warme Flüssigkeit süß und leicht nach Zitrone. Der Duft mischte sich mit dem Geruch von Petroleum, Holzrauch und Vergangenheit. Zu ihrer Freude stöberte sie zwischen einem Sammelsurium angeschlagenen Geschirrs doch noch ein paar Gläser Apfelkompott auf. Sie öffnete eines und probierte. Als hätte Oma Ilse es gestern gekocht! Es schmeckte nach einem längst vergangenen Sommer und nach Frieden.

Jondris stieg wieder herab. »Bene schläft. Unter einer so warmen Decke und auf einer so guten Matratze hat er seit Wochen nicht geruht. Ich weiß nicht, wie ich dir danken kann, Birke!« In dem gedämpften Licht der Petroleumlampe, das nicht bis in die Ecken reichte, war sie sich nicht sicher, aber sie glaubte zu sehen, wie seine Augen feucht wurden.

Bene schlief oben. Wie schön. Sie dachte an Nachmittage zurück, da sie mit Gunne da oben gelegen hatte. Sie hatten sich gegenseitig Geschichten vorgelesen. Und dann später … Birke schüttelte heftig den Kopf, wie um die alten Geister zu vertreiben. Hatte sie wirklich gedacht, mit der Schlittenfahrt und dem Schneeball hätte sie Gunne endgültig beerdigt? Nein. Er war hier. Er war überall. Oben war es still bis auf Benes gleichmäßiges Atmen, und dennoch glaubte sie, das längst verstummte Lachen eines anderen Jungen wie eine Fledermaus unter dem alten First herumhuschen zu hören. Auch in dem Geschmack des Apfelkompotts lag eine Erinnerung verborgen, an eine gemeinsame Ernte und die schiefen Männchen, die sie aus unbrauchbarem Fallobst gebaut hatten.

Und doch würde sie den Geschmack dieser Äpfel von nun an auch mit dieser unverhofften Stunde verbinden, mit Jondris und Bene und wie Vertrauen wuchs und der Krieg draußen blieb, ausgesperrt von einer alten Holztür und einer kleinen Flamme.

»Woran denkst du, Birke? Wem gilt dieses traurige Lächeln? Warst du dort oben mit dem Jugendfreund, von dem du erzähltest, der gefallen ist?« Jondris setzte sich zu ihr an den Tisch und nahm einen Schluck Tee. »Das tut gut.«

»Gunne. Ja.«

»Hast du ihn geliebt?«

»Ja. Ich weiß nur nicht, auf welche Art. Man nahm uns die Zeit, es herauszufinden. Ich dachte einmal, wir hätten ein ganzes Leben dafür. Aber nun ist es zu spät.«

Jetzt war er es, der tröstend eine Hand auf ihren Arm legte. Für so vieles, was sie jeder für sich erlebt hatten, schien es keine Worte zu geben, so dass nur eine Berührung blieb, um sich etwas zu sagen.

Birke schob ihm ein Schälchen Kompott hin. »Hier. Aus besseren Tagen.«

Er schloss die Augen, spürte dem Aroma nach. »Es schmeckt auch so. Echte Vanille! Beinahe wie zu Hause.«

Birke hätte so gern gewusst, wo das war, sein Zuhause. Und *wie* es dort war. Sie sehnte sich danach, endlich wieder einmal eine Geschichte zu hören wie die von Frau Kilian, die sie an einen anderen Ort mitnahm und in eine Zeit, als der Himmel noch freundlich war. Doch sie mochte Jondris nicht drängen.

Geschichten suchen sich selbst ihren richtigen Augenblick, man muss sie nur gewähren lassen und ihnen die Stille bieten, in der sie sich entfalten können, hatte Frau Kilian einmal gesagt. *Es ist wie mit Blüten und Jahreszeiten.*

Schweigen senkte sich zwischen sie in den hellen Kreis der Petroleumlampe, bis auf das Knacken im Ofen. Jondris stand auf, legte Holz nach und setzte sich wieder.

»Du fragtest, wovor ich Angst habe« sagte er schließlich. »Nun Heidrun, vor der SS und Hitler und davor, hier nicht willkommen zu sein. Die Menschen hier werden denken, dass wir ihnen das wenige wegnehmen, das sie noch haben. Sie werden uns vorwerfen, dass wir nicht hierhergehören und nichts da zu suchen haben, wo sie selbst seit Generationen leben. Das Gefühl, nichts zu haben, ist schlimm, aber noch schlimmer ist es, unwillkommen zu sein, ein Eindringling, unerwünscht.«

»Wer ist Heidrun?«

Er machte eine abwehrende Handbewegung. Darüber wollte er eindeutig nicht sprechen.

»Aber Jondris, die meisten Amrumer sind offen und hilfsbereit wie Tante Ida und Opa Prenderney. Tante Ida hofft, dass jemand irgendwo ihrem Siegfried hilft. Und genauso hilft sie denen, die hier Hilfe benötigen. Du musst dich nicht fürchten. Nicht vor Feindseligkeit.«

Er schüttelte den Kopf. »Es werden noch viele kommen, Birke. Und dann ändert sich das. Sehr viele. Die Ostfront bröckelt schnell. Hitler will der Roten Armee einen Schutzwall aus alten Frauen und Kindern entgegenstellen. Er selbst hat sein Hauptquartier dort, die Wolfsschanze, schon geräumt, aber er hat den Menschen verboten, nach Westen zu flüchten. Dennoch haben die meisten trotz hoher Strafen schon heimlich beladene Wagen in ihren Scheunen stehen. Sie werden kommen. Nicht weil sie es wollen, sondern weil sie keine andere Wahl haben, um ihr Leben zu retten. Oder vielmehr das, was davon übrig ist.«

Sie hörte die hilflose Trauer und Bitterkeit in seiner Stimme. Weil sie nicht wusste, was sie sonst tun sollte, goss sie ihm Tee nach. Er drehte den Docht der Petroleumlampe herunter. »Wir sollten Öl sparen.«

»Du bist also trotzdem geflohen. Jetzt verstehe ich, warum du solche Angst hast, dass es jemand erfährt.«

Ja, die Angst vor Strafe verstand sie, aber sie hätte gern gewusst, wer diese Heidrun war, die er sogar noch vor Hitler genannt hatte.

»Anfang Oktober sind wir aufgebrochen. Es war hauptsächlich wegen Bene. Ich weiß nicht, ob ich sonst den Mut gehabt hätte zu gehen, ohne zu wissen, ob wir jemals zurückkehren können. Das Gefühl, sich loszureißen, ist eines, das ich niemals vergessen werde. Schlimmer als das hier.« Er schnallte seine Prothese ab, legte sie beiseite und zeigte auf seinen Armstumpf. »Das Gewicht der Prothese ist ermüdend«, sagte er zur Erklärung mit gesenktem Kopf.

Als er in Schweigen verfiel, wagte Birke es, auch ihre Gedanken in Worte zu fassen. Es tat gut, sie endlich einmal auszusprechen. Auf dem Hof hatte sie sich nicht getraut, sie wusste nicht, ob jemand sie auch nur annähernd verstehen würde. »Ich bin zwar noch hier«, sagte sie zögernd, »hier, wo mein Kindheitsparadies ist, mein Lieblingsort. Doch seit Gunnes Tod und dem Angriff fühle ich mich wie ein Flüchtling im eigenen Land. Der Himmel über Amrum und dem Watt war immer mein Trost, mein verlässlicher Gefährte, mein Anker. Er hatte eine Antwort auf alles und immer ein Licht für mich. Seit jenem Tag ist es, als ob er zerrissen wäre, ich traue ihm nicht mehr. Er ist mir fremd geworden. Alles ist mir fremd geworden. Die Erinnerungen sind noch da, und sie hängen mit diesem Ort zusammen und werden für immer lebendig sein. Aber die Gegenwart und die Zukunft fühlen sich leer und tot an, als ob sie nicht mir gehören, jedenfalls nicht hier. Ich glaube nicht, dass ich es ertragen kann, noch lange hierzubleiben.«

Er sah sie lange an. Dann sagte er: »Bei dir ist es einfach nur andersherum als bei mir. Aber das Gefühl ist dasselbe.«

Draußen war es jetzt stockdunkel. Sicher machte sich Tante Ida schon Sorgen, doch Birke mochte nicht aufstehen und den hellen Kreis der Lampe und Jondris' Gegenwart verlassen. Sie hatte sich so lange furchtbar allein gefühlt. Doch jetzt gerade war es anders.

»Würdest du mir davon erzählen, wie es war, dort, von wo du fortmusstest? Oder tut es zu sehr weh?«, fragte sie leise.

Er atmete tief durch und lehnte sich zurück. »Wenn es dir Freude macht.«

Während Bene oben so tief schlief wie seit Monaten nicht,

während in den Dünen sich die Kaninchen in ihrem Bau zusammenkuschelten und die Flut langsam wieder das Watt bedeckte, während die Möwen auf der Buhne den Kopf in das Gefieder steckten und enger aneinanderrückten und es irgendwann leise wieder zu schneien begann, erzählte Jondris Drewin von einem anderen, fernen Ort. Von da, wohin sein Leben gehört hatte, wo für ihn die Wiesen grüner, die Flüsse klarer und die Wege glücklicher waren, als er es sich irgendwo sonst auf der Welt vorstellen konnte.

»Es gibt ein Gut in Ostpreußen, im Dorf Kaukehmen in der Elchniederung, am Rand des Memeldeltas. 1938 wurde verfügt, dass es nun ›Kuckerneese‹ zu heißen habe, aber für uns blieb es immer Kaukehmen. Der Name leitete sich von einer uralten heidnischen Kultstätte ab, die unsichtbaren hilfreichen Erdgeistern gewidmet war. Als Kind dachte ich immer, ich könnte diese freundlichen Geister spüren, wenn ich auf der warmen Erde lag und zusah, wie das Gras und der Hafer wuchsen. Manche sagten auch, Kaukehmen klinge wie das Geräusch, das der Wind dort macht.«

Die Liebe und Sehnsucht in Jondris' Stimme zauberten das ferne Stück Land in die Nähe, als wäre es nur einen Spaziergang entfernt.

»Neunhundert Morgen gehörten zu dem Gut, wo wir aufwuchsen, und ich brauche nur die Augen zu schließen, um zu wissen, wie sich im Sommer das Gras unter den Füßen anfühlte, wenn wir uns am Eulenteich trafen …«

Birke schloss ebenfalls die Augen. Der helle Fleck, den die

Lampe hinter ihre geschlossenen Lider mogelte, wurde zu einer Junimorgensonne, die aus einem Himmel ohne Flugzeuge auf taufunkelnde Wiesen schien, das Fell der Pferde dampfen ließ und acht Kinderfüße wärmte, die zwischen Seerosen im Wasser planschten.

16

Jondris

»Wir vier waren wie ein Kleeblatt.«

Jondris erzählte von einer anderen Zeit, von einem anderen Ort, und doch wurde für Birke alles lebendig. »Falk, Katharina, Alma und ich. Falk Trynoga ist der Sohn des Gutsbesitzers und nur ein Jahr älter als ich. Mein Vater war der Gutsverwalter. Katharina war die Tochter der Köchin und Alma die Tochter eines mit dem Gutsbesitzer befreundeten Architekten, der ganz in der Nähe wohnte. Wir wuchsen zusammen auf und dachten, wir würden für immer auf Trynogawies leben. So hieß das Gut. Einen anderen Ort konnten wir uns nicht vorstellen. Warum auch? Wir waren etwa zehn, als wir uns an unserem besonderen Treffpunkt, dem Eulenteich, schworen, dass Falk und Katharina später heiraten würden, und ebenso Alma und ich.«

Jondris verfiel in Schweigen und malte mit dem Finger unsichtbare Kringel auf den Tisch. Oben seufzte Bene im Schlaf.

»Das klingt schön«, sagte Birke vorsichtig.

»Das war es auch. Nicht nur schön, sondern glücklich. Aber als wir sechzehn waren, bekam Almas Vater einen Auftrag in Königsberg. Er sollte dort eine Schule bauen. Das war eine große Chance für ihn. In Kaukehmen waren Aufträge für Architekten sehr dünngesät. Sie sollten mindestens ein Jahr dort wohnen. Alma und ich wollten uns jeden Tag schreiben und uns so oft wie möglich besuchen. Doch auf dem Weg nach Königsberg gab es ein Eisenbahnunglück, weil eine Weiche falsch gestellt war. Zwei Züge stießen zusammen. Almas ganze Familie saß im vorderen Wagen. Niemand hat überlebt.«

»O Jondris.« Birke hätte gern ihre Hand auf seine gelegt, aber sie wagte es nicht. Zu zerbrechlich und zu neu war das Vertrauen, das sie in den letzten Stunden aufgebaut hatten.

Er blickte auf, und sie sah den Schmerz in seinen Augen und die zärtliche Erinnerung. »Für mich ist Alma trotzdem immer lebendig geblieben. Darum kann ich deine Gefühle für deinen verstorbenen Jugendfreund so gut verstehen. Manchmal ist mir, als würde sie gleich um die Ecke kommen oder mir von irgendwoher zulächeln. Selbst auf der Flucht gab es Orte, an denen ich sie traf, auch wenn sie außer mir niemand gesehen hat. Zum Beispiel die Skulpturen von Joram Grafunder, die dort im Wald standen und dem Krieg trotzten. Dort sah ich Alma im frostigen Mondlicht von einer zur anderen spazieren.

Als ich Trynogawies verließ, um Bene in Sicherheit zu bringen, befürchtete ich, dass mit der Entfernung von dort auch die lebendige Erinnerung an Alma verblassen würde, doch zu meiner großen Erleichterung ist es nicht so. Wir haben zu viel miteinander geteilt. Ich habe sie mitgenommen, und ebenso Trynogawies. Selbst wenn ich nie mehr dorthin zurückkehren könnte, es würde in mir erhalten bleiben, unversehrt und mit dem Geruch nach Honig und Wacholder. Mit den Silhouetten der Elche, die in der Dämmerung über Wiesen laufen, aus denen Nebel aufsteigt. In dem Ruf eines Pirols im Frühling und dem leisen Plätschern, wenn der große Wels im Eulenteich mit einem einzigen langsamen Schlag seiner Schwanzflosse in der Tiefe verschwand.«

»Erzähl mir mehr von Trynogawies«, bat Birke und drehte den Docht der Petroleumlampe, die zu erlöschen drohte, ein wenig höher, so dass sie Jondris' Gesicht wieder sehen konnte. Licht und Schatten bewegten sich darauf in einer Weise, dass sie immer wieder hinschauen wollte. Sein schnelles Lächeln, dann wieder die Wehmut, mal eine sanfte Traurigkeit, mal zärtliches Glück, das alles schrieb die Erinnerung an seine Heimat auf seine Stirn, um seine Mundwinkel, in seinen Blick.

»Die Sommer auf Trynogawies waren endlos«, sagte er. »Für uns Kinder jedenfalls. Für die Erwachsenen waren sie voller Arbeit. Aber auch sie hatten ihre ruhigen Abende, ihre Gesellschaften und Ausritte, und der sanfte Wind trug ihr Lachen ebenso über die Felder wie unseres.

Auch wir packten natürlich mit an. Mit Falks Pony ›Grille‹ – so hieß es, weil es oft aus Übermut große Sätze machte – fuhren wir die fertigen Backsteine von der hauseigenen Ziegelei dorthin, wo sie gebraucht wurden. Hier wurde ein neuer Stall angebaut, dort ein Pavillon, da ein neues Gewächshaus. Ein anderes Pferd mahlte den Ton und den Lehm, aus dem die Ziegel gebrannt wurden, indem es im Kreis lief und den schweren Stein drehte. Sooft wir wollten, durften wir aus dem Ton Schüsseln und Figuren formen und auch brennen. Eine ganze Gruppe solcher Figuren haben wir den hilfreichen Erdgeistern gewidmet, die in Kaukehmen angeblich von alters her unter der Erde wirken. Wir haben sie in einem Loch vergraben, im Kreis sitzend, ziemlich tief. Tagelang haben wir gegraben. Ich denke, der Krieg wird darüber hinwegtoben, und niemand wird wissen, dass sie dort unten vielleicht in hundert Jahren noch immer beisammen sind und von Kindern erzählen, die es nicht mehr gibt und von denen doch noch lange etwas dortbleiben wird. Sie werden Almas Fingerabdrücke und meine ebenso wie Falks und Katharinas bewahren.«

Jondris trank einen Schluck Tee und lehnte sich zurück, so dass sein Gesicht nicht mehr im Lichtkreis der Lampe lag, sondern nur noch seine Stimme aus dem Schatten kam. »Wir halfen auch bei der Honigernte, wenn die Waben aus den Bienenstöcken genommen wurden und der Honig geschleudert wurde. Wir bekamen jedes Mal Stiche und kühlten sie, indem wir in den Eulenteich sprangen. Er hieß so, weil eine Waldohreule dort in einer alten Sommerlinde wohnte und oft auf dem unteren Ast saß. Meist schlief sie, nur manchmal riskierte sie ein Auge und sah weise auf uns herunter. Sie war der gute Geist für uns, eine Art Schutzgottheit. Wir hatten Ehrfurcht vor ihr, und doch wussten wir: Wenn sie dort sitzt, ist alles in Ordnung. Jedes Jahr zog sie Junge auf, die dann für eine Weile neben ihr auf dem Ast saßen, bevor sie fortflogen.

Sicher war es nicht immer dieselbe Eule. Eine Generation folgte auf die nächste, und erst als der Krieg begann, verschwanden alle Eulen vom Teich. Ich weiß nicht, wohin sie geflogen sind und ob sie gespürt haben, dass der Frieden verschwunden war.

In dem Teich jedenfalls kühlten wir nicht nur unsere Bienenstiche, sondern auch unsere Gemüter. Das Wasser war klar und torfig braun. Unsere Haut bekam darin einen warmen Ton, wenn wir schwammen, wie Karamell, sagte Alma. Es schien ein wenig unwirklich.

Vor dem großen Wels hatten wir Respekt, aber die Vorstellung, er könnte uns beißen, trug nur dazu bei, den Ort besonders zu machen. Wenn der Wels am flachen Ufer ruhte, während wir auf dem Steg saßen, hatten wir stets das Gefühl, er würde uns zuhören. Wir nannten ihn Merlin. All die kleinen und großen Dinge, die uns bewegten, hat die Eule gehört und auch der Wels. Das gab uns das Gefühl, nicht allein zu sein.

Das war auch gut so, denn unsere Eltern blieben uns eher fremd. Falk sah seine Mutter kaum. Sie beschäftigte sich mit dem Gut, den Gewächshäusern, den Pferden und der Buchführung. Er wurde von diversen Erzieherinnen erzogen und von seinem Hauslehrer. Ich durfte an dieser Erziehung teilnehmen, denn meine Mutter ist früh gestorben, und mein Vater hatte kaum Zeit für mich. Almas Vater war meist auf Reisen, und Katharina hatte gar keinen Vater. Sie half ihrer Mutter in der Küche und hatte sich um die Hühner und die Kaninchen zu kümmern, doch wenn sie Zeit übrig hatte, war sie mit uns unterwegs.

Es gab auf dem Gut auch eine Sandgrube, in der wir gern spielten, mit Sand, so weiß wie an der Ostsee. Wenn es regnete, blieben dort Pfützen, in denen man Kaulquappen sehen konnte. Diesen Ort liebte Alma besonders. Ich habe oft dort mit ihr gesessen. Die Silberpappeln flüsterten rundherum, und wir nahmen ein Picknick mit und lasen uns gegenseitig vor. Manchmal machten wir danach einen Ausflug zum Torfbruch, wo Torf gestochen und zum Trocknen ausgebreitet wurde. Ich mochte den Geruch. Auch einen Krocketplatz gab es, auf dem wir manches Turnier gespielt haben, gegeneinander, gegen die Erwachsenen, gegen die Dorfjugend. Da war was los!

Aber am schönsten war es am Teich, auf den Wiesen und in den Feldern oder an einem der vielen Bäche, die sie durchzogen.« Jondris beugte sich plötzlich vor, so dass sie wieder sein Gesicht sehen konnte. »Birke, kennst du das auch aus deiner Kindheit, dieses Gefühl, wenn du rücklings in einer Wiese liegst, in der es um dich herum nach Klee duftet und all die bunten Insekten um dich herum ihre Sommermusik summen, die pure Lebendigkeit ist? Und wenn dann über dir, weit, weit oben in diesem unglaublichen Blau, eine Lerche singt? Sie fliegt so hoch, dass du sie nur als schwarzen Punkt erkennen kannst, aber ihre Töne reiner Freude kommen klar und deutlich zu dir herunter. Du glaubst, mit ihren Augen das weite Land von oben sehen zu können, das du auf nackten Kinderfüßen erkundet hast und von dem du jeden Quadratzentimeter kennst. Du glaubst, fliegen zu können wie sie, genauso frei und voller Lebensfreude, und dieses ganze Land um dich herum und die Freude der Lerche und du selbst werden alles eins. Alles wartet nur auf dich, und die Zeit scheint endlos. Kennst du das?«

Birke sah nachdenklich in die kleine Flamme und die tanzenden Schatten, die sie auf den zerkratzten Tisch warf. In ihr war eine helle Freude wie die im Lied der Lerche, denn sie wusste nun, dass sie einen Seelenverwandten gefunden hatte.

»Bei mir war es der warme Sand im Rücken, oben auf der Düne liegen und in denselben Himmel schauen, wo die Möwen so silberweiß sind, dass es blendet, und auf einem Aufwind segeln, den ich wie unter eigenen Flügeln spüren kann. Ich fühle mich leicht und sehe die Insel mitten im weiten Meer liegen. All diese Blautöne, das Licht in den Prielen, der Duft nach warmem Strandhafer und trocknendem Tang und Salz. Der Wind, der über meine Haut streicht, und die Kaninchen, die um mich herumtoben, als wäre ich eines von ihnen. Die Heidelibellen, die sich auf meinem Knie ausruhen, eine ganz leichte Berührung wie ein Traum. Ja, ich kenne das Gefühl, auch wenn es bei mir andere Farben hat, andere Flügel und Sand statt Erde.«

Jondris sah sie an, dankbar, dass sie ihn verstand, und sie fragte sich, ob er dieselbe Freude spürte wie sie.

»Ich weiß nicht mehr, wann ich das letzte Mal so mit jemandem sprechen konnte«, sagte er in diesem Augenblick, sichtlich verwundert über sich selbst.

»Erzähl mir, wie es auf Trynogawies im Winter war«, bat Birke.

Er zögerte, doch dann sprach er weiter. »Es war ein Märchenland, jedenfalls für uns. Für das Personal war es schwierig, das Haus war groß und kalt, es zog durch die Fenster, und alle trugen Dreck herein. Ich sehe es vor mir im Schnee liegen, das Gutshaus und auch das kleine Haus meines Vaters, beide in einem warmen Sonnengelb gestrichen. Es sah immer so aus, als läge die Abendsonne auf dem Haus, selbst bei Regen. Die Fensterrahmen waren von einem dunklen, verwaschenen Grün. Die Häuser wirkten freundlich, als ob sie jedermann willkommen hießen. Im Schnee sah es besonders schön aus.

In der ersten Adventswoche trafen wir uns alle in der Küche, um die traditionellen Familienplätzchen zu backen. Da machte jeder mit, selbst der Gutsherr und mein Vater kamen vorbei, tranken einen Punsch, kosteten vom Teig und gaben Ratschläge. Es wurden viele Geschichten erzählt, während wir die Plätzchen ausstachen und nachher mit buntem Zuckerguss bemalten. In jenen Stunden in der Küche waren alle gleich, ob Gutsherr oder Stalljunge. Wir waren einfach nur Menschen, die sich trafen und auf Weihnachten freuten und dabei Plätzchen bemalten. Es war ein ganz einfaches Rezept, von meiner Großmutter Marie Jäckisch, die eine Gastwirtschaft betrieben hatte. Immer wenn ich Schnee sehe, rieche ich diesen Duft und spüre den Geschmack auf der Zunge, den Geschmack nach Lachen und Erzählen und Gemeinsamkeit, das Wissen um Zugehörigkeit und Geborgensein.«

»Und der Weihnachtsbaum?«

»Die Weihnachtsbäume schlugen wir traditionell selbst auf dem Grundstück. Ein riesiger stand stets in der großen Halle im Gutshaus, mit Engelshaar geschmückt und goldenen und roten Kugeln, mit Nüssen und mit Pfefferkuchenringen. Weil er so frisch war, füllte er das ganze Haus mit seinem Duft. Doch der Baum, der uns Kindern am liebsten war, stand draußen am Eulenteich. Er wuchs dort und wurde jedes Jahr geschmückt, ganz in Weiß, mit zarten Figuren aus durchsichtigem Glas, mit Eiszapfen und Kugeln, die wie Seifenblasen aussahen, mit mundgeblasenen Schaukelpferdchen und edel mattweiß schimmernden Vögeln, die auf den Zweigen saßen. Mit Schneeflocken und Sternen, fein aus Holz geschnitzt. Kleine Laternen mit Kerzen darin hingen daran, so dass die Flammen dem Wind trotzen konnten.«

Jondris' Augen leuchteten selbst, als er davon sprach.

»Wenn der Eulenteich zugefroren war, liefen wir dort Schlittschuh. An einem in der Mitte eingefrorenen Pfahl wurde außerdem ein Wagenrad befestigt und ein Rodelschlitten an einer Stange, den man im Kreis drehen konnte. Das war ein Spaß! Wenn der Mond schien, kam ein Musikerquartett aus Kaukehmen, und auch die Erwachsenen liefen Schlittschuh oder tanzten, und es gab Punsch dazu. Wir fragten uns, was der Wels in der Tiefe wohl machte, ob er die Lichter durch das Eis funkeln sah und was er vom Knirschen unserer Schlittschuhe hielt. Wenn das Eis knarzte und stöhnte, stellten wir uns vor, es wären die Stimmen der Erdgeister.

Das waren die Winterabende auf Trynogawies. Unvergesslich. Einmal haben Alma und ich, als wir schon älter waren, die Kerzen ganz für uns alleine angezündet. Wir waren so still, dass ein Elch kam und an einer offenen Stelle trank. Er stand eine ganze Weile da und betrachtete den Baum. Ach ja, und Alma …« Jondris räusperte sich, »Alma bekam nie genug davon, Schneemänner zu bauen, aber sie baute sie meist so, dass sie einen Kopfstand machten. Das Gesicht kam verkehrt herum auf die untere Kugel, die Arme aus Ästen stützten sich

rechts und links im Schnee ab. Meistens waren es Schnee-
frauen mit langen Haaren aus Gräsern, die bis zum Bach hinunter reichten. Alma liebte es selbst, im Sommer auf einem
flachen Stein im Bach kopfzustehen. Dann bewegten sich ihre
langen dunklen Haare in der Strömung wie Algen, und sie
lachte und sagte, Jondris, ich bin ein Flussgeist.« Jondris verfiel in Schweigen.

»Danke«, sagte Birke schließlich leise. »Danke, dass du mir
davon erzählt hast. Jetzt verstehe ich, wie schwer es für dich
gewesen sein muss zu gehen.«

»Es war wirklich viel schlimmer, als meinen Arm zu verlieren«, sagte Jondris. »Weißt du, während all dieser glücklichen
Kinderjahre wussten wir immer, wohin wir gehörten: an genau diesen Ort, unverrückbar und für immer. Alle unsere
Vorfahren stammten seit Generationen aus Kaukehmen. Try-
nogawies war in den Händen der Familie Trynoga, seit man
denken konnte. Wir gehörten dazu wie die alten keltischen
Erdgeister, wie die Elche und die Eulen und der uralte Wels.«
Jondris fuhr sich durch die Haare. Seine Stimme war auf einmal erschöpft. »Dann kam der Krieg. Im Ersten Weltkrieg
gab es auf dem Gut Einquartierungen, aber es geschah nichts
Schlimmes, denn das Militär war scharf auf unsere Pferde.
Wir hatten eine Trakehnerzucht. Am begehrtesten waren die
Remonten – das sind die jungen Pferde in der Grundausbil-
dung. Damals wurden sie eigentlich nicht mehr für das Militär
gezüchtet, sondern als private Reittiere. Mein Vater longierte
die jungen Pferde, und wir Kinder durften ohne Sattel auf

ihnen sitzen, damit sie sich an das Gewicht eines Reiters gewöhnten. Es war so herrlich sorglos, auf diesen warmen Rücken getragen zu werden, den Schweiß der jungen Pferde zu riechen und einfach nur lebendig zu sein. Auch Bene kam noch in den Genuss. Aber mit der Sorglosigkeit ist es vorbei, und nach diesem zweiten Krieg wird es wohl auch mit Trynogawies vorbei sein. Ich spüre das. Wir dachten, Bene wird dort aufwachsen und glücklich sein wie wir und wissen, wohin er gehört. Und nun? Wo wird er einmal zu Hause sein? Wird er überhaupt einmal irgendwohin gehören? Oder wird er ein Flüchtlingskind bleiben, unerwünscht und unwillkommen, gehänselt und ohne wirkliche Chancen?«

Oben murmelte Bene etwas im Schlaf. Jondris erstarrte und lauschte, doch es war schon wieder still. Jondris sprang auf. »Was fällt mir nur ein? Wie gedankenlos. Ich rede und rede. Was, wenn er mich hört? Sag mal, Birke, musst du nicht zurück auf den Hof?«

Birke erschrak. Natürlich. Es war längst dunkel. Tante Ida würde sich Sorgen machen, und um die Tiere hatte sie sich auch nicht gekümmert. Sie stand ebenfalls auf. »Du hast recht. Ich bringe euch nachher noch etwas zu essen vorbei.«

»Mach dir keine Mühe. Das brauchst du nicht. Wenn Bene noch einmal aufwacht, kann er von dem Kompott essen. Und morgen hole ich unsere paar Sachen, die noch in dem alten Unterstand sind. Dann kann ich auch gleich Holz suchen.«

»In Ordnung, dann bringe ich euch morgen Nachmittag etwas«, sagte Birke widerstrebend.

»Aber wenn du uns Lebensmittel von dem Hof bringst,

musst du deiner Tante von uns erzählen.« Die Abwehr war zurück in seiner Stimme. Es tat Birke weh.

»Sie hat Bene ohnehin schon kennengelernt. Du musst wirklich nichts befürchten! Trynogawies ist nicht der einzige Hof mit Traditionen. Das Skeewacht Hüs hat eine lange Tradition von Gastfreundschaft und Diskretion. Es gab schon einmal einen Krieg. Und die Hälfte unserer Vorfahren waren Strandräuber. Die hatten alle etwas zu verbergen, glaub mir. Ihr seid auf dem Hof jederzeit herzlich willkommen.« Sie zögerte auf der Türschwelle. »Jondris, wirst du mir erzählen, was deine Pläne sind? Wie du ausgerechnet hier gelandet bist? Und was aus Katharina und Falk wurde?«

»Mal sehen.« In seiner Stimme war keine Freundlichkeit mehr. Die unsichtbare Wand zwischen ihnen war wieder da. Mit einer leichten Veränderung seines Tonfalls hatte er sie mühelos wieder aufgebaut.

Birke schluckte ihre Traurigkeit herunter. Sie war dennoch seltsam glücklich, dankbar für den Blick, den sie hinter diese Wand hatte werfen können. Diese Stunden der Nähe zwischen ihnen waren ein besonderes, verfrühtes Weihnachtsgeschenk gewesen. Sie hatten Birke die Hoffnung zurückgegeben, dass es noch etwas Besseres gab als Trauer und einen zerrissenen Himmel. Und das Wissen, dass sich auch an einem kalten Kriegswinterabend Wärme in einen tapferen Lichtkreis zwischen zwei Menschen legen konnte, die einander eben noch fremd gewesen waren.

Doch was, wenn es nie wieder so sein würde? Wenn sich Jondris für immer zurückzog?

Birke konnte es sich nicht erklären, aber obwohl sie sich gerade erst kennengelernt hatten, fühlte sich allein dieser Gedanke an, als hätte sie schon wieder einen schweren Verlust erlitten.

Sie wusste nicht, ob sie das ertragen konnte.

17

Bis zum glücklichen Ende der Welt

Jondris stand wie ein Schuljunge in der Küchentür und drehte nervös seine Mütze in der Hand, schüchtern und trotzig zugleich. »Jondris Trynoga, guten Tag, Frau Prenderney. Ich möchte mich bedanken für die Lebensmittel, die Sie sicher selbst schlecht entbehren können. Ich muss Ihre Großzügigkeit um Benes willen annehmen, aber ich möchte unbedingt dafür arbeiten! Sagen Sie mir doch bitte, was ich tun kann.«

Birke hatte sich früh am Morgen zur Hütte geschlichen und einen Korb mit Brot, Käse und Marmelade vor die Tür gestellt. Bene und Jondris mussten doch etwas zum Frühstück haben! Tante Ida war nicht nur einverstanden gewesen, sondern hatte noch Schinken dazugelegt.

Gegen Mittag klopfte es an der Seitentür, die von der Küche nach draußen führte. Birke war freudig erstaunt, als sie Jondris mit Bene draußen entdeckte.

Tante Ida blickte von dem Abwasch auf, mit dem sie beschäftigt war, und lächelte Jondris zu, als wäre es völlig selbstverständlich, dass er in ihrer Küche stand. »Aber gern, hier ist jede helfende Hand willkommen. Es würde mir Freude machen, wenn Sie Birke dabei helfen, die Miesmuscheln für die Schweine zu holen. Sie schleppt immer allein die schweren Eimer. Das ist zu viel für sie.«

»Selbstverständlich. Haben Sie vielleicht so etwas wie eine Kiepe, die man auf dem Rücken tragen kann?« Jondris hob mit einem schiefen Grinsen seine Prothese. »Sonst bin ich nicht allzu nützlich dabei.«

Tante Ida wies auf einen Korb, der in einer Ecke stand. »Nein, aber mit diesem Korb und dem Stück Seil dort an dem Haken können Sie sich sicher etwas zurechtmachen.«

»Lass uns noch kurz bei Opa hineinsehen«, bat Birke im Flur.

Jondris zögerte. »In Ordnung«, sagte er schließlich. »Ich möchte mich auch bei ihm bedanken, dass wir in seiner Werkstatt wohnen dürfen.«

Opa Prenderney saß gedankenverloren in seinem Lehnstuhl, wie meist. Bene lief sofort zu ihm, als hätten sie sich schon immer gekannt, und kletterte auf seinen Schoß. »Kann ich mit dir Schach spielen?«

Opa blickte verblüfft, fing sich aber schnell. »Geht in Ordnung, Bürschchen. Wir werden ja sehen, ob du es kannst. Geh einmal an den Schrank dort. In der zweiten Schublade von oben findest du das Brett und die Figuren.«

Während Bene in dem Schrank herumsuchte, richtete Opa seinen Blick auf Jondris, der an der Tür stehen geblieben war. »Kommen Sie her, junger Mann. Von mir haben Sie nichts zu befürchten.«

Jondris trat näher. »Ich möchte mich herzlich bedanken, dass wir in Ihrer schönen Werkstatt Unterschlupf finden durften. Wenn es Ihnen recht ist, werde ich ein paar kleine Reparaturen vornehmen, um mich erkenntlich zu zeigen.«

»Ja, ist mir recht. Meine Ilse würde sich freuen.« Opa blickte Jondris einen langen Moment direkt in die Augen. »Sie sind ein anständiger Kerl«, sagte er dann mit Überzeugung. »Sie wären was für Victoria.« Er nickte zu dem Foto hin. »Oder für eine andere nette, junge Frau, die mir am Herzen liegt.« Über Jondris' Schulter hinweg zwinkerte Opa Birke zu.

»Wir müssen los, die Schweine haben Hunger«, sagte Birke hastig.

»Kann ich hierbleiben und mit dem Opa Schach spielen?« Bene baute bereits die Figuren auf.

»Mir soll's recht sein«, sagte Opa.

So fand sich Birke allein mit Jondris im winterlichen Watt. Eine Weile liefen sie schweigend nebeneinanderher. Hier und da hielten sie an, um Miesmuscheln von den Steinen zu lösen.

»Wer ist Victoria?«, erkundigte sich Jondris schließlich.

»Victoria ist ein Spiel. Der Gedanke an sie macht Opa Prenderney in seiner Phantasie wieder jung und tröstet ihn darüber hinweg, dass er Ilse so vermisst. Er kennt Victoria nicht, nur dieses Bild von ihr. Wir wissen noch nicht einmal, wie sie wirklich heißt.« Birke erzählte Jondris von Frau Dr. Kilian und der Kiste mit den Fotos.

»Diese Bilder möchte ich einmal sehen«, sagte Jondris. »Ich habe mich selbst sehr für Fotografie interessiert.«

»Ich zeige sie dir gern«, sagte Birke überrascht. Hatte sie sich gestern nur eingebildet, dass er wieder auf Distanz gegangen war? Erst tauchte er auf dem Hof auf, und nun zeigte er für alles Mögliche Interesse.

Auf einmal blieb er stehen und bückte sich. »Schau mal. Wie zerbrechlich schön! Das sieht aus wie der Flügel des Engels, den ich dir geschenkt habe.«

»Ja, das sind Schalen einer Bohrmuschel. Ich mag sie gern.«

»Sie bringen mich auf eine Idee.«

»Was für eine Idee?«

»Verrate ich noch nicht. Schließlich ist bald Weihnachten.«

Er sah traurig aus. Sicher dachte er jetzt an Trynogawies und wie anders das Fest diesmal sein würde. Birke musste sich etwas einfallen lassen, um ihn zu trösten, wenn es so weit war. Aber dazu musste sie mehr über ihn wissen.

»Jondris? Was ist aus Falk und Katharina geworden?«

»Lass uns weitersuchen. Du sagtest doch, die Schweine haben Hunger.« Entschlossen schulterte er den Korb wieder, den er abgestellt hatte, und stapfte weiter ins Watt hinaus. Es war ein stiller, grauer Tag mit wenig Wind. Weit und breit war kein Mensch zu sehen. Birke dachte schon, er würde ihr nicht antworten, doch dann tat er es doch.

»Falk und Katharina haben geheiratet, genau wie wir es geplant hatten. Es war für beide die große Liebe, keiner von ihnen hatte jemals einen Zweifel daran. Sie waren sehr glücklich, bis Katharina bei Benes Geburt starb.«

»Oh, wie furchtbar«, sagte Birke entsetzt.

»Heidrun Trynoga war nicht traurig darüber. Falk hatte sich mit dieser Ehe nämlich gegen seine Mutter gestellt, zu der er sowieso kein enges Verhältnis hatte. Heidrun hielt nichts davon, dass Falk unter seinem Stand heiratete. Katharina war schließlich nur die Tochter der Köchin. Heidrun selbst hatte

Falks Vater Gerhard einst nicht aus Liebe geheiratet. Es war eine Vernunftehe, eingefädelt von den Eltern. Gerhard brachte das verschuldete Gut in die Ehe ein und Heidrun das Geld.«

»Das klingt so kalt«, fand Birke.

»Das war damals üblich. Manchmal ging es nicht anders. Heidruns Geld rettete Trynogawies. Und nicht nur ihr Vermögen, sondern auch ihre Tüchtigkeit. Gerhard war ein Lebenskünstler, wie davor sein Vater. Er liebte Pferdewetten und andere Formen des Zeitvertreibs. Mein eigener Vater war ein tüchtiger fleißiger Gutsverwalter, aber er war auch mit Gerhard befreundet, und nur allzu gern ließ er sich von diesem dazu verleiten, sich mehr um die Trakehner zu kümmern und auszureiten als um die geschäftlichen Dinge, die im Büro liegenblieben. Heidrun übernahm das alles nach und nach. Am Ende kam sich mein Vater überflüssig vor, und die Ehe zwischen Gerhard und Heidrun stand auch nicht zum Besten. So kam es, dass Gerhard, der es als Gutsbesitzer zunächst nicht hätte tun müssen, freiwillig in den Krieg zog und mein Vater ihn begleitete.«

»Und Falk? Und du?«

»Falk wurde einige Zeit später einberufen und war beinahe erleichtert. Er kam über den Tod von Katharina kaum hinweg, nur Bene half ihm dabei. Ich war inzwischen Stallmeister und zunächst unentbehrlich, da ich mich um die Pferde kümmern musste. Erst als das Militär sie beschlagnahmte, bekam auch ich meine Einberufung.«

Birke ging neben ihm her und lauschte seiner Stimme und

dem Rhythmus des Wassers, das unter ihren Gummistiefeln plätscherte und leiser in der Ferne am Flutsaum.

»Meine Einheit geriet bald in einen Hinterhalt. Ich weiß nicht mehr, was mich traf. Ich erwachte erst im Lazarett, da hatten sie meinen Arm bereits amputiert. Tagelang hatte ich Fieber und wähnte mich auf Trynogawies. Wochen später wurde ich als kampfuntauglich entlassen und machte mich auf den Weg nach Hause. Dort erfuhr ich, dass Gerhard Trynoga und mein Vater kurz davor am gleichen Tage gefallen waren. Sie hatten die ganze Zeit Seite an Seite gekämpft.«

»Ach, Jondris, das tut mir so leid.« Birke hätte gern nach seiner Hand gegriffen, doch er hatte ja nur eine und in der trug er eine Schaufel.

»Schon gut. Wir waren uns nicht besonders nahe, mein Vater und ich. Trynogawies war dennoch nicht dasselbe ohne ihn und Gerhard.«

»Und Falk?«

»Keiner weiß, was mit Falk ist. Wir haben nichts mehr von ihm gehört. Heidrun führte das Gut inzwischen allein. Manche Felder lagen brach, doch mit den verbleibenden Leuten schaffte sie eine Menge. Ich half mit, wo ich konnte. Pferde gab es nur noch zwei alte Klepper, die einen Wagen ziehen konnten. Hauptsächlich kümmerte ich mich um Bene. Ich hatte Falk ein Versprechen gegeben, und das ist der Grund, warum ich hier bin.«

Birke bemerkte, wie schwer er atmete. »Jondris, wir haben genug Muscheln. Lass uns umkehren.«

Die Wintersonne bahnte sich einen Weg zwischen den

Wolken hindurch und schien überraschend warm auf ihren Rücken. Zurück am Strand wies Birke auf eine Kuhle zwischen den Dünen. »Dort ist es geschützt. Lass uns einen Augenblick ausruhen.«

Stumm saßen sie eine Weile im Windschatten, lauschten den Möwen und beobachteten das Wandern der Wolken. Mit Jondris konnte man auch gut schweigen, entdeckte Birke.

»Was für ein Versprechen hast du Falk gegeben?«, fragte sie schließlich.

»An dem Abend bevor er in den Krieg musste, gingen wir zum Eulenteich hinunter. Die Eule war fort, die Sommerlinde verwaist, aber der alte Wels lag im flachen Wasser am Ufer wie früher. Es war heiß. Die Mücken surrten um unsere Ohren. Wir saßen am Steg und baumelten mit den Beinen im Wasser, als wären wir Kinder und wüssten nichts vom Krieg. Unsichtbar waren auch Alma und Katharina anwesend. Es war, als bräuchten wir nur die Hand auszustrecken und könnten sie spüren.

›Jondris, bitte versprich mir etwas‹, sagte Falk. ›Wenn du nicht einberufen wirst oder vor mir aus dem Krieg zurückkehrst, bitte kümmere dich um Bene! Sollte es so aussehen, als ob wir den Krieg verlieren, warte nicht auf mich, sondern bringe ihn um Gottes willen rechtzeitig in Sicherheit. Ich verlasse mich auf dich. Ignoriere, was meine Mutter sagt. Du weißt, wie sie zu Bene steht. Sie sieht nur Katharina in ihm. Sie kann ihn nicht lieben, und er hat Angst vor ihr. Trotzdem ist ihr bewusst, dass er ihr leiblicher Enkel ist und der einzige Erbe von Trynogawies. Darum wird sie die Kontrolle über ihn behalten wollen. Kümmere dich nicht darum. Mein Wort allein gilt. Schließlich bist du Benes Patenonkel.‹

›Aber Falk, wohin soll ich ihn denn bringen, dass du uns wiederfindest?‹ Die Aufgabe, die er mir da zuwies, erschien mir gewaltig, und ich konnte mir nicht recht vorstellen, wie ich sie lösen sollte.

Gedankenverloren blickte Falk über den Teich. ›Als Kind war ich einmal mit meinen Eltern in der Sommerfrische auf einer Insel in der Nordsee. Amrum. Du kannst dir nicht vorstellen, was für einen weiten Strand es dort gibt. Noch mehr Himmel als auf Trynogawies. Kaum zu glauben, nicht wahr? Ich hatte dort das Gefühl, ich könnte immer weiterrennen und würde direkt in diesem Himmel landen, der so voller Licht war. Es war Freiheit pur. Er machte mich glücklich, dieser magische Ort, auf eine andere Art noch als Trynogawies. Ich nannte ihn *Das glückliche Ende der Welt*, denn dahinter kam nichts mehr, nur Meer und Himmel und Horizont.‹ Jetzt sah Falk mir ins Gesicht. ›Jondris, wenn du die Zeit für gekommen hältst, dann geh mit Bene nach Westen, bis nach Amrum, wenn du es schaffst. Es ist ein guter, heilsamer Ort für Kinder. Dort treffen wir uns, am glücklichen Ende der Welt. Tust du das für mich, Jondris? Und für Bene?‹

›Wenn es das ist, was du möchtest und für richtig hältst, dann weißt du, dass ich es tun werde. Merlin ist mein Zeuge. Ich verspreche es dir. Aber was ist, wenn …‹

›Wenn ich nicht aus dem Krieg zurückkehre, meinst du? Dann wirst du für Bene sorgen und dafür, dass er an einem guten Ort ein gutes Leben führen kann. Das weiß ich. Doch ich werde zurückkehren. Irgendwie werde ich zurückkehren, glaube mir. Ich spüre das. Bene hat schon ohne Mutter aufwachsen müssen. Er soll nicht auch noch seinen Vater verlieren.‹

›Und wenn wir beide nicht zurückkehren?‹

Er packte mich an den Armen. ›Das darf nicht sein. Das darf einfach nicht sein, hörst du? Also, das Versprechen gilt! Es gilt doch, Jondris?‹

›Ja, es gilt.‹«

Birke war, als hätte sie mit den beiden Männern auf dem Steg gesessen. »Und du hast es gehalten! Du hast Bene hierhergebracht, den ganzen Weg bis zu Falks *glücklichem Ende der Welt.* Was für eine schöne Bezeichnung. Ich habe es auch einmal so empfunden.«

»Ich hatte oft Besorgungen in Kaukehmen zu erledigen, da ich für die Feldarbeit kaum noch taugte. Daher hatte ich reichlich Gelegenheit, ganz genau auf die Gerüchte zu lauschen. Eines Tages wusste ich, dass der Zeitpunkt gekommen war. Ich ging hinunter zum Teich und stand eine Weile auf dem Steg. Es war Herbst, die Bäume schon beinahe kahl und Luft und Wasser kühl. Merlin wäre normalerweise schon bis zum Frühling in den Tiefen verschwunden gewesen. Doch während ich da grübelte, tauchte er auf und verharrte zu meinen Füßen unter der Oberfläche. Birke, ich schwöre dir, er sah mich streng an!

Da war ich mir sicher. Noch in der Nacht packte ich heimlich einen Rucksack für uns beide, und am nächsten Morgen

schlich ich mich mit Bene davon. Viele Menschen in Kaukehmen hatten ihre notwendigsten Dinge schon gepackt, bereit
zur Flucht. Nur Heidrun nicht. Ich wusste, sie würde Trynogawies nie verlassen, komme, was da wolle, und seien es die
Russen.

Ein Stück weit konnten wir die Bahn nehmen. Es war eine
beschwerliche Reise. Ich hatte ständig Angst, dass Heidrun
mich anzeigen würde. Mit der Flucht verstießen wir gegen die
Verordnung, dass wir zu bleiben hatten. Manchmal verließ
mich der Mut, und ich dachte, wir schaffen es nicht. Eine Zeit-
lang litt ich furchtbar unter Phantomschmerzen in meinem
Arm. Darum blieben wir eine Weile bei Joram Grafunder im
Wald. Er pflegte mich und kümmerte sich um Bene. Danach
zogen wir zu Fuß weiter oder wurden von Wagen mitgenommen, und dann hat uns ein Schiff an der Küste aufgenommen
und bis Kiel gebracht. Der Kapitän war es, der mir wieder
Mut machte.« Jondris stand auf und schulterte den Korb. Mit
dem einen Arm war das schwierig. Birke half ihm wortlos und
hoffte, dass ihn das nicht störte. »Es wird kalt. Und die
Schweine haben gewiss Hunger. Lass uns zurückgehen«, sagte
er.

»Wie machte er dir Mut, dieser Kapitän?«, fragte sie.

»Er war ein wunderbarer Mann. Auch wenn er sich selbst
als Schmuggler und Gauner bezeichnete. Er kam aus Dänemark und hatte geholfen, verfolgte Juden nach Schweden zu
retten. Jetzt schmuggelte er Flüchtlinge von Ost nach West.
Und Medikamente und Lebensmittel. Er nannte sich Frederic,
aber eines Abends saßen wir zusammen und tranken etwas,

und da verriet er mir, dass er in Wirklichkeit Kjell hieß. Der Name seines Schiffes, *Fremtid*, war das dänische Wort für Zukunft. Ich beschloss, dies als ein gutes Omen zu nehmen. Ein Schiff, das Zukunft hieß, trug uns auf unser Ziel zu. Und Kjell erzählte mir, dass er sich nichts anderes wünschte, als dass der Krieg endlich vorüber sei und er mit seiner großen Liebe Myra ein ganz einfaches, bescheidenes Leben führen könnte. So, wie er von ihr sprach, wusste ich, das war die ganz große Liebe, für die man alles ertragen und bewältigen kann. Er wollte so wenig. Wir alle wollen so wenig. Warum ist das nicht möglich?« Es klang wie ein Aufschrei. »Ich hatte fast vergessen, dass es Dinge gab, für die sich das Leben lohnt. Ich will, dass Bene auch eines Tages ein solches Leuchten in den Augen hat, wenn er von jemandem spricht, und sich ein Leben vorstellen kann, auf das er sich so freut. Kjell machte mir wieder bewusst, wofür wir unterwegs waren. Ich hoffe von Herzen, dass er diesen Wahnsinn überlebt und sich sein Wunsch erfüllt.«

»Jedenfalls hast du Falks Wunsch erfüllt. Ihr seid bis hierher gekommen.«

»Ja. Und nun warten wir auf Falk. Nur komme ich mir dabei komplett nutzlos vor. Ich kann nicht einmal für Bene sorgen. Wenn du nicht wärst, deine Tante und dein Großvater …«

»Wenn du nicht wärst, müsste ich all diese Muscheln allein schleppen. Und Opa Prenderney ist glücklich, wenn du die Werkstatt in Schuss hältst. Was ist daran nutzlos? Die Hauptsache ist doch, Bene ist nicht allein.«

»Ja. Verzeih mir, ich wollte nicht jammern.«

»Du jammerst nicht. Aber ich wünschte, du würdest mir glauben, dass ich mich freue, dass ihr hier seid. Nicht nur wegen der Hilfe.«

Er sah sie zweifelnd an. »Es ist nett, dass du das sagst.«

In Birke regte sich Unmut. »Das ist nicht nett, das ist die Wahrheit! Du ahnst nicht, wie allein ich mich in letzter Zeit gefühlt habe. Tante Ida und Opa sind schwer in Ordnung, aber …«

Jetzt lächelte Jondris. Birke wünschte sich, sie würde dieses Lächeln öfter zu sehen bekommen. »Aber sie stehen nicht mehr am Anfang ihres Lebens. Sie wünschen sich nichts mehr von der Zukunft, außer in Frieden leben zu können. Bei dir ist das anders.«

»Ja, und das sollte es bei dir auch sein. Warum wünschst du dir nur Gutes für Bene? Was ist mit dir? Haben wir nicht nach allem, was wir erlitten haben, ein Recht darauf, zu leben und zu lieben?«, fragte Birke.

Jondris wandte sich ab. »Ich kann jetzt eben nur an Bene denken. Über mich kann ich mir erst Gedanken machen, wenn Falk zurück ist. Und falls er nicht wiederkommt, muss ich erst recht an Bene denken. Irgendwie muss ich einen Ort für ihn finden. Vielleicht hier, wenn Falk doch noch irgendwann kommt. Oder ich kehre, falls ein Wunder geschieht, nach Kriegsende mit dem Jungen zurück nach Trynogawies, wo er hingehört.«

Niedergeschlagenheit machte sich in Birke breit. Natürlich. Er hatte recht. Solange Falk nicht zurück war und Bene in seiner Obhut, würde für Jondris nichts anderes wichtig sein.

Sie wagte nicht, näher darüber nachzudenken, warum sie das so traurig machte.

Als sie sich dem Hof näherten, sahen sie zwei Frauen auf der Treppe sitzen. Sie sahen aus wie …

»Mutter!«, rief Birke verblüfft. Hatte Gisa nicht geschworen, ohne ihren geliebten Alrik nie wieder einen Fuß auf die Insel zu setzen? »Und Gertrud – bist du das?«

Gertrud stand auf. Sie sah nicht mehr aus wie die Gertrud, an die sich Birke erinnerte. Sie war dünn und blass, trug einen schmutzigen alten Mantel und hatte ihre Haare achtlos zurückgebunden. Aber ihre Stimme war fest.

»Es gab wieder einen Bombenangriff«, sagte sie. »Unser Haus ist nur noch Schutt. Als ich aus dem Keller kroch, wollte ich nach deiner Mutter sehen und fragen, ob ich bei ihr unterkommen kann. Doch von ihrer Wohnung war auch nichts übrig. Ich fand sie auf einem Trümmerhaufen sitzend, mit einer Wunde am Kopf und einem Korb auf dem Schoß. Sie sagte nur immer wieder: ›Der Rittmeister ist fortgegangen. Der Rittmeister ist fortgegangen.‹ Ich habe seitdem kein Wort mehr von ihr gehört. Da dachte ich, es wäre Zeit, sie nach Hause zu bringen.« Gertrud sah Birke halb geniert, halb herausfordernd an. »Ich weiß, du kannst mich nicht besonders leiden. Aber ich wäre dir dankbar, wenn auch ich vorerst hierbleiben könnte.«

Gisa sah zu Birke auf. Sie trug einen Verband um den Kopf und umklammerte noch immer ihren Korb. »Der Rittmeister ist fortgegangen«, sagte sie in einem eigenartigen Singsang.

»Alrik ist fortgegangen. Das Haus ist fort. Alles geht fort. Fort. Fort.«

Alles geht fort, hatte sie gesagt, nicht *alle gehen fort*. Es war, als wäre von ihrem Leben und ihrer Welt nur dieser kleine Korb übrig geblieben.

Birke begegnete dem hilflosen Blick ihrer Mutter und fragte sich, warum sie sich ihr ausgerechnet in diesem verzweifelten, bizarren Moment zum ersten Mal ganz nahe fühlte.

18

Zuckerguss

»Gisa! Endlich bist du zu Hause! Wie schön. All diese Zeit habe ich mir jeden Tag solche Sorgen um dich gemacht.« Ida kam hinter ihnen durch das Tor. Sie war im Dorf gewesen, Besorgungen machen. Jetzt stellte sie die Taschen ab und eilte auf ihre Schwester zu, um sie in die Arme zu schließen. Gisa umklammerte noch immer ihren Korb, aber als sie ihren Blick Ida zuwandte, kehrte zum ersten Mal ein vager Ausdruck in ihre Augen zurück.

»Zu Hause?«, fragte sie, als hätte sie dieses Wort noch nie gehört.

»Aber Gisa, natürlich bist du zu Hause. Weißt du nicht mehr? Auf Amrum warst du mit Alrik glücklich. Ich bin hier und deine Tochter auch. In diesem Haus wirst du zur Ruhe kommen, und bald wird es dir bessergehen. Komm rasch herein, ich mache dir warmen Tee. Du bist ja eiskalt.«

»Wir hatten keine wärmeren Sachen mehr«, sagte Gertrud entschuldigend. Ida reichte ihr die Hand. »Vielen lieben Dank, dass Sie meine Schwester hergebracht haben. Sie bleiben doch bei uns?«

»Wenn ich das vorerst darf, wäre ich sehr dankbar dafür.«

Birke beeilte sich, Gertrud vorzustellen. »Wir haben zusammen unsere Ausbildung gemacht. Aber Gertrud, du müsstest im Wohnzimmer auf dem Sofa schlafen. Meine Mutter kann meine Kammer bekommen, und ich schlafe auf dem Dachboden.«

»Das ist kein Problem. Klingt fast nach Luxus«, sagte Gertrud mit einem Anflug ihres alten spöttischen Lächelns.

Ida drückte Gisa sanft auf einen Stuhl am Küchentisch, nahm ihr behutsam den Korb ab und legte ihre kalten Hände um eine warme Tasse. Gisas Blick irrte in der Küche umher und wurde dann langsam klarer.

»Sieht aus wie früher«, sagte sie schließlich in einem fast normalen Tonfall, der Birke aufatmen ließ. »Hier ist alles noch ganz. Ich wusste nicht mehr, wo oben oder unten ist. Alles durcheinander. Alles kaputt. Aber hier stimmt alles.« Immer wieder sah Gisa von oben nach unten, von rechts nach links, wie um sich zu vergewissern, dass die Decke und der Boden und der Tisch noch da waren, wo sie hingehörten. Dann suchte sie Birkes Blick, und die Worte stolperten auf einmal übereinander, so drängten sie heraus. »Du hattest recht, Birke. Ich hätte schon früher hierherkommen sollen. Ich dachte, der Rittmeister passt auf mich auf. Aber nun kam er und hat gesagt, Gisa, hat er gesagt, ich gehe jetzt. Ich muss mich davonmachen, ehe mir hier alles um die Ohren fliegt. Leute wie ich werden hier bald unerwünscht sein. Sie werden uns alles in die Schuhe schieben und das Recht verdrehen. Ich gehe nach Südamerika. Willst du nicht mitkommen, Mädchen? Da habe ich ihm gesagt, ich bin kein Mädchen mehr, und ich gehe nirgendwohin. Dachte ich mir schon, hat er geantwortet, dann ist das hier mein Abschiedsgeschenk vom Schwarzmarkt, damit du es Weihnachten schön hast. Mach's gut, Mädchen, und danke für die schöne Zeit. Ich habe ihm hinterhergesehen, aber er hat sich nicht einmal mehr umgedreht und ist einfach um die Ecke verschwunden. Ganz lange stand ich da, weil ich nicht wusste, was ich tun sollte. Dann kam der Fliegeralarm, und wir mussten in den Keller. Hier, Ida, das kannst du sicher gut gebrauchen.« Sie schob Ida den Korb zu. Je länger sie gesprochen hatte, desto fester war ihre Stimme geworden.

Jondris war diskret verschwunden. »Kümmere du dich um deine Mutter, ich füttere die Schweine«, hatte er leise zu Birke gesagt.

Es war ein neues und gutes Gefühl, dass ihr jemand so selbstverständlich etwas abnahm.

Ida nahm das Tuch von dem Korb. »Oh, Gisa! Echter Kaffee. Und Kakao. Und jede Menge Zucker! Sogar Schokolade. Wie wunderbar. Das riecht nach Frieden und nach Weihnachten.«

»Da hat sich der Rittmeister ja doch noch einmal nützlich gemacht«, sagte Gertrud.

Birke fiel ein, wie Jondris von dem Plätzchenbacken auf Trynogawies erzählt hatte. War das nicht genau das, was sie jetzt alle brauchten? Sie sah sich um. Sah in das verstörte Gesicht ihrer Mutter, die aus ihrer Schockstarre gerade erst in die Wirklichkeit zurückfand. Sah die Erschöpfung in Gertruds Miene und die Sorgen in Idas, die noch immer nichts von ihrem Siegfried gehört hatte. Sie dachte an Leni und

Bene, denen man die Familie und die Heimat genommen hatte, und an die Zwillinge, die um den Vater bangten.

Ob sich Jondris wohl ungefähr an das Rezept erinnerte? Vielleicht konnte sie ihm und Bene eine Spur Trynogawies schenken, hier in der Küche vom Skeewacht Hüs, und dabei auch für alle anderen dem Krieg einen Friedensnachmittag stehlen, als wäre es ein ganz normales Weihnachten, nur kostbarer.

»Was um Himmels willen suchst du da?« Ida betrachtete erstaunt ihre Nichte, die mitten in der Nacht einen Küchenschrank ausräumte. »Ist es dir auf dem Dachboden doch zu kalt? Das hatte ich befürchtet.«

»Nein, nein. Ich habe es mir ganz gemütlich dort oben gemacht. Ich sehe nach, ob noch ein wenig Zimt da ist. An Zitronen ist ja nicht zu denken, aber Zimt würde schon helfen.«

Sie hatte beim besten Willen nicht schlafen können. Zu viel ging ihr durch den Kopf. Jondris, Bene, Gunne, Onkel Siegfried, die Kilians. Sie sehnte sich nach Ruhe in ihren Gedanken, nach einer kleinen Zufluchtsinsel. Wenn sie irgendwie allem zum Trotz eine Weihnachtsstimmung hinbekam, würde das helfen. Seit Jondris sich nach der Muschel gebückt hatte, die wie ein Engelsflügel aussah, spürte Birke diese Sehnsucht nach etwas Weihnachtlichem.

Sie hatte nicht erwartet, dass Jondris das Rezept für die Plätzchen überhaupt kannte, aber zu ihrer Überraschung hatte er gelächelt. »Ich kann es auswendig, das Rezept. Es verging kein Weihnachten, an dem ich nicht Katharinas Mutter geholfen habe, den Teig anzurühren. Ich habe ihr alles angereicht, und sie hat es in die Schüssel getan. Mein Ziel war natürlich, als Erster vom Teig naschen zu können.«

»Kannst du mir die Zutaten aufschreiben?«

»Gern, es geht übrigens auch ohne Zimt und Zitronen. Es gibt so eine Art Notvariante, die fast nur aus Mehl und Wasser besteht. Aber dann schmeckt es nicht richtig und riecht auch nicht so.«

Birke jedoch hatte sich in den Kopf gesetzt, dass diese Plätzchen wenigstens annähernd richtig schmecken und riechen sollten. Wenn nicht nach Trynogawies, dann auf jeden Fall nach Weihnachten.

»Zimt?« Tante Ida setzte ein spitzbübisches Lächeln auf. »Zitronen? Da suchst du an der falschen Stelle. Dafür habe ich meine Schatzkiste.« Sie ging an den Schrank mit den frischen Geschirrtüchern und zog hinter den Stapeln eine längliche Blechdose hervor. Sie öffnete den Deckel und hielt Birke die Dose unter die Nase. »Zimt und andere Gewürze aus Friedenszeiten. Daher schon ein bisschen älter, aber es ist noch eine Menge an Aroma übrig. Ich schnuppere manchmal daran, um mich an den Geschmack besserer Jahre zu erinnern.« Ja. Genauso roch es. Birke schloss die Augen und fühlte sich in Kindheitswinter zurückversetzt.

»Oh, Tante Ida, können wir von dem Zimt etwas für Weihnachtsplätzchen nehmen? Ganz sparsam.«

»Das hatte ich sowieso vor. Sehr gerne. Und hier ist auch noch geriebene, getrocknete Zitronenschale. Nicht so gut wie frische, aber doch ziemlich intensiv.«

Birke umarmte ihre Tante. »Du kannst zaubern, Tante Ida!«

Den Duft noch in der Nase, konnte Birke nun endlich einschlafen, auch wenn es auf dem Dachboden tatsächlich recht kalt war. Egal, wie viel Zeitungspapier sie in die Ritzen stopfte, irgendwo zog es immer durch.

Doch sie hoffte, Jondris wieder sein seltenes Lächeln zu entlocken, wenn es Plätzchen gab wie auf Trynogawies.

Birke machte ein Fest daraus. Sie bat Leni, kleine Einladungskärtchen zu malen.

Am Samstag vor dem ersten Advent war es noch schöner, als sie es sich vorgestellt hatte. Nicht nur Beeke und die Zwillinge waren gekommen, sogar Opa Prenderney hatte sich aus seinem Zimmer locken lassen. Das war nicht zuletzt Benes Verdienst, der behauptet hatte, »Opa, wenn Victoria aus dem Bild herauskommen könnte, würde sie jetzt auch mit in die Küche kommen zum Plätzchenbacken«.

Daher war die Küche unter dem Dach des alten Hofes, der viel erlebt hatte, so voll und warm wie schon oft zur Weihnachtszeit. Reden und Lachen mischten sich mit dem Duft nach Butter und Zitrone und Zimt. Es wurden Geschichten erzählt und Weihnachtslieder gesungen, es wurde sich freundschaftlich um Ausstechformen gezankt und scherzhaft tadelnd mit dem Nudelholz gefuchtelt.

Zum Glück hatten die Hennen in den letzten Tagen tatsächlich ein paar Eier gelegt, als wollten sie Anteil an dem kleinen Weihnachtswunder haben. Konzentriert sah Birke auf den Zettel, auf dem sie das Rezept notiert hatte. Das sorgfältig abgewogene Mehl war schon in der Schüssel, nun kamen die Eier. Als sie danach greifen wollte, berührte ihre Hand die von Jondris, der ihr das erste Ei gab. »Ich mache es wie früher bei Katharinas Mutter. Ich reiche dir alles an, wie du es brauchst.« Er begegnete ihrem Blick. Da war es, das Lächeln, nach dem sie sich gesehnt hatte!

Der Krieg blieb draußen, wich für diesen kostbaren Nachmittag irgendwo hinter den Horizont zurück. Hier innerhalb der alten Wände herrschte Frieden. Die Vorfreude auf Weihnachten war spürbar. Etwas Kostbares entstand zwischen ihnen, zerbrechlich und durchsichtig wie die Christbaumkugeln, die oben auf dem Dachboden warteten. Den Teig mit Jondris anzurühren war wie vierhändig Klavier spielen. Dieser Gedanke schoss Birke durch den Kopf und mit ihm auch Gunne, aber zum ersten Mal lag nicht nur Traurigkeit darin. Er war wie eine tröstliche Gegenwart, unsichtbar, warm und ermutigend. Gunne hätte Jondris gemocht, dachte Birke. Sie wusste nicht, warum sie sich da so sicher war, aber es fühlte sich gut an.

»So, nun darfst du probieren und mir sagen, ob er richtig schmeckt.« Sie schob Jondris die Schüssel hin. In der Küche war plötzlich Stille, während alle auf Jondris' Urteil warteten. Er kostete mit einem tiefernsten Gesichtsausdruck und reichte dann eine Kugel Teig an Bene weiter. »Was meinst du, Bene?« Auch Bene nahm sich Zeit, dann ging ein Strahlen über sein Gesicht. »Wie zu Hause! Genau wie zu Hause. Wenn Papa kommt, wird er staunen!«

Einen Augenblick fühlte sich die erwartungsvolle Stille anders an, die Angst und die Ratlosigkeit wollten von draußen mit der Dämmerung eindringen, doch Birke zog die Vorhänge zu und sperrte sie entschlossen aus. »Na, dann wollen wir mal den Teig ausrollen. Macht Platz auf dem Tisch!«

»Hier sind die Bleche. Legt die Plätzchen schön dicht aneinander, wenn ihr sie ausgestochen habt«, sagte Tante Ida. »Leni, Pinswin, Filine, jeder darf eine Kugel Teig naschen, aber der Rest ist für die Plätzchen, sonst reichen sie nicht bis Weihnachten.«

»Dürfen wir die denn schon vor Weihnachten essen?« Leni machte große Augen.

»An jedem Adventssonntag wird es für jeden ein Plätzchen geben«, sagte Tante Ida.

Birke war glücklich, dass ihr kleiner Plan und der Korb des Rittmeisters zusammen mit Tante Idas Schatzkiste nicht nur Jondris und Bene zum Lächeln, sondern auch die Augen der anderen Kinder zum Strahlen gebracht hatten.

Während die Plätzchen im Ofen goldbraun wurden, mahlte Jondris den Zucker in der Kaffeemühle, bis Puderzucker daraus wurde, und Birke rührte mit dem letzten Ei Zuckerguss an. Ein Schälchen davon färbte sie mit dem Kakao braun und ein anderes mit Rote-Bete-Saft leicht rosa. Selbst ein paar kleine Safranfäden hatten sich noch in der Schatzkiste gefunden, so dass es auch gelben Zuckerguss gab. Bene half Jondris, die Schokolade zu raspeln, weil das mit einer Hand schwierig war.

Inzwischen duftete das ganze Haus. Als es draußen dunkel wurde, saßen alle um den Tisch und bemalten die Plätzchen so eifrig und begeistert, als könnten sie damit das Leben selbst und ihre Welt wieder bunt machen, den Krieg mit dem Zuckerguss bedecken und für immer auslöschen.

»Schau mal, die Gans lacht«, sagte Filine und hielt ihr Werk hoch.

»Vorsicht, Filine, der Guss muss doch erst trocknen, der läuft sonst herunter!«

»Darf ich essen, was auf den Tisch kleckert?«

Immer wieder während dieses Nachmittags, der von mehr erwärmt wurde als nur vom Ofen, kam es vor, dass Birkes und Jondris' Blicke sich bei irgendeiner Bemerkung trafen. Inmitten all des Stimmengewirrs und Geschirrklapperns und Füßescharrens keimte zwischen ihnen ein stilles Einverständnis auf, das Birke tief und seltsam berührte. Unwillkürlich fasste sie an ihr Medaillon. War es das, was Frau Dr. Kilian gemeint hatte, als sie von der Beziehung zu ihrem Mann sprach und daran, dass Birke eines Tages verstehen würde, wie so etwas war?

Als die Plätzchen fertig und die letzten Tropfen Zuckerguss verbraucht waren, leerte sich die Küche nach und nach. Jondris winkte Birke von der Tür her zu und legte einen Finger auf die Lippen. »Sieh mal!«, flüsterte er.

Im Flur in einem Lehnsessel war Bene eingeschlafen, mit einem Plätzchen in der Hand und einem glückseligen Lächeln. Das Plätzchen war ein Engel, der auf einem weißen Gewand

Federn aus Schokoladenstreuseln trug und recht erstaunt in die Welt sah.

»Genau so sollte ein Kind aussehen«, flüsterte Jondris. »Danke, Birke!« Er legte einen Augenblick seine Hand auf ihre Schulter und zog sie dann hastig zurück.

Birke war glücklich und traurig zugleich. Sie konnte verstehen, dass Jondris im Augenblick an nichts und niemanden denken wollte als an Bene.

So würde es leider wohl auch bleiben, denn wenn man die Nachrichten im Radio hörte, die nur ein Bruchteil der Wahrheit offenbarten, wie Opa behauptete, dann glaubte Birke nicht wirklich daran, dass Falk zurückkehren würde.

Immerhin, sie hatten Plätzchen gebacken wie in Friedenszeiten. Vielleicht würde doch noch ein Wunder geschehen, und dann … Sie wusste auch nicht recht, was dann werden konnte. Sie wagte es nicht, darüber nachzudenken. Noch nicht.

»Ich trage ihn in die Hütte«, flüsterte Jondris.

»Ach was, nicht durch die Kälte! Wir decken ihn einfach zu. Lass ihn hier schlafen.«

Doch in diesem Augenblick regte sich Bene und schlug die Augen auf. »Oh, Birke! Beinahe hab ich's vergessen. Das hab ich vorhin bei Opa für dich gemalt.« Er zog einen zerknitterten Schnipsel vom Rand einer Zeitung aus seiner Tasche.

Drei Strichmännchen waren darauf, ein großes mit nur einem Arm, ein kleineres mit dunklen Haaren wie Birke und ein ganz kleines, das zwischen ihnen stand und beide an der Hand hielt. Rechts und links saß ein Kaninchen daneben. Dahinter stand eine Hütte, auf die Schnee fiel.

Birke umarmte Bene einen langen Moment, damit weder der Junge noch Jondris sahen, wie feucht ihre Augen waren.

»Ach, übrigens«, sagte Jondris, als er mit Bene draußen unter den Sternen stand. »Ich habe in der Werkstatt einen Korb mit Kiefernzapfen gefunden, die sicher jemand zum Verbrennen gesammelt hat. Aber ich habe eine kleine weihnachtliche Idee dazu. Wenn du morgen einmal Zeit hast herüberzukommen, würde ich dir gern etwas zeigen.«

Er bat sie von sich aus um ein Treffen!

»Das mache ich gerne! Bis morgen«, sagte Birke und hoffte, dass nicht zu viel Freude in ihrer Stimme durchklang.

Oben auf dem Dachboden faltete sie die Zeichnung ganz klein zusammen und verbarg sie in dem Medaillon, in der leeren Hälfte gegenüber dem Foto, das die beiden Kilians zeigte.

Bevor sie einschlief, sah sie, dass der Mond einen Lichtfinger durch die Vorhänge an der Dachluke geschmuggelt hatte. Er wanderte über die alten Dielen und streifte den Hocker neben Birkes Lager, auf dem das Medaillon lag.

Für einen Augenblick leuchtete der feine Schmetterling in der Silbergravur hell auf.

Rezept für
Marie Jäckischs Weihnachtsausstecher

Hierbei handelt es sich um ein einfaches Rezept, das auch in schlechten Zeiten gemacht werden kann und für das Backen mit Kindern gut geeignet ist.

Wer es probiert und sich daran hält, wird sicherlich feststellen, dass die Plätzchen dennoch weihnachtlich lecker sind.

250 g Zucker
500 g Mehl
1 Ei
250 g Butter
Saft und Schale von einer Zitrone
$^{1}/_{2}$ Teelöffel Zimt

Für den Zuckerguss:

2 Eiweiß
Saft von einer Zitrone
Puderzucker

Einen festen Teig kneten (noch etwas Mehl zugeben, wenn nötig). Diesen einige Zeit kalt stellen, dann ausrollen und ausstechen.

Gebacken werden die Plätzchen 10–15 Minuten bei 180–200 Grad (Umluft), bis sie schön goldbraun sind.

Inzwischen stellen wir den Zuckerguss her: 2 Eiweiß, Saft von einer Zitrone und so viel Puderzucker, dass eine streichfähige, dickflüssige Masse entsteht.

Von dem weißen Guss zweigen wir in einigen kleinen Schälchen etwas ab und färben ihn z.B. mit Kakao und Rote-Bete-Saft. Gehackte Nüsse, Schokostreusel und bunte Zuckerperlen sind auch hilfreich zum Verzieren. Wenn die gebackenen Gänse, Glocken, Sterne und Herzen so weit abgekühlt sind, dass man sie anfassen kann, aber möglichst noch warm, dürfen sich alle um den Tisch setzen. Jeder bekommt einen Teller als Unterlage und darf nun die Plätzchen bemalen, am besten mit Teelöffeln. So bekommen wir braune Katzen mit weißen Socken oder Streifen, weiße Gänse mit roten Füßen und bunten Flügeln, Sterne mit Gesichtern, flammende Herzen etc. Mit Zahnstochern kann man in dem aufgestrichenen Zuckerguss Konturen malen, so dass Federn, Flügel oder Flammen entstehen. Augen macht man mit Zuckerperlen oder Schokostreuseln.

Zum gründlichen Trocknen werden die Figuren auf Gittern oder Blechen ausgebreitet. Verunglückte oder zerbrochene Plätzchen dürfen aufgegessen werden. Die Schönsten werden verschenkt.

Zu beachten ist, dass die Plätzchen am besten schmecken, wenn sie ein oder zwei Wochen in einer Dose gelegen haben – und vorher nicht weggenascht wurden.

19

Ein Los

»Ich habe Frau Kilians Fotokiste mitgebracht«, sagte Birke, als Jondris auf ihr Klopfen hin öffnete. »Aber bitte zeige mir erst deine Idee!«

Jondris schloss rasch die Tür. Ein kalter Wind pfiff heute über die Insel. Birke sah sich um. »Hier ist es ja richtig warm und heimelig geworden.«

»Ja, ich konnte einiges abdichten. Ich habe auch aufgeräumt, geputzt und mich um das alte Werkzeug gekümmert. Geölt und so.«

»Oh, da wird sich Opa freuen. Heute spielt er übrigens kein Schach mit Bene. Sie üben rechnen und lesen. Weil er doch gerade nicht in die Schule geht. Ich hoffe, das ist dir recht?«

»Sehr recht. Ich bin wahnsinnig dankbar dafür. Leider eigne ich mich nur schlecht zum Lehrer.«

»Und was ist das?« Birke trat an eine Hobelbank, auf der sie etwas entdeckte, das einem Spielzeughaus aus Sperrholzplatten ähnelte. Oder jedenfalls dem Anfang davon.

Jondris blickte verlegen. »Ich muss mich beschäftigen. Wer nichts tut, kommt ins Grübeln. Das soll ein Modell von Trynogawies werden. Für Bene. Damit er später weiß, wo er herkommt und was für ein Gesicht seine Erinnerungen haben. Zum Glück hat er zwei geschickte kleine Hände und kann mir helfen und meine fehlende Hand ersetzen. Für ihn ist die Beschäftigung auch wichtig. Hier ist noch so viel Material und Farbe, da brauchen wir nur einen Bruchteil davon. Ist das in Ordnung?«

»Das ist wunderbar! Für genau so etwas hat Ilse die Werkstatt gebaut. Was für ein schönes Geschenk für Bene. Und du hast recht, es ist gut, etwas zu tun.«

»Genau. Für alle. Sieh mal.« Er zog einen Korb unter dem Tisch hervor und nahm einen Kiefernzapfen heraus. Er stellte einen davon aufrecht auf den Tisch und hielt eine der Muschelschalen daran. »Von diesen Schalen habe ich mit Bene inzwischen ganz viele gesammelt. Hilf mir, ich brauche eine zweite Hand.«

Birke hielt den anderen Flügel an den Zapfen und hätte die Hand vor Schreck fast wieder zurückgezogen. Es hatte sich einen Wimpernschlag lang angefühlt, als bilde der provisorische Engel eine spürbare Verbindung zwischen Jondris und ihr, obwohl sie sich gar nicht berührten.

Jondris musste es auch bemerkt haben, denn auch seine Hand zuckte. Sie sahen sich an. »Was für eine gute Idee«, sagte Birke schnell. »Mit Draht oder Leim an den Zapfen befestigen und dann noch einen Kopf, und wir haben wunderbare Weihnachtsengel.«

»Ja, ich dachte, die Kinder könnten sie basteln und dann überall an die Türen hängen, als kleine Geste der Hoffnung. Die Köpfe könnten wir aus halben Korken machen, davon gibt es hier noch einen Sack. Und Farbe für die Gesichter ist auch reichlich da.«

Sie konnte nicht anders, sie musste Jondris umarmen. Überrumpelt legte er die Muschel aus der Hand und erwiderte die Umarmung.

Lange war der Boden nicht mehr so fest unter Birkes Füßen gewesen. Doch als sie sich zurücklehnte und zu ihm aufblickte, sah sie die Verzweiflung in seinem Gesicht. »Nicht, Birke! Es macht alles noch schwieriger.«

Sie ließ ihn los. Zeit. Sie brauchten Zeit. Sie wollte jetzt auch nicht grübeln. Was brachte das?

Sie nahm den Zapfen wieder zur Hand. »Wann wollen wir die Engel basteln? Und wo, hier oder wieder in der Küche?«

»Besser hier, wo das Werkzeug ist. Das wird ein bisschen eng, aber es wird gehen. Nur wir und die Kinder, was meinst du?«

»Hört sich gut an. Am Samstag vor dem zweiten Advent?«

»Ja, so wollen wir es machen.«

Birke betrachtete die zarten weißen Muschelschalen, die sie in Flügel verwandeln würden. Viele Flügel für eine kleine helle Weihnachtsfreude in einer sehr dunklen Zeit. »Das ist verrückt. Verrückt schön.«

»Was meinst du?« Er trat neben sie, aber nicht zu dicht.

»Wenn der Himmel kaputt ist und Bomben daraus geworfen werden, müssen die Engel eben von unten kommen. Aus Meer und Sand. Von der Erde. Das ist wie …«

»Eine zweite Chance?«

»Ja. Vielleicht.«

Eine Weile standen sie da, jeder in seinen Gedanken versunken. Dann wandte sich Jondris um und griff in ein Regal.

»Birke, da ist noch was. Sieh mal, was ich gefunden habe!«
Er hielt ein Bündel metallisch klappernder länglicher Gegenstände hoch.

Birke machte große Augen. »Ach! Die Hackenreißer! Unsere alten Schlittschuhe!«

Er lachte auf. »Bei euch hießen sie auch Hackenreißer? Weil sie die Schuhe so oft kaputt machen, wenn man sie dranschraubt? Was haben wir deswegen für Ärger bekommen. Und sind trotzdem auf dem Eulenteich gelaufen, wann immer es möglich war. Sag, gibt es hier einen Teich?«

»Wir sind immer auf der Vogelkoje gelaufen. Aber das dauert noch ein paar Tage, bis sie zugefroren ist.«

»Vogelkoje?«

»Das ist eine alte Fanganlage für Wildenten. Ein künstlicher Teich mit vier Reusen an den Ecken. Mit zahmen Lockenten wurden die Wildenten hineingelockt. Der Fang ist vor fast zehn Jahren eingestellt worden.«

Er schwenkte die Schlittschuhe. »Ich habe sie von Rost befreit, geölt und geschliffen. Wenn deine Vogelkoje zugefroren ist, sagst du mir Bescheid? Ich glaube, das wäre was Großes für Bene, wenn wir zusammen dorthin gehen könnten.«

Für mich auch, dachte Birke. *Zusammen*, hatte er gesagt, und in seinen Augen leuchtete Vorfreude, ohne dass es ihm bewusst war.

Jondris legte die Schlittschuhe sorgfältig zurück ins Regal. »Da Bene noch nicht zurück ist, zeigst du mir die Fotos?« Er räumte ein paar Dinge vom Tisch. »Hier kannst du sie ausbreiten. Ich lege nur noch ein wenig Holz nach. Bene und ich

haben heute Morgen eine ganze Menge gefunden, am Strand.
Der Wind hat einiges angeweht.«

Es war wie am ersten Tag. So leicht, miteinander zu reden, nur
in der Gesellschaft des bullernden Ofens und der Petroleumlampe, fern von der Welt und allen anderen.

»Was für großartige Bilder. Hervorragende Belichtung
und immer wieder eine ungewöhnliche Perspektive, die eine
ganze Geschichte erzählt.« Bewundernd nahm Jondris Bild
für Bild zur Hand. Birke tat es gut. Es war, als würden die Kilians für diese Stunde wieder lebendig. Sie fing an zu erzählen,
was Frau Kilian sie gelehrt hatte und von all den Geschichten
aus fernen Ländern, die sie zusammen aufgeschrieben hatten.

Jondris ließ die Bilder sinken und hörte ihr zu. Sie redete
sich in Feuer, und als sie aufblickte, sah sie, dass er sie mit
einem halben Lächeln verständnisvoll betrachtete. »Du mein-
test es sehr ernst, als du sagtest, du könntest hier nicht bleiben, nicht wahr? Du möchtest mit ganzem Herzen an einen
dieser Orte, weit fort von hier. Ich glaube, du wirst es wahr-
machen. Weißt du schon, wohin du am liebsten gehen würdest?«

Im Moment nirgendwohin, dachte Birke. Am liebsten würde
ich für immer mit dir hier in dieser Hütte sitzen. Aber sie
wusste auch, dass das nicht auf Dauer so sein konnte. Die Bilder zu sehen und von Frau Kilians Abenteuern zu erzählen
machte ihr nur wieder deutlich, wie verzweifelt sie sich fort-
sehnte aus diesem zerbrochenen Land, in dem sie sich nicht
mehr zu Hause fühlte. Sie konnte hier nicht bleiben, auch

wenn es ihr unerklärlich war! Der Gedanke, nach allem, was geschehen war, hier ihr Leben zu verbringen, erschien ihr unerträglich.

Dennoch war sie verblüfft. »Komisch. Nein. Tatsächlich habe ich noch nie über einen konkreten Ort nachgedacht! Das liegt doch in weiter Ferne. Selbst wenn der Krieg zu Ende wäre und mich hier niemand mehr bräuchte, könnte ich mir niemals eine Reise leisten. Dazu kommt, ich wage mich seit dem Angriff auf kein Schiff mehr. Das ist Unsinn, aber ich kann nichts dagegen tun. Da komme ich ja nicht mal bis zum Festland. Was nützt da das Träumen?«

Jondris mischte die Bilder, legte sie zurück in die Kiste und schob sie ihr hin. »Zieh einfach eines. Wie man beim Spiel eine Karte zieht.«

»Oder bei einer Lotterie, meinst du?« Amüsiert schob sie eine Hand in die Kiste. »Dann wollen wir doch mal sehen, was mein Los ist.«

»Vielleicht ist es der Hauptgewinn.« Erwartungsvoll sah er sie an. »Wovor hast du Angst?«

»Ich habe keine Angst. Es ist ja nur ein Spiel.« Dennoch zögerte sie.

»Aus manchem Spiel wird Ernst.« Er zwinkerte ihr spitzbübisch zu.

Wie gern sie ihn hatte, wenn er so war! Wer hätte gedacht, dass so viel Schabernack in ihm steckte? Und doch wirkte er bei dieser Beleuchtung auch ein wenig geheimnisvoll, wie ein Wahrsager in einem Zirkuszelt.

»Also gut. Auf deine Verantwortung.« Sie atmete tief ein

und zog ein Bild heraus. Erstaunt betrachtete sie es. »Wie merkwürdig. Dieses habe ich noch nie gesehen! Und ich dachte, ich kenne die Bilder auswendig, so oft habe ich sie betrachtet, auch mit Opa.«

Er sah neugierig über ihre Schulter. »Vielleicht hat das an einem anderen Bild gehaftet, bis ich sie gemischt habe.«

Es war eine der wenigen Farbaufnahmen, zu warmen Pastelltönen verblichen.

Es zeigte ein kleines Haus unter Palmen, flach, mit einem grünen Dach und Wänden, die in einem warmen Gelb gestrichen waren. Die Fensterrahmen und die Tür waren blau. Büsche mit fremden violetten Blüten standen hier und da an den Ecken. Es gab eine große hölzerne Veranda mit einer Bank, die an Ketten hing, und einem weißen Schaukelstuhl.

Die Tür stand offen, als würde gleich jemand herauskommen.

»Schön. Schön bunt. Voller Lebensfreude. Kein schlechtes Los«, sagte Jondris. »Würde dir das gefallen? Wo das wohl ist?«

Birke starrte auf das Bild. Ihr war, als könnte sie dieses türkisfarbene Meer, von dem im Hintergrund gerade ein Streifen zu ahnen war, flüstern hören und einen warmen, langsamen Wind auf ihrer Haut spüren.

Sicher kam es ihr nur vertraut vor, weil Frau Kilian so oft von ihrem Lieblingsplatz auf der Palme erzählt hatte. Hier auf dem Bild wuchsen zwar einige Palmen etwas schief, aber es gab keinen Sitz darauf. Es war auch ein anderes Haus. Trotzdem konnte sie ihren Blick nicht von ihm lösen. Wer wohl darin wohnte? Genauso war es anscheinend Opa Prenderney mit dem Bild von Victoria und ihrem Haus gegangen. Jetzt verstand sie ihn besser.

Jondris sah sie an. »Es gefällt dir.« Sanft nahm er es aus ihrer Hand und drehte es um.

»*Eleuthera, 1931*«, las er. »Weißt du, wo das ist?«

»Nein. Frau Kilian hat es nicht erwähnt.«

»Warte. Ich mag ein schlechter Lehrer sein, aber ich habe ein kleines Lexikon mitgeschleppt, um Benes ständige Fragen wenigstens einigermaßen beantworten zu können.« Jondris wühlte in seinem Rucksack. Er legte das Buch auf den Tisch, um blättern zu können.

»Hier. Eleuthera gehört zu der Inselgruppe der Bahamas, das ist eine britische Kronkolonie und Teil der Westindischen Inseln. Subtropisches Klima. Die Jahresmitteltemperatur beträgt 26 Grad Celsius. Der Name ›Eleuthera‹ stammt von der weiblichen Form des griechischen Worts *eléutheros*, das bedeutet ›frei‹. Die Insel ist rund hundertachtzig Kilometer lang und an einigen Stellen weniger als einen Kilometer breit.«

Die große Muschel war von den Bahamas gewesen. Die mit dem Medaillon darin. Ob das ein Zeichen war?

»Eleuthera«, wiederholte Birke. »Das klingt wie Musik, findest du nicht?«

»Ja. Und ›frei‹ passt wunderbar. Birke, das ist ein sehr gutes Los.«

»Ja. Aber nur ein sinnloses Spiel.« Birke legte das Bild zurück in die Kiste und stülpte rasch den Deckel darüber.

Jondris nahm es wieder heraus und steckte es in ihre Manteltasche. »Gib ihm einen Ehrenplatz, wo du es sehen kannst. Es ist gut, wenn Träume ein Gesicht haben. Oder vielmehr, Hoffnungen. Und dieses Gesicht passt zu dir!«

»Ach, Jondris. Was soll das bringen?« Für einen Moment hatte ihr das Bild Mut gemacht, doch ebenso schnell verließ er sie wieder.

»Stell dir nur für einen Augenblick vor, du wärest dort. Was würdest du tun?«

Widerstrebend schloss Birke die Augen und versuchte, es sich auszumalen. »Ich würde versuchen, irgendwo eine Arbeit als Sekretärin zu finden, vielleicht in einem Hotel oder Geschäft, um davon zu leben. Und dann würde ich Bücher sammeln und eine kleine Bücherei aufmachen, möglichst auf Rädern, einen alten Bus oder so, und dafür sorgen, dass die richtigen Geschichten an die richtigen Menschen kommen. Frau Kilian hat mich gelehrt, was für eine Kraft Geschichten haben können. Und Opa auch, mit seiner Victoria, die ihn tröstet, obwohl sie nur eine Geschichte ist. Vielleicht würde ich sogar selbst Geschichten schreiben, noch mehr als nur die auf dem Dachboden …« Birke öffnete die Augen.

»Und, klingt das so unmöglich? Mir gefällt es. Sehr. Darf ich deine Geschichte mal lesen?«

»Sie ist noch nicht fertig.« Auf gar keinen Fall durfte er sie lesen! Der Held ihrer Geschichte war Jondris in letzter Zeit immer ähnlicher geworden. »Es ist viel zu weit weg, Jondris. Lass uns dieses Spiel beenden, ehe es zu sehr weh tut, den Traum loszulassen.«

Jetzt fasste er doch nach ihrer Hand. »Birke, in dieser

Werkstatt ist so viel gebaut worden. Warum nicht auch eine Zukunft, und wenn es zunächst nur in der Phantasie ist? Vielleicht zeigt dieses Bild *dein* glückliches Ende der Welt, was meinst du? Es gibt nicht nur eines davon. Für Falk liegt es hier. Für dich woanders. Du solltest an einen Ort gehen, den du so lieben kannst wie ich Trynogawies. Deine Frau Kilian hat dich doch gelehrt, die Welt als Ganzes zu sehen. Eines Tages wird man auf den Mond fliegen können. Warum soll es unmöglich für dich sein, auf eine Insel mit einem Namen wie Musik zu ziehen?«

»Auf den Mond? Glaubst du wirklich?« Dieser Gedanke brachte Birke völlig aus dem Konzept. Sie stellte sich vor, wie die Erde von da aus wohl aussehen würde. Alans Globus fiel ihr ein. Wo Alan jetzt wohl war? Es schien ein ganzes Leben her, seit sie bei ihm im *National Geographic* gelesen und die Orte auf seiner ramponierten Weltkugel gesucht hatte. Deutschland hatte eine Schramme gehabt, schon damals, die laut Alan bei seinem letzten Umzug entstanden war.

Fast wie eine Vorhersage.

Vielleicht war es beinahe unwichtig, an welchem Ort man auf der Erde war. Vom Mond aus würde alles winzig aussehen und ganz nahe beieinanderliegen.

Jondris nickte voller Überzeugung. »Der Mensch ist zu mehr Dingen fähig als nur zu Kriegen. Er hat schon so viel Wunderbares geschaffen, und er wird noch mehr schaffen. Verlier den Glauben nicht, Birke! Das heißt, ich würde dir gern helfen, ihn wiederzufinden.«

»Das sagst ausgerechnet du?« Kein Wunder, dass sie ihn so

216

sehr mochte. Da stand er, verletzt, heimatlos, mittellos, und glaubte an die Menschen, an das Leben und an sie.

»Ja, das sage ich! Wenn ich es nicht glauben würde, hätte ich die Verantwortung für Bene nie übernehmen können.«

»Und, würdest du mitkommen, an mein glückliches Ende der Welt? Oder wo ist deines?«

Er ließ die Schultern hängen. »Meines habe ich verloren. Ich weiß nicht, ob es für mich ein anderes gibt. Ich würde es versuchen, was bleibt mir übrig? Aber keinesfalls mit Bene. Ihn so weit fort in ein fremdes Land und eine noch ungewissere Zukunft als ohnehin schon mitzunehmen, nein, das kann ich nicht. Niemals.« Er zögerte und fügte leise hinzu: »Wenn Falk zurückkäme …«

Er ließ den Satz in der Luft hängen.

Draußen über dem Meer war ein Bomber zum Festland unterwegs. Das Brummen drang in die Hütte, und Birke spürte es unter ihren Füßen, als ein Zittern durch den Boden lief.

Sie war den Tränen nahe. Was fiel Jondris ein? Warum musste er so sein, dass sie nie wieder von ihm fortwollte? Er, der sie so ermutigte – würde gerade er es sein, der es ihr am Ende unmöglich machte, ihrem sehnsüchtigsten Wunsch zu folgen?

20

Engel im Sturm

Diesen Abend würde Birke nie vergessen. Der Atem der aufgeregten Kinder stand wie Pusteblumen aus Dampf vor ihren Mündern in der frostigen Luft. Endlich einmal waren sie wieder nur Kinder, wie sie es sein sollten. Sorgen, Ängste und Trauer waren für diese Stunde beinahe vergessen.

Als es ganz dunkel war, waren sie von der Hütte zu ihrem Rundgang durch den Ort aufgebrochen. Jeder Engel hatte ein Gesicht erhalten, sorgfältig mit feinen Pinseln aufgemalt. Auch ein Bändchen aus roter Wolle, die Birke aus einem kaputten Pullover aufgedröselt hatte. So hängten Leni und Bene, Filine und Pinswin unter Tuscheln und Kichern die Engel heimlich an die Türklinken. Dort schaukelten sie leise in dem stürmischen Wind, der zunehmend aufkam, die Flügel hell im Licht eines Dreiviertelmondes.

»Die werden sich aber alle freuen, nicht, Birke?«, sagte Bene, als sie wieder auf dem Hof ankamen, mit kalten Füßen und Händen und glühenden Wangen.

»Ganz bestimmt.«

Bene schob seine Hand in ihre und sah zu ihr auf. »Birke, wird es bei euch einen Weihnachtsbaum geben? Ich wünsche mir so sehr einen Weihnachtsbaum. Er muss auch gar nicht groß sein.«

Birke schluckte. »Ja. Ich verspreche es dir, Bene.«

An jenem Tag mochte sie nicht darüber nachdenken, wie ihr das gelingen sollte.

Zwei Tage später war die Vogelkoje zugefroren.

»Ich kann es noch!«, stellte Birke überrascht fest, nachdem sie mit vereinten Kräften die Kufen unter die Sohlen ihrer Stiefel geschraubt hatten. Tante Ida hatte für Bene und Jondris ein paar alte Schuhe im Keller aufgestöbert. An den durchgelaufenen Sohlen, die eine Flucht durchlebt hatten, hätte man nichts mehr anschrauben können.

»Eine Sünde, diese herrlich warmen, guten Stiefel zu beschädigen«, sagte Jondris.

»Aber auch, es nicht zu tun. Lass uns leben, Jondris«, sagte Birke heftig. »An diesem Morgen einfach einmal leben, als wäre es normal!«

»Es ist nicht einfach, und es war mal normal«, sagte Jondris leise.

»Für uns heute ist es ein Geschenk.« Entschlossen nahm Birke Bene bei der Hand und lief los, weit hinaus auf die funkelnde Eisfläche. Bene juchzte auf. »Schneller, Birke!«

»He, wartet auf mich!« Jondris beeilte sich hinterherzukommen, kam ins Straucheln und vollführte eine so hinreißend komische Pirouette, dass Birke und Bene hellauf lachten.

Der Morgen war wie gemacht für die drei. Wie auf Benes Zeichnung, dachte Birke. Das Eis lag weißsilbern wie ein verzauberter Spiegel da und sandte unter ihren Schritten dunkle, geheimnisvolle Töne aus, die sich mit dem Kratzen und Knirschen der Kufen und dem Flüstern des Winterwindes im alten Schilf zu einer eigenartig lockenden Musik vereinigten.

Für einen Augenblick blieb Birke stehen, da sie zu hören meinte, wie einige Klaviertöne aus der Ferne herüberwehten. Doch es war nur die Ferne der Jahre. Die Traurigkeit war ein kurzer Anflug, dann lächelte Birke wieder. Ich weiß, dass du hier bist Gunne, dachte sie. Du bist gern hier gelaufen, obwohl dein geheimer Albtraum war, im Eis einzubrechen. Danke für deinen Segen, lieber Freund!

Jondris hatte sie eingeholt und nahm Benes andere Hand.

»Früher war dies ein Ort, an dem Hunderttausende Wildenten in die tödliche Falle gingen«, sagte Birke. »Und jetzt ist es so friedlich hier, so leuchtend. Ob so eine Wandlung auch im Großen geschehen kann?«

»Das glückliche Ende der Welt …«, murmelte Jondris. »Heute weiß ich, was Falk gemeint hat. Hier ist etwas Besonderes zu spüren. Viellicht kann man mehr in diesen alten Reusen an den Teichecken fangen als nur Enten. Möglichkeiten. Hoffnung. Den Beginn neuer Wege.«

»Papa wird mit uns laufen, wenn er kommt«, sagte Bene. »Hoffentlich ist dann das Eis noch da.«

Birke und Jondris vermieden es, einen Blick zu wechseln.

»Jetzt zeige ich dir, wie man rückwärts läuft«, sagte Jondris entschlossen zu Bene und fiel prompt auf den Hosenboden.

Sie lachten viel an diesem blauglänzenden Tag, an dem weiße Spitze jeden Halm und Zweig säumte und die Stimme der Glocke Inna von St. Clemens besonders klar herüberklang, als wollte sie sagen: Willkommen, ihr Fremden, hier ist ein Ort für euch.

Ob es jemals wieder einen solchen Tag geben würde, an dem Bene, Jondris und sie so fest und frei zugleich zusammengehörten, wusste Birke nicht, aber eines war gewiss: Diese Stunden würden für immer eine der schönsten und kostbarsten Geschichten in ihrer Erinnerungsschatzkiste sein, die sie sich im Geiste nach Frau Kilians Vorbild angelegt hatte.

Das Eis hielt nicht. Bald gab es Tauwetter, und die weiße Spitze wurde zu zitternden blitzenden Tropfen an den Halmen des Strandhafers. Auch im Dorf gab es Tauwetter, denn es sprach sich herum, woher die Engel rührten. Birke und den Kindern wurde ein Lächeln zuteil, wenn man sich begegnete, und nach der Herkunft der Fremden wurde nicht länger gefragt.

Kalt wurde es in den alten Häusern trotzdem, während der Winter sich zunehmend darin einrichtete. Tede, Birke und Jondris gesellten sich zu jenen, die nachts heimlich aus der längst verfallenen Seebrücke in Norddorf Bretter zum Heizen sägten und bei günstigem Wind am Strand auf Treibholz warteten.

»Da! Da kommt ein ganzer Balken!« Jondris zog beherzt die Schuhe aus und watete ins eisige Wasser.

»Eigentlich gehört alles, was über einen Meter lang ist, dem Strandvogt«, sagte Birke, als er mit seiner Beute stolz aus den Wellen stieg. »Aber seit Krieg ist, nimmt das keiner mehr so genau. Früher übrigens auch nicht. Ich hab dir ja erzählt, unter unseren Vorfahren waren jede Menge Strandräuber. Das ging nicht anders, wenn man überleben wollte.«

»Na, das gilt heute wieder. Auf die Strandräuberei«, sagte Jondris. »Hilf mir, das Ding auf die Schulter zu nehmen.« Manchmal war er mit der einfachen Prothese überraschend geschickt, aber für so etwas taugte sie nicht.

In einer anderen mondhellen Nacht saßen sie auf den übriggebliebenen Balken der Seebrücke, die wie die Knochen eines Seeungeheuers aus dem Wasser ragten, und angelten nach Schollen. Wie seltsam, flog es einmal durch Birkes Kopf, wenn kein Krieg gekommen wäre, hätte ich Jondris nie kennengelernt. Wir wären uns niemals begegnet. Das macht den Krieg um nichts besser, und doch ist es gut, dass es passiert ist.

Es war auch schön, mit Jondris zu schweigen. Birke blickte verstohlen zu ihm hinüber, während er völlig ruhig auf dem morschen, wackeligen Holzbalken hockte und die Leine einem Faden der Zuversicht gleich ins Wasser hielt. Die nasse Schnur glänzte silbern im Mondlicht. Als ob er uns eine Zukunft daraus knüpfen könnte, so wirkt es, dachte Birke, wie ein Druide aus einer längst vergessenen Zeit, der einen Zauber auswirft, um ihn über uns zu legen.

Vielleicht war es wirklich so, vielleicht war einer der fernen Vorfahren aus Jondris' östlicher Heimat mit einer solchen Begabung gesegnet gewesen. Jedenfalls gab es noch mehr dieser verzauberten Stunden, unendlich kostbar angesichts der Ungewissheiten, die sie umgab wie eine drohende Sturmflut, die nicht einzuschätzen war. Die Zeit wurde seltsam unberechenbar. Mal verflogen zwei Stunden wie Minuten. Dann wieder war es umgekehrt, und in eine einzige Minute passte so viel hinein, dass es keine Worte dafür gab.

Bene war gern und oft bei Opa Prenderney, so dass Birke und Jondris viel miteinander allein waren. Sie half ihm, das Modell von Trynogawies fertigzustellen. Aus getrockneter Flechte wurden Wälder, aus Moos Wiesen, aus Rinde Dachschindeln. Bald fühlte sie sich selbst fast dort zu Hause, kannte jeden Winkel.

Einmal blickte sie auf und bemerkte, dass Jondris sie eindringlich ansah. »Birke, wenn der unwahrscheinliche Fall eintritt, dass Bene und ich eines Tages doch nach Trynogawies zurückkehren können. Wenn sich das Blatt wendet und es irgendwie versöhnlich für Ostpreußen ausgeht. Wenn das Gut dann noch stünde. Was wäre dann? Könntest du dir vorstellen, mit uns zu kommen und es dir anzusehen? Ich weiß, es zieht dich in viel weitere Ferne, fort von allen Spuren dieses unseligen Krieges. Aber würdest du versuchen, wie es sich für dich anfühlt?«

Eine Springflut von Glückseligkeit durchlief Birke, so unerwartet war das. Sie bemühte sich, Ruhe zu bewahren.

»Warum, Jondris?«, fragte sie und hielt seinem Blick stand.

»Weil … ach, Himmel, Birke, das weißt du ganz genau.«

»Sag es mir.«

»Es ist unvernünftig! Unverantwortlich in dieser Situation.« Er klang so gequält, dass sie fast gelächelt hätte.

»Sag es. Zum Teufel mit der Vernunft!« Jetzt war es unvermutete Wut, die sie erfüllte. Sie wollte nicht wieder wie bei Gunne das Gute versäumen. Sein Tod sollte nicht umsonst gewesen sein! Er hatte ihr gezeigt, dass man am Glück nicht vorbeilaufen darf.

Sie wollte nicht wie Opa am Lebensende ein Spiel mit dem Bild einer Fremden spielen müssen, jedoch ohne vorher jemals glücklich gewesen zu sein, wie er mit seiner Ilse. Sie wollte mit Jondris zusammen sein und nicht nur mit dem Schatten von Gunne in den Sommerhimbeeren alt werden. Sie wollte eine Liebe, wie die Kilians sie gehabt hatten, groß wie die Welt und unvergänglich.

»Warum nicht, Jondris?«, sagte sie, als er die Worte nicht loslassen wollte.

»Weil es die falsche Zeit ist.«

»Gibt es noch eine richtige?«

»Außerdem bin ich nutzlos«, sagte er und hob die Prothese.

»Ich wollte dich nicht nutzen«, sagte Birke empört. »Außerdem sitzt das, was man an einem Menschen liebt, meistens nicht im Unterarm.«

Sprachlos starrte er sie an. »Du hast recht«, sagte er schließlich. »Zum Teufel mit der Vernunft! Wahrscheinlich holt der uns alle sowieso noch, dann ist sie eben vor uns bei ihm.« Er machte zwei Schritte auf sie zu und brachte die hölzernen Kühe vor dem Gutshaus von Trynogawies fast aus dem Gleichgewicht, als er sie in die Arme nahm und endlich küsste.

»Mit dem Segen von Alma und Gunne«, flüsterte er in ihr Haar.

Lange Zeit später stellten sie fest, dass es die Insel außerhalb der Hütte noch gab und den Tag auch, der hell und mild war. Von Bene war nichts zu sehen.

»Komm«, sagte Jondris und nahm Birke bei der Hand.«

»Wohin gehen wir?« Sie lächelte. Seit wann war er so stürmisch? Ihr war es egal, wohin sie gingen, heute war der Himmel heil, und keine Bombe konnte ihr etwas anhaben.

»Du wirst schon sehen. Wir müssen es ausnutzen, solange die Vernunft noch beim Teufel ist. Wer weiß, wann sie zurückkommt. Er will sie bestimmt nicht behalten.«

Sein Ziel war der Hafen. Er zog sie auf einen Steg hinaus. »Das Ruderboot da. Es heißt *Ilse*. Ist das euers?«

»Das ist unser alter Kahn. Ja. Der hätte eigentlich eingewintert werden müssen. Ich staune, dass der noch schwimmt. Er ist Tedes ganzer Stolz. Ich glaube, er hält es für ein potenticlles Kriegsschiff, mit dem er alle Feinde allein in die Flucht schlagen wird. Das heißt, inzwischen nicht mehr. Er ist zu schnell erwachsen geworden.«

Jondris drückte sie an sich. »Ich weiß. Er ist nicht der Einzige. So viele verlorene Kindheiten und Jugendzeiten! Aber heute ist kein Tag zum Trauern. Komm.« Er sprang in das Boot hinunter, das gefährlich schwankte. »Es ist auflaufende Flut, wir werden nicht auf See hinausgezogen.« Er streckte ihr seine Hand hin.

»Das weiß ich. Ich bin hier aufgewachsen. Was soll das

jetzt?« Sie starrte auf das schwankende Boot, auf die Wellen rundum, blickte zum leeren, schweigenden Himmel auf.

»Wir fahren nur Boot. Es ist kein Schiff, vor dem du dich so fürchtest, aber es ist derselbe Himmel. Vertrau mir, ich nehme dir deine Angst, eines zu besteigen! Hier und heute. Falls das nicht klappt mit der Rückkehr nach Trynogawies. Falls du auf deine ferne subtropische Insel möchtest mit dem Namen wie Musik und Wasser wie ein Türkis. Komm mit!«

»Eleuthera«, sagte sie vor sich hin. »Würdest du dann dorthin mitkommen?«

Er schwieg. »Wir haben darüber gesprochen. Nicht mit Bene«, sagte er dann.

Mit zusammengebissenen Zähnen kletterte sie in das zweifelhafte Gefährt. »Du musst eines der Ruder nehmen«, sagte er und grinste sie spitzbübisch an. »Mit einer Hand ist es schwer, Kavalier zu sein.«

»Ich will keinen Kavalier. Ich will einen Gefährten. Auf Augenhöhe.«

»Dann musst du dich zu mir setzen. Sonst wird das nichts mit der Augenhöhe.«

Die Vorstellung schnürte ihr die Kehle zu. Fast hörte sie das Zischen der herannahenden Bombe, spürte den scharfen Schmerz und den Geruch nach Schwefel, hörte wieder, wie Gunnes Sarg barst. Aber sie wollte Jondris nicht enttäuschen. Zu gerührt war sie, dass er dies für sie tat! Entschlossen ließ sie sich auf der feuchten Bank nieder und griff nach dem Ruder.

Und mit jedem Schlag, den sie zusammen im selben Rhythmus taten, nachdem sie ihn gefunden hatten, blieb etwas von ihrer Angst im grauen Wasser zurück, schäumte weiß mit den Wellen auf und versank darin, weit fortgespült. Mit jedem Auf und Ab der Ruder bekam das Dasein für Birke wieder einen Takt, einen Herzschlag. Der Himmel über Amrum heilte davon nicht, doch sie konnte ihm wieder begegnen.

21

Überraschungen

Am Abend jenes denkwürdigen Tages pfiff der Wind immer lauter um den First. Auf dem Dachboden zog Birke über einer Jacke und zwei Pullovern ihre Decke eng um sich, während sie an ihrer Schreibmaschine saß. An Gunne zu schreiben, auch wenn er die Briefe nicht mehr lesen konnte, war ihr zu einer lieben Gewohnheit geworden. Es fühlte sich ohnehin an, als ob er hinter ihr stand und mitlas, so wie einst Herrn Kilians stumme Gegenwart.

Neben Nirina stand der letzte Engel, den Bene für Birke aufgehoben hatte, und sah sie nachdenklich an.

Das Klappern von Nirinas Hebeln war ein so beruhigendes Geräusch. Mit den silbernen, abgenutzten Hämmerchen nagelte Birke ihre Gedanken auf das Papier, damit sie ihr nicht verlorengingen und sich, wenn möglich, zu etwas Sinnvollem ordneten.

Gunne, du dachtest, ich liebe dich nicht, aber es gibt so viele Arten von Liebe! Ich vermisse dich auf allen Wegen, es ist, als ob du stets gleich hinter mir gehst. Ich finde dich im Duft warmer Heide und ebenso im Schnee.

Das Wort Liebe ist viel größer, als wir es gemeinhin gebrauchen, sagte Frau Kilian. Eine Liebe wie diese neue und unerwartete zu Jon-

228

dris habe ich mir niemals vorstellen können. Sie scheint alles möglich zu machen in einer Welt, die unmöglich geworden ist. Diese Liebe ist hell im Dunkeln und warm in der Kälte. Ich spüre, du freust dich für mich. Du hast dir gewünscht, dass ich glücklich werde. Und doch habe ich entsetzliche Angst, Jondris zu lieben, denn wenn es schon so weh tut, dass du nicht mehr da bist, was geschieht dann, wenn ich Jondris verliere?

Doch ich kann nicht anders. Du hast mich immer gefragt, was ich denke, was ich fühle. Dies aber ist eine Liebe, die nicht fragt! Wenn ich mit Jondris zusammen bin, entsteht tief in mir ein sicherer Ort, ein Trynogawies vor dem Krieg, ein Palmensitz oder ein Ziegenzelt wie bei den Kilians. Ein runder, glücklicher Ort, dem nichts von außen etwas anhaben kann, nicht einmal die Zeit. War es das, was die Kilians hatten? Ich glaube wohl. Das meinte sie in ihrem Brief, als sie mir das Medaillon schenkte. Kein Krieg kommt dorthin. Dieser innere gemeinsame Ort ist wie eine Muschel, rund wie die Perle mit der Regenbogensonne, die du mir in mein Leben wünschtest. Wie die Musik, die du damals über das Feld geschickt hast.

Jetzt erst weiß ich genau, was du den Menschen mit deiner Musik geben wolltest. Für wenigstens die Dauer einer Melodie die Ahnung von dem, was die Kilians fühlten und was ich jetzt erlebe. Da fehlt nichts, das geht nicht besser, alles ergibt einen Sinn, den nichts und niemand beschädigen kann.

Das ist allen Schmerz wert, sagte Frau Kilian. Jetzt weiß ich, was sie meinte. Es ist eine Wahrheit ohne Zweifel. Das macht frei und leicht. Und es macht Angst, weil es so groß ist und so erschütternd unendlich und endlich zugleich.

Lieber Gunne, ich weiß genau, wie du jetzt lächelst und sagst: Los,

Birke, nimm allen Mut zusammen wie damals auf dem Schlitten. Vielleicht kippst du um, fliegst aus der Kurve, aber auch das hat sich gelohnt, nicht wahr?

Birke drehte das Blatt Papier aus der Schreibmaschine, faltete es zusammen und legte es in die Schachtel, in der sie ihre Briefe an Gunne sammelte.

Vielleicht wurde auch daraus einmal eine Geschichte, eine, die Gunne und die Botschaft seiner Musik, welche niemand außer ihr gehört hatte, doch noch anderen Menschen nahebrachte.

Am Tag vor dem dritten Advent wanderten Jondris und Birke am Strand entlang. Es war schon beinahe dunkel, ein milder, fast windstiller Abend.

Auch die beiden Menschen, die sich klein fühlten allein auf der weiten Sandfläche, waren still. Sie hielten sich fest bei der Hand, dabei hing jeder seinen Gedanken nach, bis Jondris stolperte. Sein Fuß hatte sich an etwas verfangen.

»Treibholz. Trockenes. Der Sand hat es freigegeben«, stellte er fest.

Birke bückte sich, um es mitzunehmen, doch er legte seine Hand auf ihren Arm.

»Ich weiß, Holz ist kostbar, aber lass uns noch einmal unvernünftig sein«, bat er. »Lass uns ein kleines Lagerfeuer machen. Noch ein Licht in diesem Jahr anzünden, in dem so viel geschehen ist und das bald vorbei ist. Das haben wir früher auf Trynogawies auch so gemacht.«

»Aber hier ist nicht Trynogawies.« Bei allem Verständnis für seine leidenschaftliche Liebe zu seiner Heimat kam eine Art Eifersucht in Birke auf.

»Nein. Doch ich fange an zu glauben, dass ich mit dir überall zu Hause sein könnte und es außer Trynogawies vielleicht doch noch ein anderes glückliches Ende der Welt auch für mich gibt. Darum möchte ich ja mit dir ein Licht entfachen! Ich habe sogar Streichhölzer in der Tasche.«

»Ich habe mich entschlossen, mit dir zusammen hier auf Falk zu warten«, sagte Birke, als sie aneinandergeschmiegt der tanzenden Flamme zusahen, die den Sand hell machte und Schatten wie Kaninchen über die Dünen huschen ließ. »Egal, wie lange es dauert.«

Er setzte sich auf. »Birke, das ist großartig von dir, aber das geht nicht. Ich spüre, dass du hier nie wieder glücklich werden kannst. Ich möchte dich nicht an einem Ort festhalten, der dich traurig macht!«

»Seit der Fahrt im Ruderboot ist es leichter für mich geworden. Außerdem werde ich es mir nie leisten können auszuwandern.«

»Trotzdem. Du würdest ausschließlich meinetwegen bleiben, aber das allein genügt nicht. Wir sind beide alt genug, um das zu wissen!«

»Aber alles, was noch dazugehört, schaffen wir auch! Wir haben schon so viel bewältigt. Wir haben bis jetzt einen Krieg überlebt, Verletzungen, Verluste, Trauer. Warum sollte uns das nicht auch gelingen, Jondris? Wir haben uns gefunden. Warum sollten wir uns wieder verlieren?«

»Manchmal ist es eben so. Man verliert, was einem am meisten am Herzen liegt. Und doch bleibt es in diesem Herzen für immer.«

»Aber wenn Falk doch zurückkäme …«

»Wenn Falk zurückkehrt und es kein Zurück nach Trynogawies gibt, dann werde ich eines Tages mit dir auf dem fernen Eleuthera ein Feuer wie dieses anzünden. Das ist ein Versprechen.« Er warf einen krummen Ast in das kleine Feuer, das dankbar aufloderte, und küsste sie.

Birke beschloss, nur noch Momente wie diesen in Erinnerung zu behalten, die so unvermutet hell waren inmitten all der Sorgen und Geschehnisse. Ein Weihnachtsgeschenk, jeder einzelne davon.

Mit einer dunkelblauen Schleife darum, dachte sie, als sie in den Himmel aufsah. Nachts schien er weniger bedrohlich.

Ein leiser Wind erwachte irgendwo, strich über die Dünen, wie um nachzusehen, was da flackerte, und wirbelte dabei Ascheflocken in den Himmel.

»Die hat Alma immer Seelenfalter genannt«, sagte Jondris. »Weil sie wie Nachtfalter auffliegen. Sie nehmen die Gedanken mit in die Höhe, die man ins Feuer geträumt hat, so dass sie auf dem Wind reisen können, ebenso vergänglich wie die Asche. Niemand weiß, wo diese Ascheflocken bleiben, doch sie tragen die Erinnerungen und die Wünsche hinauf in den Himmel.«

»Das gefällt mir«, sagte Birke. »Ich hätte sie gern kennengelernt, deine Alma, die auf dem Kopf im Fluss stand, umgekehrte Schneemänner baute und solche Dinge sagte.« Sie stocherte mit einem Ast im zusammenfallenden Feuer, um noch mehr Flocken auf die Reise zu schicken.

»Und ich deinen Gunne und seine Musik.«

Jeder im Schutz der Wärme des anderen sahen sie zu, wie die letzten Funken allmählich im Sand verglühten, zusammen mit dem Rest des Tages am Horizont. »Am liebsten würde ich hier mit dir sitzen bleiben, bis die Sonne wieder aufgeht«, sagte Birke.

Er stand auf und zog sie hoch. Sorgfältig löschte er die Feuerstelle mit Sand. »Es ist viel zu kalt. Aber ich sag dir was: Wir treffen uns rechtzeitig zum Sonnenaufgang wieder am Strand.«

»Und Bene?«

»Der schläft heute bei euch im Skeewacht Hüs. Gertrud liest ihm ein Buch vor.«

Zu Birkes Verblüffung war aus der vergnügungssüchtigen, oberflächlichen Gertrud ein praktischer, umsichtiger Mensch geworden. Von ihrer Schwärmerei für den Führer war nichts mehr übrig. »Der Kläffer«, sagte sie abfällig. »Wie er uns alle hinters Licht geführt hat. Das passiert mir nicht noch mal.« Diese neue Gertrud packte überall mit an und war so patent, dass Birke noch mehr Zeit für Jondris, Bene und das Schreiben auf Nirina hatte. Ihre Geschichte war fast fertig. Sie erzählte von dieser irren Zeit und wie es war, in ihr zu überleben, zu trauern, zu hoffen und zu lieben.

Vielleicht würde es die Menschen einmal interessieren, irgendwann in weiter Ferne, wenn es keine Trümmer mehr gab, keinen Hunger und keine Angst vor dem Tod von oben.

Zu Hause im Flur wartete ein dicker, schwerer Umschlag auf Birke. »Das hat jemand für dich abgegeben«, sagte Tante Ida. »Er kam mit der Fähre und fuhr mit der nächsten wieder ab. Er wollte seinen Namen nicht sagen und meinte nur, sein Auftraggeber hätte den Inhalt nicht der Post anvertrauen wollen.«

Wer sollte ihr denn schreiben? Nein, es fühlte sich an wie ein Gegenstand in dem Umschlag. Ein Buch? Außer »*An Fräulein Birke Rossmonith. Persönlich*« stand nichts darauf.

Sie nahm das Päckchen mit auf den Dachboden und wickelte sich in ihre Decken, bevor sie vorsichtig das Papier aufschnitt.

Ein großformatiges Buch rutschte heraus und lag wie ein Bote aus einer anderen, friedlichen Welt auf ihrem Schoß, fremd und vertraut zugleich.

The Places of our Soul lautete der Titel, der in dezenten Blauschattierungen auf dem Buchumschlag prangte.

Das Bild war eines, das Birke kannte. Ein dunkelblauer Himmel, an dem der Anfang eines Tages gerade zu ahnen war, mit den letzten Sternen und einer Mondsichel darin. Es war aus einem Zelt aus Ziegenfell heraus fotografiert, dessen Eingang dem Bild einen Rahmen gab.

Ganz unten standen zwei Namen: *By Anne Kilian and Birke Rossmonith*

Fassungslos starrte Birke darauf. Es musste sich um einen Fehler handeln! Wie furchtbar. Womöglich hatte Frau Dr. Kilian erwähnt, dass Birke die Übersetzerin der Texte war, und der Verlag hatte es missverstanden. Sie musste das sofort aufklären. Es würde den Verlag sicherlich Unsummen kosten, das zu berichtigen. Hoffentlich war es nur ein Probeexemplar und noch nicht in größerer Menge gedruckt worden!

Wie hätte sie sich gefreut, das fertige Buch in den Händen zu halten, wenn nur dieser peinliche Fehler nicht wäre.

Sie schlug es auf, sah die vertrauten Titel der Kapitel, sah die Fotografien, die sie mit ausgewählt hatte und die in hervorragender Qualität wunderbar zur Geltung kamen. Sie begegnete Sätzen, die sie formuliert hatte, Absätze, die sie auf ihren Vorschlag hin ausgetauscht oder eingefügt hatten. Der Anblick jeden Satzes war wie ein Wiedersehen mit einem alten Freund. Im Inhaltsverzeichnis entdeckte sie, dass Frau Dr. Kilian genau diejenige Reihenfolge der einzelnen Geschichten beibehalten hatte, die einem letzten Änderungsvorschlag Birkes entsprach.

Erst jetzt bemerkte sie, dass hinter den ersten Seiten ein Brief steckte. Er war mit Schreibmaschine geschrieben. Mit einer, deren o keine Löcher in das Papier stanzte.

Sehr geehrtes Fräulein Rossmonith!
Wir waren sehr erfreut, dass Frau Dr. Kilian uns ihr Manuskript anvertraut hat. Die wunderbaren Werke ihres Mannes waren uns bekannt. Die Qualität dieser Bilder und der Texte war eine freudige Überraschung für uns. Daher haben wir andere Bände zurückgestellt und die Veröffentlichung dieses Bandes vorgezogen. Mit Bedauern erfuhren wir inzwischen vom Tode Frau Dr. Kilians. Sie hat uns zuvor in ihrem Anschreiben mitgeteilt, dass sie Sie als vollwertige Coautorin betrachtet, da Sie die Texte formuliert, bereichert, geordnet, übersetzt und zudem bei der Auswahl der Bilder mitgewirkt haben. Somit sind

Sie nun die alleinige Rechtsnachfolgerin in allen Belangen, die dieses Buch angehen. Hier Ihr erstes Belegexemplar. Bei Fragen wenden wir uns an Sie. Erste Tantiemen erhalten sie in sechs Monaten oder wenn sich die politische Lage entspannt hat.

Da uns Ihr Name nicht nur durch dieses Manuskript bekannt ist, sondern auch einer unserer geschätzten Lektoren, Mr. Alan Joyner, sich für Sie ausgesprochen hat, möchten wir Ihnen zudem eine zukünftige Zusammenarbeit anbieten. Sollten Sie ein weiteres Manuskript fertiggestellt haben oder fertigstellen, würden wir uns freuen, es prüfen zu dürfen.

Mit freundlichen Grüßen,
Jeremy Antler

Birke schlief nicht in dieser Nacht. Ungläubige Aufregung prickelte in ihr. Seite für Seite ging sie das Buch durch, begrüßte jedes Bild und hörte im Hintergrund die Stimmen von Frau Kilian und Alan. Es ging ihm also gut! Und er hatte sie nicht vergessen.

Es wunderte sie nicht, dass er bei einem Verlag gelandet war, der mit dem *National Geographic* zusammenarbeitete, schließlich hatte er die Zeitschriften beinahe auswendig gekannt. Sicher hatte sein erster Weg ihn dorthin geführt, als er zurück nach England musste und Arbeit suchte.

England! Birke setzte sich kerzengerade. Die Bahamas und damit auch Eleuthera gehörten zu England, hatte Jondris aus dem Lexikon vorgelesen.

Hoffnungen, Pläne und Gedanken stoben wirr durch ihren Kopf, kreisten dort bunt und überwältigend wie die Nordlichter aus Frau Kilians Beschreibung, bis Birke in ihrer Müdigkeit nicht mehr wusste, was Traum und was Wirklichkeit war.

Doch als sie sich vor dem Morgengrauen auf den Weg zum Strand machte und Jondris dort in der allerersten Ahnung von Licht über dem Horizont auf einer Kiste sitzen sah, war sie so wach wie noch nie.

Sie rannte auf ihn zu und schwenkte dabei den Brief und das Buch, obwohl er bei dieser Beleuchtung wohl kaum mehr erkennen konnte als ihre Silhouette. Er fing sie auf. Wie sicher und geborgen sie sich in seinem Arm fühlte! Dafür genügte einer davon völlig. Sie würde Jondris schon noch restlos davon überzeugen.

»Was ist das, liebste Birke, was du mir da vor die Nase hältst? Erzähle es mir lieber, denn sehen kann ich nichts.«

»Was ist das für eine Kiste?«

»Ich weiß es nicht. Sie wurde wohl heute Nacht angetrieben. Ein Sitzplatz für uns, vom Meer geschenkt. Später können wir sie mitnehmen. Es ist gutes Feuerholz. Oder willst du sie eurem Strandvogt bringen?«

»Bestimmt nicht. Der soll selbst suchen.« Sie setzten sich, und Birke fühlte sich wie auf einem Thron. Sie erzählte Jondris ihre unglaublichen Neuigkeiten, während der Streifen Dämmerung am Horizont von Grau ins Blaue, dann ins Goldene wechselte und immer mehr Licht den Weg über das Meer bis zu ihnen fand.

Jondris hielt sie fest und hörte zu, und als es hell genug war, sah sie sein zärtliches Strahlen. »Birke, wie wundervoll! Endlich bekommst du, was du verdient hast. Du kannst dem Verlag deine Geschichte schicken. Du könntest nach Eleuthera reisen und dort schreiben. Sicher gibt es viel Interessantes von da zu berichten. Du wärest völlig unabhängig und könntest tun, was du liebst. Und nebenbei deinen Bücherbus verwirklichen.«

»Ja«, gab sie zu, »solch wilde Gedanken hatte ich heute Nacht. Aber es wird ewig dauern, bevor ich Geld bekomme, selbst wenn der Krieg morgen zu Ende wäre und ich hier nicht mehr gebraucht würde.« Und du mitkämst, fügte sie im Stillen hinzu. »Trotzdem, ich hatte noch mehr Ideen«, platzte sie dann doch heraus. »Du könntest dort Pferde halten für die Feriengäste. Oder Fotografieren, das wolltest du doch immer schon. Stell dir vor, was es dort für Motive gäbe. Wir könnten ein Buch zusammen machen, über die Kolonie Bahamas, das würde den Verlag sicherlich interessieren …«

»Ein schöner Traum«, gab er zu. »*Zu* schön angesichts der Wirklichkeit.«

»Ja. Ich habe über noch etwas nachgedacht. England! Unser Feind, angeblich. Es waren englische Flugzeuge, die den Angriff auf die Fähre flogen. Kann ich für jemanden arbeiten, der das getan hat?«

»Das verstehe ich.« Jondris hielt sie fester. »Aber auch dein Alan ist Engländer. Die Engländer haben diesen Krieg nicht begonnen! Die Engländer haben diesem schönen Buch eine Chance gegeben. Und sie geben dir eine. Ist das nicht die beste Art der Versöhnung? Es war nie dein Krieg.«

»Nein. Das war er nicht.«

In diesem Morgenlicht schien für einen Augenblick alles möglich, und unter den Wolken flogen nur Wildenten und Möwen. Kein Motorengeräusch schob sich in den neuen Tag.

»Lass uns nach Hause gehen, bevor Bene uns vermisst«, sagte Jondris schließlich.

»Ja, ich muss auch noch die Tiere füttern.«

Sie standen auf und packten jeder einen Henkel der Kiste. »Nanu«, sagte Birke verblüfft. »Ich dachte, sie wäre leer.«

»Ich auch. Schaffen wir das?«

Birke hob ihre Seite mit aller Kraft an. »Ja, gerade so. Wollen wir nachsehen, was drin ist?«

»Besser erst auf dem Hof. Es wird zu hell. Hier kommt jeden Moment jemand vorbei.«

»Dann lass uns meinen Strandräubervorfahren Ehre machen. Wenn der Inhalt wertlos ist, können wir ihn auch zu Hause entsorgen.«

Als sie ihre tropfende Beute in der Küche abstellten, sahen sie Tante Ida mit einem Papier in der Hand auf den Tisch gestützt stehen. Als sie aufblickte, entdeckte Birke Tränen auf ihren Wangen und eilte zu ihr. »Tante Ida! Was ist geschehen?«

Die Stimme ihrer Tante war nur ein Flüstern. »Siegfried.«

Alle Freude wich aus Birke. »Oh, Tante Ida …«

Dann sah sie, dass Ida lächelte. »Mein Siegfried ist in Gefangenschaft. In amerikanischer. Er ist in Sicherheit, Birke! Weit weg vom Krieg. Er erntet Mais in Texas, und eines Tages wird er nach Hause kommen.«

22

Heiligabend

Erst mit dem Wissen, dass Siegfried in Sicherheit war, schien es möglich, überhaupt Weihnachten zu feiern. Das hatte ihnen die Kraft gegeben, den besonderen Weihnachtsbaum zu bauen und Geschenke einzuwickeln. Zunächst hatten sie es nur für die Kinder getan. Doch jetzt war Birke, als sie draußen unter dem Mond stand und darauf wartete, dass Jondris, Bene, Gertrud und Tede mit Feuerholz zurückkamen, überraschend weihnachtlich zumute. Und das, obwohl so viele Ungewissheiten blieben. Darüber wollte sie nicht nachdenken, nicht jetzt. Sie wollte den Moment genießen. In der Ferne hörte sie erst Benes Stimme klar durch die Winterluft, dann die von Jondris, und eine warme Freude erfüllte sie. Heute gehörten die beiden zu ihr, und es machte sie glücklich. Dieses Glück war klar und schön wie die Eiszapfen, die vom Dach hingen, selbst wenn es ebenso zerbrechlich und vergänglich sein sollte.

Zerbrechlich war auch der Inhalt der Kiste vom Strand. Birke und Jondris hatten sie zunächst in den Keller getragen, damit sie dort trocknen konnte. Erst ein paar Tage später war sie ihnen wieder eingefallen. »Hoffentlich sind da nicht wieder Rasierklingen drin«, sagte Birke. »Oder vergammelte Apfelsinen, wie sie vor ein paar Jahren angespült wurden.«

»Wir werden es gleich wissen.« Jondris stemmte mit Mühe den Deckel auf. »Stroh! Kein Wunder, dass es so komisch riecht.«

Birke griff sich einen Sack aus der Kellerecke und begann das nasse Stroh hineinzustopfen. »Da muss ja noch was drunter sein. Kein Mensch packt Stroh in eine Kiste. Oh, was ist das?« Sie spürte etwas Glattes, Kühles, Gebogenes unter ihren Fingern und zog es heraus.

Es war ein Teller, aus zartem weißem Porzellan mit einem blauen Muster. Nicht nur ein Muster, es waren Bilder! Vögel und Blätter waren zu sehen und Enten an einem Teich. Der sah ein wenig so aus, wie sie sich den Eulenteich auf Trynogawies vorstellte, und doch wirkten die Vögel in den Bäumen zum Teil so exotisch, wie sie auf den Bahamas zu finden sein mochten. Birke fuhr bewundernd mit dem Finger über die glänzende Oberfläche. Der Teller war unversehrt. Kein Riss, keine Scharte am Rand. »Wie kann das sein? Wie kann etwas so Zerbrechliches wer weiß wie lange im Meer treiben und völlig heil bleiben?«

Jondris hockte sich neben sie und betrachtete den Teller ebenfalls mit Freude. »Wie schön! Dass ausgerechnet so etwas Feines und Zerbrechliches mitten in einem Krieg ganz bleiben kann. Es macht Hoffnung, findest du nicht? Es ist absurd, aber es setzt ein Zeichen, was alles geht. Du und ich, wir sind vielleicht nicht so unversehrt, aber auch wir haben unsere Landschaften in uns, wo ihnen nichts geschieht. Wo dieses Porzellan wohl herkommt?«

»Das kommt aus Holland. Das ist feinstes Delfter Porzellan

aus dem frühen 18. Jahrhundert. Genau genommen kein Porzellan, sondern Keramik, aber man hat es immer Porzellan genannt.« Sie hatten Emil nicht kommen gehört. Er schlich oft wie ein Geist durch das Haus. Jetzt wanderte er herein und streckte gebieterisch eine Hand nach Birkes Fund aus, drehte den Teller hin und her und betrachtete fachmännisch die Rückseite.

»Woher weißt du das, Emil?«

»Ich hatte einmal ein Geschäft«, sagte er. »In einem anderen Leben.«

»Aber Emil, ich denke, du kannst dich an nichts erinnern? Kommt dein Gedächtnis wieder?«

»Es kommt und geht. Das ist feinstes Delfter Porzellan«, wiederholte er. »Für sich allein ist es nichts wert. Befindet sich noch mehr in der Kiste?«

Mit Eifer machten sich Jondris und Birke daran, den Rest des Strohs behutsam zu entfernen. Es war so nass, dass es stellenweise schleimig war und nach Muscheln und Fäulnis roch. Umso erstaunlicher waren die Schätze, die nach und nach zum Vorschein kamen. Speiseteller, Kuchenteller, Tassen, Salz- und Pfeffersteuer, Schüsseln, Servierplatten, eine Kaffee- und eine Teekanne, Zuckerdose und Milchkännchen. Alles war so gut in der Kiste verpackt gewesen, dass nicht ein einziger Teller zerbrochen war.

Birke stellte die Teile des Services vorsichtig nebeneinander. Der Anblick mutete seltsam an mitten in dem Keller, in dem sonst nur vergessene und nutzlose, staubige Gegenstände herumstanden. Selbst in dem trüben Licht der nackten

Glühbirne glänzte das zarte Porzellan wie ein Traum aus einer anderen Welt und Zeit. Birke konnte förmlich das Gelächter und die gepflegte Konversation der Gesellschaften hören, die es einmal benutzt hatten oder für die es gedacht gewesen war und die keine anderen Sorgen umtrieb als die, ob der Kuchen frisch war und im Kännchen noch genug Sahne.

»Das ist ein vollständiges Service«, sagte Emil sachlich. »Wenn ich jetzt jung wäre, würde ich dies beiseitestellen, bis ich es einmal nach dem Krieg für sehr viel Geld verkaufen kann und mir mit dem Gewinn eine Zukunft aufbauen.«

Eine Weile herrschte Schweigen. »Das ist auf jeden Fall etwas, das man mit Sicherheit dem Strandvogt melden muss«, sagte Birke dann bedenklich.

»Der Strandvogt ist auch nicht mehr jung«, sagte Emil.

»Sagtest du nicht, deine Vorfahren wären Strandräuber gewesen?«, fragte Jondris. »Du könntest gewissermaßen nichts dafür, wenn du vergisst, diesen Fund zu melden. Es liegt in deinen Genen. Außerdem weiß niemand davon.«

»Es ist wirklich zu schade, dass ich mich nie an etwas erinnern kann«, sagte Emil und schlurfte Richtung Treppe. »Ich weiß nicht, wovon ihr sprecht. Von einem Augenblick auf den anderen ist alles weg. Es liegt an meinem Kopf. Ich werde Ida um einen Tee bitten.«

Jondris und Birke sahen sich an. »Damit könntest du eines Tages die Überfahrt bezahlen«, sagte Jondris. »Betrachte es einfach als ein verfrühtes Weihnachtsgeschenk des Meeres. Da drüben sind noch mehr alte Säcke. Lass uns das Porzellan darin einwickeln und alles wieder in die Kiste packen. Wir stellen sie dahinten in die dunkle Ecke, und wenn die Zeit ge-kommen ist, soll es sein, wie Emil sagt. Es kann dir ermög-lichen, deinen Traum zu erfüllen.« Später erzählte sie doch Tante Ida davon. »Ich möchte es dir schenken, Tante Ida, da-für, dass ich hier unterkommen durfte. Und Jondris, und Bene. Es könnte die Zukunft des Hofes leichter machen. Wir wissen nicht, wann Siegfried wieder arbeiten kann.«

Doch Tante Ida hatte entschieden den Kopf geschüttelt. »Aber nein, Kind. Auf gar keinen Fall! Wir haben alles, was wir brauchen, wenn mein Siegfried nur nach Hause kommt. Der Hof wirft genug zu essen ab. Irgendwann werden auch wieder Feriengäste kommen. Und deine Mutter wird hier immer ein Zuhause haben. Emil hat völlig recht. Sieh es als eine Art Mitgift an, die aus dem Meer gekommen ist.«

Als Birke sich an jenem Abend auf dem Dachboden unter ihre Decken kuschelte, stellte sie fest, dass es ein überra-schend gutes Gefühl war zu wissen, dass unten im Keller ein Stück Sicherheit ruhte. Der Anfang von etwas, wenn sie ihn brauchte und nutzen konnte. Und dazu noch das Angebot vom Verlag! Alles, was jetzt noch fehlte, waren der Frieden und ein Wunder, das es Jondris ermöglichte, mit ihr zu gehen. Oder nach Trynogawies zurückzukehren. Dorthin würde sie ihm gerne folgen, und auch dabei konnte ihnen das Porzellan helfen.

Jetzt bogen sie endlich um die Hausecke, Jondris und Bene, Gertrud und Tede, und sie schleppten zwei Körbe mit Feuer-holz. An diesem Heiligen Abend würden sie nicht mehr frieren. Und sie hatten einen Weihnachtsbaum mit Kerzen und richtige Plätzchen, die schmeckten wie auf Trynogawies in Friedenszeiten! All das allein war schon Wunder genug. Mehr durfte sie nicht erwarten.

Jondris ließ die anderen ins Haus vorausgehen und nahm Birke in den Arm. Als er sie küsste und sie sich an ihn gekuschelt im warmen Windschutz so geborgen fühlte, kam es ihr vor, dass Innas Stimme von der Kirche her deutlicher durch die Nacht klang und der Mond noch ein wenig heller schien. Am liebsten wäre sie ewig so stehen geblieben, doch Bene kam aus dem Haus gelaufen. »Wo bleibt ihr, wir wollen doch die Bescherung machen und die Kerzen anzünden!«

Und dann waren sie alle in der warmen Stube, das Feuer knisterte im Ofen, und die tapferen hellen Flammen an dem besonderen Weihnachtsbaum leuchteten. Da waren Staunen und Lachen und Singen und Nachdenklichkeit und die unsichtbare Gegenwart jener, die nicht anwesend waren. Da waren Dankbarkeit und Andacht, Angst vor der Zukunft und Hoffnung auf Frieden.

»Das ist für dich«, sagte Jondris, als der erste Trubel vorüber war, und reichte Birke ein flaches Päckchen, das er in ein Stück Tuch eingewickelt hatte.

»Für mich?« Birke war so gerührt, dass sie mit dem Päckchen dasaß und fast vergaß, es zu öffnen.

»Nun mach es schon auf! Ich bin so gespannt, wie es dir gefällt.« Behutsam zog sie das Tuch herunter. »Oh! Das ist ja …«

»Ja. Ein Modell von dem Haus auf dem Bild. Auf Eleuthera.

Sogar die Farben stimmen. Ich musste einige Reste mischen, ehe ich es hinbekommen habe. Und sieh hier.« Jondris zeigte auf eine kleine Palme, die er ausgesägt und bemalt hatte. Sie stand schräg, und auf dem Stamm befand sich ein Sitz.

»Es soll dich immer an deinen Traum erinnern und ein Zeichen dafür sein, dass er sich erfüllen kann.« Jondris sah ihr in die Augen und legte seine Hand auf ihre. »Ich verspreche dir, selbst wenn es für uns keine gemeinsame Zukunft geben sollte, dass ich dich eines Tages dort besuchen und dir persönlich diesen Sitz auf einer Palme bauen werde.«

Birke schluckte. »Das ist das schönste Geschenk, das ich je bekommen habe.« Sie wusste, wie mühsam es für Jondris gewesen sein musste, das kleine Kunstwerk mit seiner einen Hand zu fertigen, und dass Bene ihm dabei geduldig und eifrig geholfen hatte. Freude, Trauer, Liebe, Zweifel und Zuversicht mischten sich in ihr wie die Farben an dem Haus. Sie fand keine weiteren Worte und lehnte sich einfach an Jondris. Schweigend sahen sie dem Treiben der Kinder zu und genossen es, dass sie zusammen waren.

»Birke!«, rief Opa Prenderney eine Weile später von seinem Sessel herüber. »Komm einen Augenblick zu mir, bitte. Ich habe auch ein Geschenk für dich. Schau mal hinter meinem Sessel.«

Birke sah nach. »Da steht etwas Großes.«

»Zieh es heraus«, ermutigte Opa sie.

Im Licht der vielen Kerzen erkannte sie, dass es ein Koffer war. Ein sehr alter Lederkoffer, offensichtlich gebraucht und doch sehr stabil. Hier und da hatte jemand etwas daraufgeschrieben. »Kalkutta. London. Brüssel. Kuba. Kirkenes. Sydney. New Orleans. New York.«

»Der hat einst meinem Onkel gehört. Er war Seefahrer. Er soll nun dir Glück bringen. Ich denke, du wirst ihn bald gebrauchen können.« Opa lächelte Birke an. »Victoria hatte ihren Ort gefunden. Du wirst deinen auch finden. Am besten mit diesem fabelhaften jungen Mann zusammen.« Er wies mit dem Kinn auf Jondris.

»Opa …«, begann Birke.

»Ich weiß, ich weiß.« Opa hob eine Hand. »Es ist nicht einfach. Nichts ist jemals einfach. Aber ein Koffer ist immer ein Anfang von etwas. Jedenfalls solange er leer ist. Stell dir vor, was für Möglichkeiten darin Platz haben.«

Birke umarmte ihn. »Danke, Opa.«

»Erzähl uns die Geschichte vom Töveree Fisk«, bat Filine, als die Kerzen fast heruntergebrannt und alle Geschenke ausgepackt waren. Geheimnisvolle Schatten huschten in den Ecken, wenn die Flammen flackerten, weil der Wind sich durch die Fenster schummelte.

»Aber die kennt ihr doch alle schon«, sagte Birke. Sie begegnete Tedes Blick über den Raum hinweg und lächelte. Früher war er es immer gewesen, der nach dieser Geschichte verlangt hatte. Er hatte Birke heute Nachmittag daran erinnert und ihr einen Plan vorgeschlagen.

»Bene und Jondris und Emil kennen sie aber nicht«, sagte Pinswin.

»In Zeiten wie diesen kann man sie nicht oft genug hören«, sagte Tante Ida.

»Erzähl, Birke«, bat Bene. »Was ist der Töveree?«

»Also gut. Aber denkt daran, wenn die letzte Kerze am Baum ausgeht, darf sich jeder etwas wünschen. Den Wunsch darf man natürlich nicht verraten. Man muss ihn in seinem Herzen behalten und immer daran denken, wie hell die Lichter am Baum gebrannt haben und wie wir hier alle beisammensaßen.«

Ganz langsam verlosch eine Kerze nach der anderen, und je dunkler es drinnen wurde, desto stiller wurde es.

Die Erde drehte sich weiter, und so legte sich draußen die Heilige Nacht über die Insel. Die Sterne wurden heller und der Mond auch, während Birke die Sage von dem erstaunlichen Fisch erzählte. Bene und Jondris lauschten gebannt, während die anderen Trost in der Vertrautheit der alten Geschichte fanden. Es hatte auf Amrum in den letzten Jahrhunderten oft schlechte Zeiten gegeben, und dann hatte der Glaube an den Töveree Fisk den Menschen Trost geschenkt. Immer wieder einmal wollte ihn jemand gesichtet haben, auch wenn das letzte Mal lange her war.

»Er ist so groß wie ein kleiner Wal. Er hat einen langen spitzen Oberkiefer wie ein Sägefisch, eine Rückenflosse und zwei große Seitenflossen, fast wie bei einem Rochen«, erzählte Birke. »Er kann aus dem Wasser springen und vorwärtsgleiten, und dann sieht es aus, als ob er für einen Augenblick über dem Horizont fliegt. Niemand, der ihn jemals gesehen hat, vergisst diesen Anblick wieder. Auf seiner Haut sitzen kreisförmige Schuppen, die ein blaues Leuchten ausstrahlen. Mit diesem Licht hat er schon manches in Seenot geratene Schiff in sichere Gewässer geleitet. Es machte den Menschen Hoffnung, die in Stürmen voller Angst waren. Das Leuchten des Töveree soll selbst das tosende Wasser beruhigt haben, und der Blick aus seinen großen dunkelblauen Augen gibt der Seele Mut und dem Herzen Kraft. Es wird berichtet, dass er meist im Winter kommt. Niemand hat ihn je im Sommer gesehen. Er kommt dann, wenn die Kälte und die Dunkelheit und die Not am größten sind und der Mensch sich nach Licht und nach Hoffnung sehnt.«

»So wie wir jetzt«, sagte Jondris nachdenklich. »Was für eine schöne Geschichte, Birke.«

Ja, es war eine schöne Geschichte, die sie früher geliebt hatte. Und so, wie ihr der Gedanke an den Zauberfisch früher geholfen hatte, so sollte er auch jetzt den Kindern Hoffnung machen. Sie selbst wollte ihr Glück jedoch keinem sagenhaften Fisch mehr überlassen, von dem niemand wusste, ob es ihn überhaupt gegeben hatte. Sie wollte ihr Glück selbst machen! So wie die Kilians. Mit Jondris. Und wenn es gar nicht anders ging, dann auch ohne ihn. Aber das wollte sie sich nicht vorstellen.

»Ich möchte den Töveree sehen«, sagte Bene. Die Art, wie er das sagte, berührte Birke tief. Es lag die ganze Sehnsucht eines Kindes darin, das aus seiner Welt gerissen und in eine vollkommene Ungewissheit gestoßen worden war, eines Kindes, das seinen Vater vermisste und das Leben nicht mehr verstand. »Glaubst du, dass er bald kommt?«, bohrte Bene weiter.

»Wir könnten versuchen, ganz fest daran zu denken, und vielleicht spürt er das und kommt eines Tages«, sagte Birke. »Und damit er weiß, wo wir sind, haben Tede und ich eine kleine Überraschung vorbereitet.«

Filine, die nie lange stillsitzen konnte, sprang auf. »Eine Überraschung? Wo, Birke?«

Birke legte den Finger auf den Mund. »Psst! Gleich geht die letzte Kerze aus. Denkt an eure geheimen Wünsche.«

Alle blickten mucksmäuschenstill auf den letzten tapferen Funken, der wie ein Glühwürmchen oben links auf einem Ast noch viel länger durchhielt, als alle anderen Kerzen es geschafft hatten.

Hoffentlich haben wir auch so viel Kraft, Jondris und ich. Lass uns eine Zukunft haben. Bitte, dachte Birke, als schließlich auch diese kleine Flamme der Dunkelheit wich. Für einen Augenblick rührte sich niemand, dann schaltete Tede das Licht an. »Und jetzt die Überraschung!«

Birke stand auch auf. »Dazu müsst ihr euch alle warm anziehen. Sie ist draußen.«

Gespannt fuhren die Kinder in ihre Schuhe und Mäntel, während Birke und Jondris rasch Opa in seine Stube brachten. Er war müde. Emil blieb bei ihm. Tede und Gertrud verschwanden kurz in der Küche und kehrten mit einer Thermoskanne und Gläsern in einem Korb zurück. Tede hielt eine Taschenlampe in der Hand.

»Hier entlang«, sagte Tede und ging voran. Über den Mond

hatte sich ein dichter Wolkenschleier gelegt. Im Gänsemarsch folgte die kleine Gesellschaft dem Lichtkegel der Taschenlampe. Gisa, die den ganzen Abend über sehr still gewesen war, aber gelegentlich vor sich hin gelächelt hatte, Gertrud, Beeke, Filine und Pinswin, Ida, Leni und Jondris mit Bene. Birke ging hinten und achtete darauf, dass niemand verlorenging. Einmal blieb Leni erschrocken stehen, als ein aufgescheuchtes Kaninchen vor ihre Füße stob. Ida nahm ihre Hand.

Tede führte sie durch die Dünen zum Strand. »So, nun bleibt stehen und dreht euch um!«

»Was wird das?«, flüsterte Jondris in Birkes Ohr.

»Das wirst du gleich sehen.« Sie lehnte sich leicht an ihn.

Tede stapfte zum Fuß der Düne und bückte sich. Sie hörten das Ratschen eines Streichholzes durch die Stille der Heiligen Nacht.

Die kleine Flamme begann zu wandern. Nach und nach zeichnete sie ein Bild an den Abhang der Düne, als würde eine unsichtbare Hand mit Licht malen.

Jondris legte seinen Arm um Birke. »Was ist das?«

»Ein aus altem Sackleinen gedrehtes Seil, getränkt mit Lampenöl. Tede hat es vorbereitet. Schau hin.«

Bene begriff es zuerst. Aufgeregt zog er an Birkes Ärmel. »Ist er das? Ist das der Zauberfisch, Birke?«

Auch Filine sah es jetzt. Sie hüpfte im Sand auf und ab. »Der Töveree! Vielleicht sieht er es von weitem! Vielleicht kommt er dann gucken.«

Beeke und Gertrud schenkten die Gläser voll und verteilten sie. »Eine Art Weihnachtspunsch«, erklärte Beeke. »Heißer Himbeersaft aus dem Keller, von der Ernte vor Jahren, mit Gisas Zucker darin und Zimt aus Idas Vorrat. Ohne Alkohol natürlich.«

»Lasst uns anstoßen«, sagte Ida. »Darauf, dass Siegfried im neuen Jahr heimkehren wird. Darauf, dass hier ein Bild des Töveree in diesen dunklen Zeiten im Sand leuchtet als Symbol dafür, dass wir noch hier sind, zusammen und mit einer Hoffnung auf eine friedliche Zukunft.«

23

Der Weihnachtsstern

Bene schlief längst auf dem Sofa im Wohnzimmer. Beeke und die Zwillinge waren nach Hause aufgebrochen. Opa und Emil schnarchten in ihren Betten, Tede war in seinem Zimmer verschwunden, und auch Tante Ida und Gisa hatten gute Nacht gesagt.

Jondris betrachtete Bene. Birke wusste genau, was er dachte. Er hätte den Jungen gern in ihre Hütte gebracht, doch der hatte in den letzten Wochen zum Glück an Gewicht gewonnen und mit einem Arm war es für Jondris unmöglich geworden, ihn zu tragen.

»Lass ihn schlafen. Es wäre eine Schande, ihn zu wecken, nach diesem aufregenden Tag«, sagte Birke.

»Aber hier schläft doch Gertrud.«

»Das ist völlig in Ordnung«, sagte Gertrud. »Gisa hat mich gebeten, heute bei ihr zu schlafen. Sie möchte in dieser Nacht nicht allein sein.«

»Danke, Gertrud. Das ist lieb von dir«, sagte Birke.

»Weißt du, es ist ein Geschenk für mich, hier sein zu dürfen«, sagte Gertrud ungewöhnlich verlegen. »So ein Familienleben, wie ihr es hier habt, habe ich nie gekannt. Ich finde es schön.«

Spontan umarmte Birke Gertrud. Sie hätte nie gedacht,

dass sie das einmal tun würde. Der Krieg brachte nicht ausschließlich Schlimmes mit sich.

Wenn das alles nicht geschehen wäre, wäre ich Jondris nie begegnet, dachte sie wieder einmal und wusste noch immer nicht, wie sie mit diesem Gedanken umgehen sollte.

»Danke«, sagte Jondris leise. »Dann hole ich Bene morgen früh ab.«

»Ich bringe dich hinaus«, sagte Birke. Doch als sie draußen standen, fühlten sie sich hellwach und brachten es nicht über sich, diesen Abend schon zu beenden. Der Wind hatte die Wolken fortgetrieben. Der Mond schien wieder hell. Raureif glitzerte auf dem Zaun und dahinter auf dem winterwelken Dünengras. Auch Jondris zögerte.

»Lass uns noch einmal zum Strand gehen«, bat Birke.

»Sehr gern.« Die Antwort kam so schnell, dass er dasselbe gedacht haben musste.

Hand in Hand wanderten sie zum Flutsaum hinunter und dann weiter ins Watt. Die Ebbe hatte begonnen, das Wasser lief rasch ab. Über die ersten Priele konnte man schon springen. Der Mond zeichnete einen silberglänzenden Weg auf den nassen Sand und die Oberflächen der Priele, und sie folgten ihm ein Stück Richtung Horizont.

»Vielleicht sehen wir den Töveree«, sagte Jondris.

»Ich brauche keinen Töveree. Es genügt mir, mit dir hier zu sein.«

Er blieb stehen und hielt sie fest. »Mir auch.«

Nach einer Weile liefen sie schweigend weiter. Ein feiner

Dunst lag über dem Boden, und an den verstreuten Muscheln und Tanghaufen glitzerte der Frost. Es war, als wäre dieser Moment völlig aus der Zeit gefallen. Es gab kein Gestern und kein Morgen, es gab nur diese Heilige Nacht, in der sie beieinander waren, allein mit dem Meer und dem Mond. Birke wusste, dass sie diesen Spaziergang, die Wärme von Jondris' Hand und das Glück seiner Gegenwart neben ihr niemals vergessen würde. Der Augenblick würde so unvergänglich glänzen wie der feinziselierte Schmetterling auf dem Medaillon an ihrem Hals.

Dankbar dachte sie an Frau Kilian, die ihr bewusstgemacht hatte, wie zerbrechlich und kostbar die Liebe ist, bevor Birke dieses Gefühl überhaupt gekannt hatte. So würde sie keinen Moment davon verschwenden.

»Wissen Sie, wofür ich am dankbarsten bin?«, hatte Frau Kilian einmal mitten in einem Diktat zu Birke gesagt. »Wir haben jeden Morgen, wenn wir gemeinsam aufwachten, zu dem anderen gesagt: ›Wie schön, dass du da bist!‹ Denn es war jeden Tag ein neues Geschenk: dass der andere da war. Es war uns immer bewusst, dass es nicht ewig so sein würde. Wenn ich heute daran denke, wie viele Jahre wir zusammen waren und dies jeden Morgen sagen konnten und dass jedes Jahr dreihundertfünfundsechzig Tage hat, dann weiß ich, dass das unglaublich viele Geschenke waren. Was für ein Reichtum!«

Es sah nicht so aus, als würden Birke und Jondris so viel Zeit bekommen wie die Kilians. Aber daran wollte sie nicht denken, nicht jetzt. Feuchtigkeit sickerte durch ihre Schuhe, aber es kümmerte sie nicht. Solange sie Jondris' Hand in ihrer spürte, würde sie nicht frieren.

Jetzt waren sie an einem Priel angekommen, der noch zu breit war, um hinüberzuspringen. Nur wenige Meter weiter flüsterte das Meer am Kniepsand. Sie blieben stehen.

Hinter ihnen auf der Insel begann wieder das Glockenläuten von St. Clemens. »Die Mitternachtsmesse«, sagte Birke leise.

»So feierlich wie hier draußen ist es in der Kirche sicher nicht«, sagte Jondris. Er ließ ihre Hand los und zeigte nach oben. »Schau mal, das könnte der Weihnachtsstern sein. Hell genug ist er jedenfalls.«

»Das ist Sirius«, sagte Birke. »Er ist ein Doppelstern. Er sieht aus wie ein Stern, aber in Wirklichkeit sind es zwei, ein großer und ein kleiner.«

»Wie wir?«

»Ja. Wie wir.«

Jondris nahm wieder ihre Hand. »Nun, die beiden da oben kann jedenfalls nichts trennen.«

»Irgendwann schon. Auch ein Stern erreicht das Ende seiner Lebenszeit. Aber sieh doch mal!« Birke zeigte nach unten auf die klare Wasserfläche des Priels.

»Da ist unser Weihnachtsstern! Nur wir können ihn sehen.«

Jondris beugte sich vor. »Tatsächlich! Ich sehe ihn. Birke, wie wunderschön! Und es ist ein lebendiger Stern.«

Der Mond war noch höher gestiegen. Sein Licht erhellte den Priel bis auf den sandigen Boden. Dort bewegte sich langsam ein Seestern auf seinen unzähligen Füßen fort, als ob er schwebte. Im Winter fand man hier häufiger Seesterne, doch dieser war ungewöhnlich groß, größer als eine Männerhand. Wahrscheinlich lag es am Mondlicht, dass er leicht bläulich schimmerte.

»Ein bisschen wie der Töveree«, fand Birke. »Seesterne halten eine Menge aus. Es gibt sie schon länger als die Dinosaurier. Ungefähr fünfhundertdreißig Millionen Jahre.«

»Dann sind sie es würdig, den Namen Stern zu tragen. Sieh doch nur, der Sirius und der Mond und die anderen Sterne spiegeln sich im Wasser, und dazwischen ist der Seestern unterwegs. Es gibt einen zweiten Himmel, Birke!« Er wandte sich zu ihr und nahm wieder ihre Hand. »Birke, ich weiß, der Himmel hat dich enttäuscht, und es nicht mehr deiner, seit die Bomber darin fliegen und dich verletzt haben. Aber es gibt noch einen anderen! Hier, zu unseren Füßen, liegt ein zweiter Himmel. Lass uns beide an ihn glauben. Daran, dass es immer eine zweite Chance gibt. Lass uns einander hier und jetzt im Beisein dieses Sternes versprechen, dass wir zusammenbleiben, egal, was da kommt. Was zwei Himmel bezeugen, kann nur in Erfüllung gehen!«

Birke sah zu ihm auf. »Jondris, du warst es, der Zweifel hatte, ob das möglich ist.«

»Ja. Zweifel gibt es immer. Aber lass es uns dennoch möglich machen. Wenn es zwei Himmel geben kann, muss es dazwischen auch einen Weg geben. Wenn uns der Himmel zu Füßen liegt wie hier, dann müssen wir nur einen Schritt nach dem anderen machen, um ihn zu erreichen.«

Birke legte ihre freie Hand um das Medaillon und atmete tief ein. »Ja. Wir wollen es uns versprechen. Hier und jetzt.«

Den Heimweg genossen sie schweigend. Weitere Worte waren nicht nötig.

Am Tor zum Skeewacht Hüs blieb Jondris so plötzlich stehen, dass Birke stolperte. »Sag mal, ist da jemand?«, fragte er. »Das ist … das kann doch nicht …«

»Wo?«

»Vor der Tür. Am Haus.« Jetzt konnte es ihm nicht schnell genug gehen. Er stieß das Tor auf und stürmte mit langen Schritten vorwärts. Birke bemühte sich verwundert, ihm zu folgen. Jetzt sah sie die Silhouette auch, auf den Stufen stehend und zum Haus hinaufblickend. Es war ein Mann, lang und sehr dünn. Er musste ihre Stimmen gehört haben oder das leise Quietschen des Tores in der stillen Nacht, denn er wandte sich um und kam ihnen entgegen.

»Jondris! Jondris, Freund, bist du es wirklich?« Seine Stimme klang heiser, als hätte er sie lange nicht gebraucht. Er war noch einen Kopf größer als Jondris.

Jondris betrachtete ihn ungläubig. »Falk. Falk! Daran habe ich nicht mehr geglaubt. Wie gut, dich zu sehen!« Birke hörte die Tränen in seiner Stimme und sah, wie sich die beiden Männer umarmten. Sie musste selbst schlucken.

Weihnachtswunder. Sie hatte sich ein Weihnachtswunder gewünscht, ohne wirklich daran zu glauben, und nun gab es nicht nur einen zweiten Himmel, den ihnen die Heilige Nacht zu Füßen gelegt hatte, sondern auch noch das Wunder, das sie so dringend benötigt hatten.

»Ich habe geklopft, aber ich wollte nicht zu viel Lärm machen und die Bewohner erschrecken«, sagte Falk. »Ich dachte gerade, ich warte lieber bis zum Morgen.«

»Woher wusstest du, dass wir hier sind?«, fragte Jondris.

»Ich wusste es nicht. Ich habe am Hafen nach einem Fremden mit einem kleinen Jungen gefragt, und jemand nannte mir diese Adresse. Jondris, was ist mit Bene? Ist er hier? Geht es ihm gut?« Birke hörte die Angst in seiner Stimme.

Jondris legte seine Hand auf Falks Schulter und drückte sie fest. »Es geht ihm gut, Falk. Er schläft gleich hinter dieser Tür. Lass uns hineingehen. Aber leise.«

Birke schaltete die kleine Lampe auf dem Beistelltisch an. Falk stand neben dem Sofa und betrachtete das Gesicht seines Sohnes. Er schämte sich seiner Tränen nicht. »*Am glücklichen Ende der Welt.* Ihr habt es hierhergeschafft, und es geht ihm gut! Jondris, das vergesse ich dir niemals.« Er wischte sich die Augen und umarmte seinen Freund, als wollte er ihn nie wieder loslassen. »Lass uns das Kind nicht wecken. Lass uns woanders reden.«

»Wir gehen in die Küche«, beschloss Birke. »Sie haben bestimmt Hunger und Durst.«

»Ja, aber bitte sag nicht Sie zu mir. Das hat so lange niemand mehr getan, dass es sich völlig falsch anfühlt. Ich bin ohnehin fremd genug hier.«

In der Küche sahen sie erst, wie erschöpft und abgemagert

Falk aussah. Seine dunklen Haare waren zu lang und sein Bart wild. Seine Augen dagegen waren überraschend blau und leuchteten vor Freude. Auch in diesem Zustand strahlte er eine anziehende Lebendigkeit aus. Birke konnte sich Falk Trynoga sofort als Gutsherrn vorstellen, der in jeder Situation den richtigen Rat wusste und bei allen beliebt war.

Sie machte sich am Herd zu schaffen, wärmte einen Rest Gulaschsuppe vom Mittag auf, schnitt eine dicke Scheibe Brot ab und fand in der Thermoskanne noch genug für einen Becher Punsch.

»Oh, das tut gut«, sagte Falk dankbar. »Ich weiß nicht, wann ich das letzte Mal etwas Warmes im Bauch hatte.« Er sah Jondris an. »Du traust dich nicht zu fragen, nicht wahr? Ich hätte selbst nicht gedacht, dass ich es noch einmal bis hierher schaffe. Ich bin in russische Kriegsgefangenschaft geraten. Wir waren in einen Zug eingepfercht, ich vermute, er fuhr Richtung Sibirien. Neben mir saß ein junger Soldat, schwer verwundet. Niemand hat sich um ihn gekümmert. Wenn es nicht so eng gewesen wäre, wäre er umgefallen. Ich konnte nichts machen. Ich fühlte, wie das Leben aus ihm wich, und ich sah die Angst in seinen Augen. Ich konnte nichts für ihn tun, außer seine Hand zu halten, und darum sang ich ein Schlaflied. Ein altes Kinderlied, das uns immer getröstet hat, wenn wir einen Albtraum hatten oder Fieber. Weißt du noch, Jondris?«

»Du meinst das, welches uns Pelageja immer vorgesungen hat? Dein russisches Kindermädchen?«

»Genau. Ich hatte vergessen, dass es russisch ist, so vertraut war es mir, und es war das Einzige, was mir einfiel. Der Aufseher im Wagen kam näher und betrachtete mich, und ich dachte, er würde mich schlagen oder mir das Singen verbieten, aber er sagte nichts. Der junge Soldat starb, und ich spürte, wie er immer kälter wurde, aber es war so eng, dass ich nicht von ihm abrücken konnte. Der Zug hielt. Ich weiß nicht warum, er hielt einfach. Vielleicht gab es einen Hinterhalt, oder sie wollten die Toten abladen. Jedenfalls kam dieser Aufseher wieder. Er packte mich am Ärmel, sagte kein Wort, aber machte eindringliche Gesten. Er zog mich nach hinten in den Wagen, öffnete die Tür einen Spalt und bedeutete mir hinauszuspringen. Ich ließ mir das nicht zweimal sagen. Erst da habe ich begriffen, dass es das Lied gewesen sein musste. Vielleicht hat es ihm seine Mutter vorgesungen, als er klein war. Wir werden es nie erfahren. Ich machte, dass ich mich in die Büsche schlug.«

»Dann hat dir Pelageja mit ihrem Lied das Leben gerettet. Das hätte ihr gefallen«, sagte Jondris. »Wie ging es weiter?«

Birke lauschte gespannt und schnitt eine zweite Scheibe Brot ab, als sie sah, wie Falk zwischen den Sätzen die Happen hinunterschlang.

»An diese Zeit möchte ich nie wieder denken müssen«, sagte er. »Eine Weile lang habe ich die Uniform eines toten russischen Soldaten getragen. Ich habe Lebensmittel gestohlen und mich durch den Winterwald geschlagen, immer Richtung Westen. Irgendwann habe ich es hinter die Front geschafft. Manchmal konnte ich ein Stück auf einem Wagen mitfahren oder sogar auf einem Zug. Am Ende habe ich ein Fahrrad mitgehen lassen. Es stand auf einem Haufen mit einer

Menge anderer beschlagnahmter Fahrräder. Der Wachtposten ging gerade in die andere Richtung. Ich schnappte mir das Fahrrad und fuhr davon. Er schoss noch auf mich, aber er traf nicht. Ich habe immer nur an Bene gedacht und dass er hoffentlich auf Amrum auf mich wartet. Nachdem ich mich in dem Zug schon aufgegeben hatte, musste ich es nun einfach schaffen! Ich hatte es euch doch versprochen. Und als ich merkte, es könnte vielleicht ganz knapp sogar zu Weihnachten gelingen, gab mir das noch einmal letzte Kraft. Der Himmel weiß, dass ich nicht gläubig bin, aber ich denke, sie kam doch von oben.«

»Es gibt nicht nur oben einen Himmel«, sagte Jondris und lächelte Birke zu.

»Danke für das Essen, Birke«, sagte Falk schließlich und schob den Teller von sich. »Jetzt fühle ich mich beinahe wieder wie ein Mensch. Es fehlt nur noch …«

»Es ist Weihnachten«, sagte Birke. »Sie – du hast noch einen Wunsch offen. Du hast noch kein Geschenk bekommen.«

»O doch. Das habe ich. Mein Sohn ist hier und in Sicherheit und mein Freund auch, und ich bin sogar satt. Aber ich würde mich zu gern rasieren!«

Birke fing an zu lachen. Sie lachte und lachte und konnte nicht wieder aufhören, bis ihr die Tränen kamen und sie stattdessen auf einmal nicht mehr aufhören konnte zu weinen. Jondris nahm sie in den Arm.

Falk hob die Augenbrauen.

»Das Einzige, was es hier auf der Insel im Überfluss gibt, sind Rasierklingen«, erklärte Jondris ihm. »Es ist einmal eine große

Kiste davon angespült worden. Und wir haben uns so sehr gewünscht, dass du wiederkommst, um Benes willen und um unseretwillen, dass es alles ein bisschen viel auf einmal ist. Glück und Trauer sind manchmal gleichermaßen schwer zu fassen.«

»Ich weiß. Es tut mir leid, Birke.«

»O nein. Ich bin so froh, dass du hier bist! Bene hat dich schrecklich vermisst.« Birke putzte sich die Nase. »Ich zeige dir das Badezimmer. Und das Rasierzeug.«

Als Falk wieder in die Küche kam, hätte sie ihn fast nicht wiedererkannt. Ohne Bart sah er noch abgemagerter aus, doch seine ganze Körperhaltung zeigte, dass er sich wieder mehr wie er selbst fühlte. Er setzte sich. »Da ist noch etwas, was ich dir sagen muss, Jondris. So schnell ich auch zu euch kommen wollte, ich musste es einfach tun. Ich habe einen Umweg gemacht.«

»Du warst auf Trynogawies?«

Birke setzte sich ganz dicht neben Jondris auf die Bank, um bei ihm zu sein.

»Ja. Wann seid ihr dort fort, Jondris?«

»Anfang Oktober. Ich habe lange gezögert. Hatte Angst und wusste nicht, ob es richtig war. Und es war so unendlich schwer zu gehen.«

»Es war verdammt richtig. Kaukehmen ist am zwölften Oktober evakuiert worden. Die Leute wurden allerdings nur bis Heiligenbeil gebracht. Am Tag danach gab es einen Angriff der Russen.« Er fuhr sich mit der Hand über die Stirn. Dann sah er Jondris in die Augen. »Meine Mutter ist tot, Jondris.«

»O nein! Das tut mir so leid, Falk. Ich wollte Heidrun bitten mitzukommen, aber ich wusste, sie würde es nicht tun. Eher hätte sie uns an die Häscher des Führers verraten.«

»Du hast alles richtig gemacht. Sie hätte Trynogawies niemals verlassen. Sie hat die Russen mit dem Jagdgewehr meines Vaters in der Hand auf der Treppe erwartet. Sie hat sogar einige von ihnen erwischt, ehe man sie erschossen hat. Ich denke, genauso hat sie es gewollt. Ein schneller, stolzer Tod in ihrem Zuhause.« Sie schwiegen eine Weile.

»Und Trynogawies?«, fragte Jondris schließlich.

»Trynogawies steht nicht mehr. Sie haben es bis auf die Grundmauern niedergebrannt. Die Steine werden bereits zum Wiederaufbau nach Königsberg verschleppt.«

»Also gibt es kein Zurück.«

»Nein. Es gibt kein Zurück.« Falk hob entschlossen den Blick. »Aber es gibt ein Morgen. Wir sind hier. Wir leben! Und ich bin überzeugt, dass der Krieg nicht mehr lange dauern wird. Er ist längst verloren.«

»Was sind deine Pläne?«, fragte Jondris nach einem Schweigen, das sich in die Länge zog. Birke spürte eine tiefe Trauer um seine Heimat und hielt ihn ganz fest.

Falk lehnte sich zurück. »Ich werde erst mal hierbleiben, wenn das geht. Am glücklichen Ende der Welt. Es hat uns wieder zusammengebracht. Vielleicht gibt es hier noch mehr Gutes für uns. Arbeiten kann ich, und Arbeit wird es geben. Ich werde eine Zukunft für meinen Sohn aufbauen. Endlich kann ich wieder für ihn da sein. Du bist frei, Jondris.« Sein Blick ging von Jondris zu Birke und zurück. Er lächelte.

Keiner von ihnen hatte bemerkt, dass die Tür sich einen Spalt geöffnet hatte.

»Papa!« Bene stand auf der Schwelle und blinzelte verschlafen und ungläubig in das Licht. »Ich hab geträumt, dass ich deine Stimme gehört hab. Papa …?«

Falk breitete wortlos die Arme aus, und Bene stürzte sich hinein.

Draußen war der Mond hinter die Dünen gewandert und die Glocke verstummt. Noch aber war die Heilige Nacht nicht zu Ende.

Im Wohnzimmer suchte Birke nach einer letzten Kerze, steckte sie auf den Baum und zündete sie an.

»Auch Falk soll sich noch etwas wünschen können«, sagte sie.

Jondris umarmte sie von hinten. »*Mein* Wunsch ist schon in Erfüllung gegangen.«

Sie wandte sich zu ihm um. »Und mir ist noch ein Wunsch eingefallen. Wenn wir das Haus haben, auf Eleuthera …«

»Dann?«

»Dann möchte ich, dass wir im Garten ein kleines Wasserbecken bauen, flach wie der Priel, in dem sich der Mond und die Sterne spiegeln können.«

»Damit wir immer eine zweite Chance haben, wenn uns der Himmel enttäuscht?« Er küsste sie. »So soll es sein. Versprochen.«

Danksagung

Mein Mann Peter hat diese Geschichte geliebt und jedes Kapitel gelesen, sobald ich den letzten Punkt gesetzt hatte.

Das letzte Kapitel, das er las, war Kapitel siebzehn. Dann versagte sein Herz, das lange gegen eine schwere Krankheit angekämpft hatte, und er begann seinen letzten Weg. Während er schon halb in einer anderen Welt angeregt mit Personen sprach, die nur er sehen konnte, saß ich im Krankenhaus neben ihm und schrieb die letzten Kapitel. Er weilte in seiner Welt, ich in meiner, beide nur körperlich in diesem Zimmer anwesend, und irgendwie passte es zusammen, und wir gaben uns gegenseitig Kraft.

Und weil es eine Geschichte von Abschied und Trauer, Dankbarkeit und Hoffnung ist, sei sie ihm gewidmet.

Es war nach einem besonderen Weihnachten ein milder Januar, in dem die Knospen am Baum vor dem Fenster schon ungewöhnlich dick waren und vom Frühling erzählten und die Krokusse bereits gelbe Spitzen durch die nasse Erde schoben. So sicher es ist, dass sie eines Tages blühen werden, so fand ich beim Schreiben die Gewissheit, dass Peter in meinem und vielen anderen Herzen ebenso lebendig bleiben würde wie Gunne und Alma in dieser Geschichte. Und dass ich ihn immer finden würde, nicht in den Sommerhimbeeren, aber im Rauschen der Wellen, im Rascheln des Schilfs, in der Wärme der Sonne, in der Musik, in jedem Feuerwerk, das in den Himmel steigt.

Für uns war alles voller Himmel. Nun ist der Himmel voller. Danke für alles, mein Liebster.